Romancier, journaliste et rédacteur en chef de *Paris-Match*, Gilles Martin-Chauffier a obtenu le prix Interallié pour *Les Corrompus* en 1998 et le prix Renaudot de l'essai avec *Le Roman de Constantinople* en 2005. Originaire du golfe du Morbihan, il a retrouvé les histoires et les personnages qui ont fait la légende de son pays.

DU MÊME AUTEUR

Pourpre
Mercure de France, 1980

Les Canards du Golden Gate
Mercure de France, 1982

Sans effort apparent
Balland, 1987

L'Ouest
Éditions de Fallois, 1991

Une affaire embarrassante
prix Jean-Freustié
Grasset, 1995

Les Corrompus
prix Interallié
Grasset, 1998
et « Le Livre de poche », n° 15032

Belle-Amie
Grasset, 2002
et « Le Livre de poche », n° 30046

Silence, on ment
prix Renaudot des lycéens
Grasset, 2003
et « Le Livre de poche », n° 30398

Le Roman de Constantinople
prix Renaudot de l'essai
Éditions du Rocher, 2005
et « Le Livre de poche », n° 31129

Une vraie Parisienne
Grasset, 2007
et « Le Livre de poche », n° 31050

Gilles Martin-Chauffier

LE ROMAN DE LA BRETAGNE

Éditions du Rocher

TEXTE INTÉGRAL

ISBN 978-2-7578-1974-6
(ISBN 978-2-268-06695-0, 1ʳᵉ publication)

© Éditions du Rocher, 2008

Le Code de la propriété intellectuelle interdit les copies ou reproductions destinées à une utilisation collective. Toute représentation ou reproduction intégrale ou partielle faite par quelque procédé que ce soit, sans le consentement de l'auteur ou de ses ayants cause, est illicite et constitue une contrefaçon sanctionnée par les articles L. 335-2 et suivants du Code de la propriété intellectuelle.

« Je me fous des Bretons. »
Nicolas Sarkozy, cité par Yasmina Reza
dans *L'Aube, le Soir ou la Nuit*

« L'homme de l'avenir est celui qui
aura la mémoire la plus longue »
Nietzsche.

Prologue

Souvent, j'envie les Portugais. Jusqu'en l'an 1000, rien ne distinguait leur pays du reste de la péninsule Ibérique. Quand, enfin, en 1140, Alphonse Ier, leur premier roi, s'est déclaré indépendant, la Bretagne existait depuis des siècles. Ne croyez pas que ses compagnons ont compris son geste. Il n'a cessé d'être trahi par la noblesse. Et ses descendants tout comme lui. Les seigneurs, les riches et la cour passaient leur temps à donner des gages à la puissante et voisine Castille. Seulement voilà, les rois portugais ont eu plus de cran, d'audace et d'intelligence que nos ducs. Pour clouer le bec des chanceliers, des chambellans et des ministres qui tendaient la main à l'Espagne, ils ont, règne après règne, recruté parmi les fonctionnaires fidèles une nouvelle noblesse reconnaissante et loyale. Mieux : dès qu'ils ont compris que tout horizon était bouché à l'est, ils ont armé des navires pour aller conquérir de l'espace et de la puissance ailleurs, à l'ouest. À l'époque où notre flotte était aussi puissante que la leur, nous nous contentions de caboter le long des côtes européennes comme nous le faisions déjà dix siècles plus tôt.

Lisbonne, en revanche, regardait au loin. En 1420, ses hommes occupaient Madère. Dix ans plus tard, ils s'installaient aux Açores. En 1488, ils franchissaient le cap de Bonne-Espérance. En 1500, tandis que la calamiteuse duchesse Anne pleurait sur son sort, le nôtre en réalité, ils mettaient le pied au Brésil. L'Espagne n'en prenait toujours pas son parti. Loin de là. Je parle d'un temps où régnaient Charles Quint, Philippe II et leurs fils, des souverains bien plus puissants que les rois de France. On a assez dit que le soleil ne se couchait jamais sur leurs terres. Rien ne se faisait contre eux en Europe. Or, ils ne voulaient à aucun prix d'un Portugal indépendant. Ils lui réservaient le sort que la France nous avait infligés. Tout était bon pour y parvenir : l'occupation militaire, les belles promesses, les grands mariages, les ravages policiers et la corruption. Rien n'y fit. Les Portugais se soulevaient, se battaient, appelaient l'Angleterre à l'aide, tiraient le pape par la manche… Découragée, l'Espagne reconnut officiellement leur indépendance en 1668. Inutile de rappeler qu'à cette date, nous les Bretons, nous étions bel et bien, et depuis longtemps, rayés de la carte politique et diplomatique. D'où ma jalousie, mon admiration et ma tendresse à l'égard de ces irréductibles Portugais. Et mon exaspération quand j'entends faire l'éloge de la duchesse Anne qui aurait mieux fait d'être à notre tête qu'à notre chevet. Ne me parlez pas non plus des odes pathétiques à la vaillance bretonne. On ferait mieux de rappeler les trahisons, les lâchetés et la bêtise qui nous ont menés droit dans le mur. On ne tire pas gloire de ses défaites.

Les grands peuples gagnent et les petits perdent. Si au moins on s'était battus comme des lions avant de se transformer en descente de lit de la magnifique maison de Valois. Les Écossais, bien moins riches que nous et moins nombreux, ont lutté bien plus longtemps. Ils se déchiraient en luttes permanentes, leur aristocratie touchait des prébendes de Londres, les clans n'en faisaient qu'à leur tête mais ils résistaient et, en 1750, deux cent cinquante ans après notre disparition, ils continuaient à se soulever. Nous n'avons même pas le souvenir d'un « Braveheart » à cultiver entre nous. Un jour, la France a décidé notre disparition et nous avons disparu. Sans gloire et sans même l'honneur car, pire que tout, on a fait semblant d'être flattés. Que n'a-t-on pas écrit sur les fameux privilèges qui distinguaient si glorieusement la Bretagne de toutes les autres provinces du royaume ? On rougit à relire cet étalage de vanité risible. Nous n'étions plus reçus à la table des adultes mais, dans la salle de jeu, nos sucettes étaient les plus sucrées ! Et nos montagnes, le Menez-Hom, 330 mètres au garrot, que peut-on en dire ? Rien ? Pas du tout ! Ce sont les plus anciennes. On se contente de peu. Heureusement que, comme tout le monde, on a trois personnalités : la vraie, celle qu'on montre et celle qu'on croit avoir. Alors, en effet, dans ce cadre, on peut rester fiers d'être bretons. Parce que les miracles existent. Le duché a disparu mais notre pays survit. Ce n'est plus un État, mais encore mieux, c'est un état d'esprit. La Bretagne est immortelle.

Dieu doit nous aimer. Du reste, il nous connaît bien. Visiblement, il sortait d'un de nos bistrots quand il nous a dessiné un territoire. Sa main tremblait. Aucune nation n'a des contours aussi déchirés. L'océan y est autant chez lui que nous. Et ce n'est pas le plus commode des voisins. La Bible dit que le paradis est un pays sans la mer et on n'a pas eu besoin des missionnaires chrétiens pour l'apprendre. Elle a l'air bleue, verte, argentée, nourricière et décorative mais c'est Milady, une tueuse au charme assassin. On la caresse du regard et elle n'attend que de nous gifler. Quand elle sort de ses gonds, même les bernaches et les cormorans ont des états d'âme. Épouvantés, mouettes et goélands se réfugient dans les nids coincés sous les corniches des phares, nos ultimes clochers, les menhirs de la mer. Dans sa grande générosité, Dieu, qui avait vraiment besoin d'eau quand il travaillait sur nos plans, nous a aussi donné la pluie. En même temps que le soleil d'ailleurs (on voit qu'il était fin saoul) car, bizarrement, chez nous, ils paraissent volontiers ensemble – et ne nous gênent guère dans nos activités : il n'y a pas de mauvais temps en Bretagne, uniquement de mauvaises bottes. Cela dit, si la maison a un charme unique, il ne saute pas forcément aux yeux des étrangers. Parlez-leur de la Provence, de ses cigales, de ses calanques et de ses moustiques : ils rêvent. Sans aller si loin, évoquez l'ardoise fine et les tendres prairies de la douceur angevine et tout le monde approuve. Pas de ce velouté chez nous. On danse en sabots. Mais tant mieux. Sans vouloir blesser personne, je pourrais citer dix provinces et quinze pays qui n'évoquent rien à ceux qui n'en viennent pas. La Bretagne, elle, semble parfois n'être qu'un album de photos que tout le monde a déjà feuilleté. Les binious et les bombardes, les calvaires en granit et les enclos paroissiaux, les druides et Bécassine, les ajoncs et les genêts, les fougères et les bruyères, les dolmens et les menhirs, les choux-fleurs et le sarrasin, les homards et les sardines, les filets et les épuisettes, le quatre-quarts et le kouign amann, les crêpes et le beurre salé, les lits clos et les faïences de Quimper, les coiffes et les sabots… On pourrait continuer longtemps l'énumération. C'est très joli, parfois c'est touchant mais, à l'arrivée, on comprend pourquoi le mot « plouc » tirerait son origine de toutes les paroisses bretonnes dont le nom commence par plou, ploe, plu, pleu ou plé… Dans un univers de forêts humides et de landes mouillées désertées par les fées, les chevaliers et les magiciens, ne vaqueraient plus à leurs paisibles moissonnages que de braves paysans simples, laborieux, endurants et patients. Avec ça pas très imaginatifs. Rappelons que nous sommes la seule province où le lait se consommait sous toutes ses formes mais où on n'a jamais inventé un fromage. Et tant mieux si cela prouve qu'on n'est pas tout à fait français – surtout à notre époque coca-colaïsée et mondialisée où être français se résume, à peu de choses près, à savoir choisir un camembert. Il est cocasse, d'ailleurs, de se rappeler comment, des siècles durant, on ne nous a vus que comme des marins héroïques et des cultivateurs médiévaux. Mieux vaut, chez nous, pour les âmes sensibles, ne pas trop relire *Les Chouans* de Balzac ou *Quatrevingt-Treize* de Hugo. J'adore ces deux auteurs et, en particulier, ces deux romans, mais l'image qu'ils donnent de nos ancêtres est tout simplement néandertalienne. Vêtus de peaux d'ours, des créatures s'expriment par grognements dans un sabir paléo-celte, creusant une terre stérile et ne s'animant qu'à l'heure où le seigneur leur ordonne de prendre une fourche pour aller se poster au long du chemin creux où une vaillante patrouille bleue va bientôt s'aventurer. Pour ces survivants de la guerre du Feu, apparaître en plein jour, c'était comme s'extraire de sa coquille pour un bernard-l'ermite. Comparés à nos vaillants chouans, les compagnons de route de Conan le Barbare eux-mêmes ont l'air de créatures efféminées sorties d'un défilé Dior. Je ne parle pas de leur contrée, obscure, enfouie et envahie de ronces, sans grandes routes ni beaux châteaux mais parsemée de chaumières grelottantes d'où s'échappe un mince filet de fumée. On se fie à ces pages et nous sommes les enfants d'une terre sans feux ni lieux, qui croupit dans la servitude volontaire à l'endroit de Dieu et du roi. Dès qu'ils s'éloignent de Vitré, les gens oublient qu'il y a toujours eu chez nous des filles de joie, des libertins, des femmes faciles, des jolis cœurs et, aujourd'hui, des drag queens, des fashion victims et des brokers en Bourse. Comme si la France ne cessait de nous voir dans le rétroviseur, n'apercevant que le recteur de l'île de Sein, les loups de mer, les bigoudènes en coiffe qui dansent le jabadao et le pardon de Notre-Dame d'Auray. On oublie Madame de Sévigné et Chateaubriand, Bolloré et François Pinault, Étienne Daho et Alain Gauthier. Pourquoi ? Parce qu'on veut croire que les Bretons ressemblent à l'image d'Épinal de la Bretagne.

Rien de pervers dans cette erreur, du reste. C'est vrai que nous habitons un lieu exceptionnel. L'Armorique passait à Rome pour les Thermopyles du monde. Avant-garde de l'Europe et de l'Asie, une terre s'était dressée face à l'océan pour le briser. Des falaises abruptes et des landes rases affrontaient l'assaut des vagues. On pensait à elle et on songeait à des tempêtes tonitruantes, à des clairs-obscurs pleins de gris et de mauve et à des vides infinis où naviguaient la pensée, la poésie et la mort. L'Atlantique faisait peur, tyran dévoreur de marins, véritable Minotaure national toujours prêt à jeter nos frères et nos cousins en pâture à ses crabes et à ses récifs. Les côtes de la Bretagne semblaient une tourmente à grand spectacle où, les jours de calme, seuls des parlements de mouettes légiféraient à grand bruit. Quant à l'intérieur des terres, loin de cet immense réservoir de lumière, il appartenait à de hauts arbres solennels et tristes, plantés dans des tourbières et dans des mers de fougères noyées d'humidité. Seigneurs sourcilleux de forêts angoissantes, ils ne laissaient passer qu'une clarté fugitive. Les couleurs étaient rares, les sons plus encore. Pas de rose, pas de pourpre, le blanc avait disparu et les animaux se taisaient. Le silence dessinait notre paysage. Nous étions d'un autre monde.

On se rappelle ces clichés, on sourit et, finalement, on se rengorge. Le reste de la planète songe à nous et se fait des films. Cela ne date pas d'hier. Depuis Chrétien de Troyes, le roi Arthur et la Table ronde, la Bretagne, ses lacs, ses tempêtes, ses chaudrons sacrés et ses tisanes à la salicorne inspirent les poètes et les romanciers. Vous allez au cinéma voir la trilogie du *Seigneur des anneaux* et vous tombez à chaque page du scénario sur des korrigans, des fées sournoises et des reines guerrières sortis de chez nous. Et, attention, ne pensez pas que nous ne sommes bons qu'à nous battre. Pour l'amour, aussi, on se pose là. À part Roméo et Juliette, qui peut vraiment concurrencer Tristan et Iseut sur le marché conjugal ? Je ne parle pas de Lancelot du Lac et de la reine Guenièvre. Cela dit, je m'en amuse mais, je le répète, ce n'est pas drôle. Déjà privée de son État national, la Bretagne l'a finalement aussi été de son âme. Le premier s'est réduit à un promontoire maritime de l'État français ; la seconde s'est évanouie à force de servir d'argument à mille fantasmes décoratifs pour éditeurs archaïsants.

Nous ne sommes pas qu'une réserve folklorique. Merlin en plein conciliabule avec Cadoudal dans une profonde hêtraie proche de la baie des Trépassés, cela va un temps. Trop de textes et d'images dévalent la pente à toute allure quand ils s'aventurent sur la piste du passé. Heureusement pour nous, la Bretagne n'est pas tout le temps héroïque, rebelle, bondieusarde et fouettée par l'Atlantique. Le plus souvent, on est popotes comme tout le monde. Allez donc chez Philippe Le Guillou au fond de la rade de Brest, vous y verrez une mer sans rien de tonitruant qui ressemble plutôt à une vieille chatte venue lécher un rivage sur lequel elle ne déferle presque jamais. Sur le sable, les palourdes se prélassent dans leurs écharpes de goémon. Les jardins du Finistère sont pleins de palmiers, de cerisiers, de roses et d'abeilles ; ses monastères, de cantiques et de contemplation ; ses propriétés, de livres reliés et de vieilles gravures. Ou bien venez dans le golfe du Morbihan où l'océan joue volontiers à la Belle au bois dormant. Entre des chapelets d'îles offertes de tout leur long au clapotis de l'eau, des ribambelles de voiles blanches fixent le cap sur un massif d'hortensias, un bois de pins ou la pelouse d'un palais à la Gatsby. Tout semble sûr et plein d'abris, les coques se glissent sur la plage comme dans un lit et la marée arrive sans hâte, en dansant, au pas des femmes. Il y a la Bretagne des gardiens de phares, véritables galériens contraints chaque jour, pour alimenter les feux, de hisser des tombereaux de bois ou de charbon le long de marches humides, glissantes et obscures. Mais il y a aussi celle des grands-mères, buvant leur thé et grignotant leurs traou mad au fond de vieux manoirs nichés dans le granit, léchés par la mousse et séchés par un air ensoleillé. C'est le pays de Surcouf mais aussi d'Hélène de Fougerolles. Sauf que, vu de loin, on ne voit que le premier. Tant mieux pour notre réputation de durs à cuire : personne ne songe que la Bretagne est un pays plat. On peut le dire de la

Suisse et de toutes ses montagnes mais pas de nous. On nous croit têtus, sauvages, durs au mal et cette réputation n'est pas entièrement usurpée : on ne pleurniche pas. Ma grand-mère, une Brestoise, expliquait que, quand tout va mal, en Bretagne, on ferme les écoutilles, on boit et on fait la fête pour oublier. C'est vrai et c'est sympathique mais cela ne nous a pas porté chance. On est passé à côté de notre destin. Regardez la carte du monde, parcourez la liste des pays membres de l'ONU et relevez le nombre de confettis qui occupent tranquillement leur petite place. Cela me déchire le cœur : nos ancêtres n'ont pas été à la hauteur. Mais le pire, c'est que nous ne savons même plus qu'on nous a volé notre siège à la grande table. Du sénat vénète à François II en passant par Erispoé, Alain Barbetorte et mille autres, des générations de Bretons ont bâti une nation que, même nous, nous ne connaissons pas. Quand on parle du passé, aujourd'hui, on vous montre un squelette de sinagot appuyé sur sa béquille et offrant ses côtes vermoulues à la pluie. Je préférerais qu'on se rappelle Nominoé qui arrêta les Vikings et sauva les ruines de la Gaule et les prémices de la France. Quand cessera-t-on de n'être qu'une carte postale ? Avoir conservé une âme est bien joli mais qu'avons-nous fait de notre histoire ?

Ne comptez pas sur l'Éducation nationale française pour l'enseigner. L'État capétien et la république jacobine ont toujours eu le même mot d'ordre : silence dans les rangs, je ne veux voir qu'une tête. Je ne le leur reproche pas. Ils avaient une mission et eux l'ont accomplie. Chapeau. Du reste, tant qu'à avoir été avalé par un pays, autant que ce fut par la France. Elle aussi, je l'aime. Mais je déteste la manière dont elle continue à nous traiter. Pour nous empêcher de construire l'avenir, elle nous cache obstinément les pierres du passé. Quand il s'agit de subventionner l'élevage du porc, pas de problème : on ergote, on négocie et, pour finir, on signe le chèque. Mais, dès qu'on parle d'enseignement et d'éducation, la machine gouvernementale parisienne heurte les butoirs. Tout s'arrête. Il faut voir comment on traite les écoles Diwan. Que de bâtons on leur met dans les roues. À croire qu'étudier le breton est aussi dangereux que partir en stage dans une école coranique de Peshawar. Les talibans laïcs de l'Éducation nationale voient nos petites madrasas celtiques comme un futur vivier de chenapans primitifs formés à devenir des « fous de Toutatis ». Si encore, nos grands textes classiques regorgeaient de fatwas et d'imprécations contre les croisés francs qui attaquaient notre beau duché ! Mais non ! Il n'y a aucune archive littéraire ancienne rédigée dans le breton enseigné par Diwan. On y apprend une langue académique, modèle de virtuosité linguistique réinventé en 1920 à partir de dialectes locaux soigneusement expurgés de leurs nombreux emprunts au français. C'est un chef-d'œuvre intellectuel : une poignée d'érudits a transformé cinq ou six chars à bœufs utilisés dans l'ouest de la province en un carrosse offert à toute la Bretagne. Mais ce n'est certainement pas un arsenal caché plein de contes et légendes oubliés menaçant la douce France. Qu'importe ! Paris n'aime pas, donc Paris n'aide pas. Et, comme d'habitude, la Bretagne encaisse. Elle trouve ça injuste : on peut plus facilement passer son bac en arabe ou en corse qu'en breton. Mais elle hausse les épaules : ça n'est pas la fin du monde. En effet. Sauf que c'est quand même un peu la fin d'un monde : le nôtre. Même si conserver pieusement une langue morte, c'est préserver les clés d'un caveau où l'on s'enferme, il se trouve que ce caveau, c'est celui de notre famille. S'il y en a parmi nous qui souhaitent l'entretenir, il n'y a aucune raison de leur chercher des poux. Paris ne le fait même pas par méchanceté. Seulement par habitude : il y a si longtemps qu'ils ont effacé notre passé qu'ils n'imaginent même plus pour qu'on puisse avoir un présent. Je ne parle pas d'un futur.

Et pourtant cet avenir existe. Désormais, la France n'est plus un mur bouchant l'horizon de la Bretagne, elle est notre porte d'entrée en Europe. La Slovénie n'existait plus depuis des siècles, ni la Croatie, ni la Bosnie, ni la Macédoine, ni la Slovaquie. Je ne me lance pas dans l'énumération des pays qui ont échappé à l'ogre russe après 1989, depuis l'Estonie jusqu'au Tadjikistan. Les cartes changent. En Europe et ailleurs. Ouvrez un atlas de 1970 : vous n'y trouverez ni l'Érythrée, ni le Bangladesh, ni le Timor. Bientôt, sur ceux de 2010, apparaîtront le Monténégro et le Kosovo. Et d'autres changements se dessinent. L'Écosse, le pays de Galles, la Catalogne, le Pays basque, la Flandre battent déjà des ailes. Il y a du mou dans le mythe de l'intangibilité des frontières. La France est la première à connaître leur arbitraire. Je ne parle pas seulement des découpages ubuesques qu'elle pratiqua en Afrique du temps de la colonisation. À l'intérieur même de l'Hexagone, son administration s'offre toutes les fantaisies. Au moment de se découper en vingt-deux régions, elle n'a pas hésité à inventer des Pays de Loire qui n'ont jamais existé et à confisquer la Loire-Atlantique à la Bretagne. Personne en Europe ne nous prend au sérieux quand un Breton affirme que Nantes n'appartient plus à la province dont elle fut la capitale pendant des siècles. Pas d'inquiétude, néanmoins, à ce propos : quand Bruxelles se penchera sur ce dossier, plus personne ne songera à rire. Peu à peu, le vrai pouvoir s'éloigne des berges de la Seine et, tôt ou tard, au Parlement européen et dans les instances communautaires, la Bretagne fera entendre sa voix aussi fort que celle de Paris. Le droit des peuples à disposer d'eux-mêmes finit toujours par se faire entendre, puis écouter et, finalement, approuver. La Bretagne, cette belle sirène épuisée qui n'a plus de dents pour mordre, saura donner un dernier coup de nageoire pour reprendre sa liberté. Ça n'est probablement pas pour demain. Il semble que nous ayons pris l'habitude d'approcher ce rêve sans hâte comme l'escargot de la laitue. Mais les songes réalisables et légitimes ne disparaissent pas. Pour l'instant, si on aborde la question, mille spécialistes vous décortiquent les raisons qui rendent impossible un tel divorce à l'amiable. Dès qu'on se penche sur un dossier, il manque toujours cinq pour faire six et il semble plus raisonnable de ne rien changer. C'est exact mais ce n'est pas du tout désespérant. Quand la

République tchèque s'est séparée de la Slovaquie, c'est de la moitié de son territoire qu'elle s'amputait. De la répartition de la dette publique à celle des avions de chasse en passant par les petites cuillers de l'ambassade à Oulan-Bator, il a fallu tout partager. Et cela s'est réglé comme sur du velours. Demain, il y aura à nouveau une Bretagne libre comme il y aura un Québec libre. Sauf qu'à Montréal, ils connaissent chaque heure de leur passé glorieux et misérable tandis que nous avons tout oublié du nôtre. Or, pour rebâtir notre maison, il faut en connaître les fondations. C'est l'objet de ce livre.

Il ne s'agit pas d'aligner des cartes postales. Scintillant comme des éclats de diamant sur les franges d'un immense châle noir, nos phares évoquent Don Quichotte agitant vers le ciel une lance dont la pique lumineuse ferait danser un pinceau miraculeux. Recueillies sous un ciel aux teintes de cuirasse, les abbayes semblent confites dans une frileuse piété. À la Sainte-Anne, chaque village présente sa bannière et bon courage à celui qui arbore cet amoncellement de bois, de tissus et de broderies quand le vent se lève. Et ainsi de suite. Pour un pays qu'on a rayé de la carte, nous ne manquons pas d'images immédiatement reconnaissables. Mais on n'explique pas la Bretagne en montrant ses soutanes et ses chapeaux ronds. Autant décrire l'Île-aux-Moines en donnant sa latitude et sa longitude. Un pays, ce sont ses hommes, ses femmes et leurs actions. Ce sont les heures ensevelies par la mémoire que j'aimerais ramener à la surface. Au-delà du pittoresque, il y a une histoire et ceux qui l'ont faite. Or, ils ont agi d'une telle manière que la Bretagne, aujourd'hui, n'est plus un domaine foncier aux limites tracées sur le cadastre mondial mais une personne morale au caractère peu déchiffrable où s'épanouissent des vertus invisibles. Posée sur l'Atlantique comme une cale, cette créature inanimée a une âme, celle de ses ancêtres, les corsaires et les contrebandiers, les chouans et les connétables, les ducs et les recteurs mais aussi tous ceux qu'on a oubliés.

Mille livres ont raconté ce que je vais survoler en deux cents pages. Certains sont des grimoires assommants d'ennui, d'autres d'inépuisables océans de savoir, quelques-uns des trésors d'historiens. Pour paraphraser Barbey d'Aurevilly, je ne voudrais pas trop les diminuer en un seul. J'espère seulement réussir un exercice de journalisme historique et citoyen. Quand on a travaillé depuis vingt-cinq ans dans la presse, il va de soi qu'on a plus de goût pour le style un peu gothique des récits à l'ancienne qui s'attardent volontiers sur les détails romanesques que pour la recherche austère qui analyse les réalités fondamentales mais sans relief. Victor Duruy distinguait l'histoire qui raconte de celle qui explique, la romanesque et la scientifique. Naturellement, je privilégierai la première – seule accessible à ma désinvolture. Rassurez-vous cependant : sans m'aventurer jusqu'aux archives poussiéreuses trop complexes à décrypter, je n'écrirai rien qui ne soit établi. S'il n'est pas question de dire toute la vérité, on peut s'en tenir à elle et rien qu'à elle. Ce qui n'empêche pas le regard de demeurer en alerte. Telle une vipère glissée dans le Panthéon pour piquer les marbres, je cracherai mon venin sur la duchesse Anne, fée Carabosse de notre nation, et sur quelques autres. Mais je rendrai hommage à ceux qui animèrent l'esprit de la Bretagne avec tant de passion que, des siècles plus tard, on en sent toujours le souffle. Et, rassurez-vous, je ne traînerai pas la France dans la boue. Je l'aime aussi avec passion et aucun pays au monde n'a si bien accueilli chez lui tout ce qui fait à mes yeux le charme de la vie, depuis le vin et la conversation jusqu'à la mode, la littérature, la futilité ou la curiosité. Simplement, plutôt que comme ma patrie, j'aimerais l'avoir comme une voisine cultivée, belle et riche. Or, ressusciter la Bretagne sans la quitter, c'est comme semer des graines dans un buisson d'épines et attendre le miracle. Il est temps pour nous de prendre le large. Si vous en doutez, regardez simplement la latitude et la longitude de notre pays. Il est ailleurs, à côté, à l'écart. Et il a un très long passé. Que je vous propose de feuilleter.

Chapitre 1

La Bretagne néolithique, berceau de l'avant-garde

Si la géographie est l'œil de l'histoire, alors l'homme est le dernier venu en Bretagne. Avant lui, mille autres créatures se sont inscrites dans les annales régionales. Elles venaient de l'océan, vivier de mollusques, d'éponges, d'algues, de crustacés et autres pionniers de la vie animale. Je vous épargnerai la liste de tout ce qui, du plancton au bigorneau, flotte, nage ou patiente dans cet immense cadre apparemment vide et, en vérité, surpeuplé. Pas question non plus de recenser tout ce qui rampa, rumina ou grogna sur notre chère terre. Il y eut des crocodiles, des mammouths, des iguanodons et d'autres espèces encore, décoratives, pittoresques et assorties aux paysages de l'époque parfois pleins de palmiers, de perroquets et de chutes dignes du lac Victoria. Certains morceaux de granite traînant sur nos landes sont un vrai musée rempli de coquillages, de vers et d'insectes antédiluviens. Très vénérables et très savants, des ouvrages très nombreux ressuscitent avec plein de dessins féeriques ces âges perdus qui façonnèrent nos côtes, nos vallées et nos forêts. Des hommes *erectus*, *habilis*, néandertaliens, que sais-je, se sont ensuite glissés en Bretagne comme des serpents dans l'herbe. Durs comme le cuir, affichant une dégaine d'homme des cavernes, ils s'y sont enfin sentis chez eux. Rien d'étonnant à cela d'ailleurs. Gémissant dans ses bons jours et hystérique pendant ses crises, l'océan est un voisin imprévisible mais précieux qui vous préserve des hivers trop rudes et vous abreuve de brouillards marins d'où jaillissent mille sources et mille ruisseaux. Si, comme le croyait Montesquieu, son cadre géographique est à un peuple ce que son physique est à un homme, mieux valait en ces temps reculés naître en Bretagne qu'au Mali. La preuve en est qu'au tout début de l'aventure humaine contemporaine, disons vers 5000 avant J.-C., on peut affirmer sans forfanterie ridicule que oui, l'Armorique était à la pointe. Et pas seulement, comme toujours, du continent européen. Mais bel et bien de l'avant-garde humaine. Nos côtes et nos terres sont encombrées comme un grenier des traces de la puissance de nos aïeux aux derniers temps du néolithique. Dolmens, menhirs, cairns, cromlechs, tumulus, alignements et j'en passe… Tout un divin bric-à-brac paléontologique atteste en Bretagne d'une activité et d'une civilisation très avancées en des temps qui, eux, ne l'étaient guère. Pas question, naturellement, de nous lancer dans de longues et assommantes énumérations de ces souvenirs grandioses dont on ne sait plus rien. Ni leur usage, ni leurs destinataires, ni les techniques de fabrication ne sont parvenus jusqu'à nous. Une seule chose est acquise. Il faudrait encore attendre mille à mille cinq cents ans avant de voir pousser les fameuses pyramides d'Égypte quand, ici, entre Brest et Nantes, des sociétés inconnues bâtissaient déjà des monuments immortels.

J'écris le mot « monument » et je n'exagère pas. Allez à Plouézoch, dans le Finistère, sur le sommet de la presqu'île de Kernéhélen : le tumulus long de 100 mètres, large de 40, semble une montagne de granite. À l'intérieur se succèdent onze dolmens colossaux. Cet immense tombeau pèse 50 000 tonnes et son apparence faite de gradins successifs rappelle fatalement la fameuse nécropole de Saqqarah. Dans le Morbihan, Carnac et ses fameux alignements, eux, ne se rattachent à rien de connu ailleurs. Là encore, on se croirait dans un monde de géants. Au Menec, 1 100 menhirs alignés sur douze files semblent figés pour l'éternité comme une immense armée en ordre de marche. Même sentiment de stupeur en Ille-et-Vilaine, près de Rennes, face à la Roche-aux-Fées, ce dolmen surhumain construit en dalles rouges lourdes de 40 à 50 tonnes. Des pierres d'une couleur telle qu'elles proviennent forcément d'un gisement distant de 4 kilomètres et dont ses bâtisseurs extrairent assez de matière pour créer un couloir intimidant, long de 20 mètres. Passé le moment de pure admiration, vous sortez votre calculette et vos manuels de maçonnerie et vous vous rendez compte qu'il a fallu que 400 personnes déboisent une forêt entière pour créer l'avenue de troncs d'arbres couchés nécessaire au transport, pour fabriquer les leviers et pour réunir les muscles indispensables à ces lointaines funérailles. Et je ne vous parle pas du plus spectaculaire relief de ces temps oubliés à Locmariaquer, en bordure du golfe du Morbihan : là, couché sur le flanc et cassé en trois morceaux bien après son arrivée, repose, telle une baleine énorme échouée sur le rivage, le géant des menhirs de Bretagne : 20 mètres de long et 350 tonnes ! Pour le dresser, il fallut 3 000 hommes ! J'arrête tout de suite un recensement qui pourrait s'étirer sur des pages. D'abord par prudence : à force de s'extasier sur ce qui nous dépasse, on finit par prendre un caillou pour le Mont-Blanc. Tenons-nous-en à ce que tout le monde reconnaît comme « énorme ». Ensuite par ignorance. Cela peut sembler inouï mais, en réalité, on ne sait rien de ceux qui bâtirent ces mausolées.

Attention, je n'ai pas dit que nous n'avions pas d'explications. Elles abondent et cela ne date pas d'hier. Certains ont vu à Carnac les fameuses colonnes d'Hercule qui, dans l'Antiquité, ouvraient la porte à l'Atlantique. D'autres ont estimé que ces mêmes alignements étaient la dernière trace terrestre du déluge. On s'est aussi demandé s'il ne s'agissait pas d'une sorte de calendrier astronomique. Si oui, alors, ces lointains ancêtres étaient plus compétents en terrassement qu'en calcul : les solstices d'hiver et d'été correspondent en effet aux orientations de nombre de ces monuments mais, il s'en faut en général de plusieurs degrés pour que l'angle tombe juste. Moins savante, une légende affirmait par exemple que les trois dolmens de l'îlot de Carn étaient les restes du palais du fameux roi Carn aux oreilles d'âne. Je n'omettrai pas non plus de citer l'explication en vogue au XIXᵉ siècle, en pleine ère romantique : nous avions affaire à des tables de sacrifice. Pourquoi pas ? De toute manière, on nage en pleine fiction. À Locmariaquer, l'énorme dolmen reposant sur trois piliers s'appelle la Table des Marchands parce qu'on l'a redécouvert dans un champ appartenant à la famille Marchand. Il a suffi d'ajouter un s à leur nom pour que s'épanouisse une rêverie de négoce colossal avec les dieux. Que chacun laisse libre cours à son imagination, nous sommes en pleine poésie. Personne n'est capable d'interpréter les profonds rainurages souvent gravés dans ces pierres exceptionnelles. Les mêmes thèmes reviennent un peu partout : des anneaux concentriques répétés, des serpents, des haches, des chevrons, des ondulations, des crosses. Leur sens ? Mystère. Cela n'a d'ailleurs aucune importance. Une seule chose compte : il y a sept mille ans déjà, une communauté puissante et organisée prospérait en Bretagne quand le reste du monde somnolait encore. Et c'est tout. Pas question de confisquer ces êtres oubliés à notre seul profit. Naître dans une étable ne fait pas de vous un cheval. Occuper les terres de ces pionniers ne nous confère donc aucun mérite. C'est seulement réconfortant. Si la vie quotidienne fait l'âme et si l'âme fait la physionomie, alors nous ressemblons au territoire qui dicte nos conditions d'existence. Et notre chère Bretagne est un lieu propice à l'action. Ainsi qu'à la rêverie sans fin face à des mystères qui nous dépassent.

Chapitre 2

Des Gaulois comme les autres… jusqu'au coup de sang des Vénètes

Aujourd'hui, les peuples se contentent de jouer avec les cartes que le passé leur a tendues. En l'an 1000 avant Jésus-Christ, pour être beaucoup plus frustre, la vie politique internationale était infiniment plus excitante : chacun choisissait lui-même la donne. L'atlas, en ces temps hors de vue, était à peu près aussi vierge qu'une page blanche. On avait quitté la préhistoire mais on n'avait pas réellement pénétré dans l'Antiquité. L'Europe demeurait un libre-service. Affamés comme des criquets, le sabre entre les dents, régulièrement, les uns et les autres s'expatriaient et partaient à l'aventure. Ces globe-trotters sans foi ni loi avaient sans doute la démarche pesante du géant stéroïdé traînant entre les cuisses des boules en laiton capable de féconder le monde entier mais, à part ce genre d'intuition, on ne sait à peu près rien d'eux. Sauf leur catégorie : ceux qui se retrouvèrent chez nous, en Bretagne, vers 500 avant Jésus-Christ, s'appelaient les Celtes. Sans doute venaient-ils d'Europe centrale quand, un jour, ils sont arrivés au bord de l'océan. Là, au lieu de faire demi-tour, ils ont admis que si l'on veut l'arc-en-ciel, il faut d'abord la pluie. Le crachin était agaçant, un brouillard à couper à la hache rendait parfois la lande à peu près aussi lumineuse qu'une grotte, la mer grondait mais nos ancêtres ont décidé qu'il n'y aurait jamais de meilleur endroit où camper. Donc, ils l'ont occupé et ils ont décidé de gratter les écailles du dragon : puisque l'océan était là, ils allaient le découvrir et le dresser. Et en effet, peu à peu, ils ont créé une région bien spécifique du monde : l'Armorique – baptisée bien plus tard et par les Romains : *Maris Ora*, les portes de la mer, d'où l'Armor.

Soyons précis : on est à l'aube de l'histoire, Rome existe à peine, mais ne voyez pas ces lointains aïeux comme des sortes de cannibales grognant avec un os dans le nez à proximité d'une marmite de potion magique bouillante. Très vite, ils deviennent prospères et entretiennent d'excellentes relations avec leurs voisins. La civilisation en Europe ne se bornait pas à Athènes, Corinthe, Rome et Syracuse. La Gaule a elle aussi très vite coulé des jours heureux et cultivé un art de vivre à mille lieues de la barbarie forestière. Ce n'est pas parce que leurs tenues étaient sommaires comparées aux falbalas des cours perse ou égyptienne que leurs esprits l'étaient. Loin de là. Aucun haillon dans leurs neurones : alors que passaient les siècles, un commerce florissant s'est mis à animer les routes et a lié les Gaulois à l'Empire romain. Leur agriculture était réputée. Alors qu'en Italie, les esclaves travaillaient la terre avec un simple araire, au nord de la Méditerranée, on utilisait une charrue à deux roues munie d'un soc de bois mobile, renforcé par du fer. La herse était répandue et les communautés villageoises se servaient déjà de machines à moissonner capables de couper les épis et de les recueillir dans une caisse. Forêts et marais continuaient de couvrir l'essentiel du paysage mais, de l'embouchure du Rhône aux rives de la Seine, une immense ferme prospérait. L'élevage avait pris des proportions dignes de la PAC. Bien avant la conquête de César, la qualité de la charcuterie gauloise était réputée dans tout l'empire. Même si l'ensemble de la Gaule partageait la même religion et la même langue, chaque région cultivait ses particularités. L'Armorique avait déjà les siennes – y compris un penchant certain pour le vin. Parmi elles, naturellement, l'exploitation de la mer sous toutes ses formes. La pêche s'accompagnait d'une véritable industrie de la sardine. Longuement broyé, malaxé et trituré avant de reposer pendant des semaines dans d'immenses cuves en pierre, un mélange de sel, de sardine et de maquereau donnait une pâte extraordinairement relevée et nourrissante, au goût proche du nuoc-mâm chinois, appréciée et achetée par tout le monde antique. De même le sel, indispensable à la conservation de la viande comme au tannage du cuir, faisait la fortune des côtes méridionales de l'Armorique. La région était riche et cinq peuples principaux y vivaient en bonne harmonie : les Osismes dans l'actuel Finistère, les Coriosolites dans les parages du futur Saint-Brieuc, les Redones entre Rennes et Redon, les Namnètes autour de l'embouchure de la Loire et, enfin, le plus puissant d'entre eux, véritable chef de ce qu'on appellera un temps la Confédération Armorique, les Vénètes. Ce sont eux qui, soudain, vont nous faire entrer dans l'histoire du monde moderne.

La légende prétend qu'au tournant de l'an 1000 avant Jésus-Christ, les Vénètes quittant les vallées des Alpes prirent la route en grand équipage. Trop nombreux, ils rencontrèrent des problèmes d'intendance et se disputèrent tant qu'arrivés aux alentours du lac Léman, ils se scindèrent en deux groupes. L'un se dirigea vers le sud et établit ses pénates au creux de la mer Adriatique, sur une rassurante et protectrice lagune qui, un jour, deviendrait Venise. L'autre continua vers l'ouest et, tombant sur une petite mer intérieure paisible, s'établit à son extrémité, là où aujourd'hui clapote le golfe du Morbihan. Cela semble trop beau pour être vrai, mais il est acquis qu'ils portaient le même nom et, surtout, se livraient à la même activité : dans un monde celte peu porté à la navigation, ils se spécialisèrent l'un et l'autre dans le commerce maritime. Chacun connaît l'extraordinaire destin boutiquier de Venise mais, mille ans avant l'envol de la cité des Doges, les Vénètes avaient déjà fondé le premier empire marchand de l'Atlantique. Dariorig, leur capitale, campée sur une pointe de terre envahie toutes les douze heures par la mer, et la presqu'île de Quiberon, son avant-port, étaient à l'océan ce que Carthage était à la Méditerranée : l'entrepôt central.

Pas d'empire terrestre, pas de troupes nombreuses, pas de guerres hasardeuses mais des ports bien aménagés, des navires de haute mer et des accords marchands en bonne et due forme. La prospérité vénète reposait sur une forme d'organisation proche de ce que sera bien plus tard la Ligue hanséatique. Ses marchands avaient établi des comptoirs en Armorique, en Gascogne, en Galice, en Grande-Bretagne, sur la mer du Nord et, sans doute, en Irlande. De l'embouchure du Rhin au golfe de Gascogne, plusieurs îles étaient dites vénétiques. À l'origine, les Vénètes constituèrent leurs premiers magots en accaparant la plus grosse part possible du commerce de l'étain. Blanc, brillant et très malléable, ce métal fond à des températures raisonnables et résiste à la corrosion grâce à la formation d'une couche protectrice d'oxyde. Facilement allié au cuivre, il donne le bronze. Dans les premiers siècles de la Gaule, il valait son pesant d'or, servant à la vaisselle, à la bijouterie ou aux lampes mais, surtout, à la fabrication d'armes. Le charbon de bois fournissait le combustible nécessaire aux métallurgistes et les rivières amenaient l'eau qui refroidirait le métal. Ne restait qu'à se procurer le minerai. Or, ses plus beaux filons serpentaient dans le sol britannique. La flotte vénète se fit un plaisir de l'importer en Gaule et une ère de prospérité s'ouvrit que rien ne semblait devoir interrompre. Quand le fer apparut et fit lourdement chuter le cours de l'étain, Dariorig avait bien assez de contacts, d'accords et de savoir-faire pour trouver d'autres cargaisons à transporter. La ville commença par se spécialiser dans l'autre matière première vitale de l'époque, le sel. Puis elle diversifia ses sources de revenus. Au premier siècle avant Jésus-Christ, Dariorig importait de Rome de l'huile, du vin (en quantité phénoménale), des poteries, des céramiques et de la joaillerie. En retour, elle exportait des lingots de plomb britanniques, des huîtres, de la bière, des salaisons, de la laine, de la charcuterie, des chiens de chasse, des esclaves, du bétail, des fourrures et des peaux – en particulier de loup. La ville roulait sur l'or. Tellement d'ailleurs qu'elle se résolut à rouler sur l'argent. L'État vénète frappait sa monnaie en telle quantité que, le premier, il établit une circulation monétaire dans ce métal. C'est dire si son sénat voyait d'un mauvais œil l'arrivée de plus en plus massive de marchands romains, sûrs d'eux, dominateurs et toujours prêts à se réclamer du plus puissant empire de tous les temps. La crise ne demandait qu'à éclater. Non pour des causes militaires mais pour des raisons financières. Le reste de la Gaule, en effet, succombait de plus en plus au mirage de l'amitié romaine. Alors que les Vénètes maintenaient au plus haut le cours du statère, de plus en plus de peuples frappaient des pièces valant un demi-denier romain (ou deux sesterces). Le conflit d'intérêt était flagrant : à la zone drachme traditionnelle des clients de Marseille s'ajoutait une zone denier en progression affolante. Les Éduens, les Séquanes, d'autres encore, tous ceux qui bientôt appelleraient de leurs vœux l'arrivée de Jules César, adoptaient déjà sa monnaie. Les Vénètes étaient inquiets. Que Rome conquiert le monde, soit ! Mais qu'elle veuille élargir son espace monétaire et empiète sur leurs marges financières, non. De là à agir, pas question. Le sénat de la ville n'était plus entre les mains des guerriers mais entre celles des négociants. Un état d'esprit très différent y régnait donc. Pas question de mobiliser au moindre prétexte. Mieux valait attendre la bonne occasion. Elle finit par survenir. Comment ? Par la trahison !

La Gaule avait l'air unie. Un idiome commun, une religion commune et des ancêtres celtes communs : un territoire immense (selon les normes antiques) se pensait, se savait et se revendiquait gaulois. Mais cette fraternité était factice. Les peuples de Gaule parlaient la même langue mais ne tenaient pas le même discours. Tous, en particulier, n'éprouvaient pas la méfiance vénète à l'égard de Rome. Tranquillement établis à l'écart du continent, les Armoricains n'entendaient jamais parler d'envahisseurs venus d'ailleurs. Ce n'était pas le cas des peuples installés au cœur de la future France. À intervalles réguliers, ceux-ci voyaient fondre des hordes de Germains, d'Helvètes, de Cimbres, de Teutons… Et leurs rivalités les empêchaient de faire front avec efficacité. Les grands peuples gaulois, en effet, se méfiaient les uns des autres. Les Allobroges (à Grenoble), les Bituriges (dans le Berry), les Arvernes (dans le Massif central), les Éduens (entre la Saône et la Loire), les Carnutes (à Chartres), les Pictons (en Vendée) et les autres étaient bien plus rivaux que frères. Comptez, bien entendu, sur Rome pour s'en réjouir. Cicéron s'en amusait en disant, enchanté, que les Gaulois avaient l'habitude de moissonner en armes le champ de leur voisin. Dès l'an 105 avant Jésus-Christ, Rome avait d'ailleurs obligeamment envoyé Marius et ses légions briser une immense offensive des Cimbres et des Teutons, véritables terreurs forestières ravageant la vallée du Rhône. Depuis cette date, auréolée de cette victoire, la capitale de l'empire voisin semblait à beaucoup bien moins menaçante que providentielle. De fait, Rome comptait de nombreux alliés en Gaule et n'attendait qu'un prétexte pour y intervenir et élargir les limites de son domaine. Les Helvètes le lui fournirent en se jetant sur les terres des Éduens au début de l'année 58. Alliés des Romains, ces derniers appelèrent au secours. C'était l'erreur fatale à ne pas commettre. Jules César, à la recherche de batailles qui donneraient l'éclat militaire qui lui manquait face à son rival Pompée, ne se fit pas prier pour intervenir. La guerre des Gaules pouvait débuter. Les jours de l'indépendance gauloise étaient comptés.

Le sénat vénète perçut immédiatement la menace. De là à agir les premiers, non. Tant que les livres de compte ne sombraient pas dans le rouge, mieux valait attendre. D'autant que ses membres tablaient sur un motif bien plus noble que l'argent pour galvaniser la résistance gauloise : la religion. C'était elle, et elle seule, qui constituait le véritable socle commun de la Gaule. La mission de sonner la mobilisation générale revenait aux druides. Si certains avaient tout à perdre d'une occupation romaine, c'était bien eux. De fait, leur caste souveraine était le véritable maître d'un pays qui n'avait ni alphabet, ni culture enregistrée. Leur aristocratie sacerdotale incarnait l'esprit national. Ils pratiquaient des sacrifices d'animaux, lisaient l'avenir, servaient de juges, de médecins, de professeurs, d'astronomes, de poètes et de philosophes chargés de répandre l'histoire passée et la sagesse éternelle. Précurseurs de la société du spectacle, ils se mettaient volontiers en scène, aussi bien dans la fameuse cueillette du gui dans un drap blanc par pleine lune que lors des barbecues sacrés lorsqu'ils grillaient vifs des bœufs enfermés dans de grandes cages en bois. Personne ne mettait leurs dons en doute : ils bricolaient dans la métaphysique, ils psalmodiaient des versets et ils chassaient les nuages. On peut s'amuser de ce folklore divin mais, de fait, ses prêtres étaient les personnages les plus respectés de la Gaule. Pour une raison très honorable, du reste : dans une nation qui ignorait l'école, ils suivaient eux-mêmes une formation longue de vingt ans pour accéder à leur fonction. Tout reposait sur l'apprentissage d'infinies formules sacrées qu'il fallait acquérir de mémoire uniquement puisque les druides, soucieux de garder leur mystère et leurs secrets, avaient eux-mêmes interdit l'usage de l'écriture au reste du peuple, nobles y compris. Nul ne songeait à remettre leur supériorité en doute puisqu'on n'accédait à cette fonction éminente que par le mérite. Aucune hérédité ne permettait d'obtenir quoi que ce soit.

Le sénat vénète fonda donc de grands espoirs sur la réunion annuelle des druides qui se tenait rituellement près de Chartres, dans une clairière perdue au fond de la grande forêt des Carnutes. Ils y envoyèrent des émissaires. En vain ! Car si, en véritables maîtres du pays, les druides en reflétaient l'esprit, aussi divisés que leurs ouailles, ils ne surent tomber d'accord sur une stratégie unique à faire adopter par tous.

Dans le clergé aussi, Rome avait ses affidés. C'est l'un d'entre eux qui avait d'ailleurs, le premier, fait appel à César : en 58, Divicincos, un Éduen, avait sollicité son intervention contre Arioviste, un guerrier suève, survenu du Rhin avec 100 000 hommes pour piller les terres séquanes, éduennes et arvernes. Non content d'avoir fourni à César le différend que celui-ci attendait avec impatience, il revint à la charge l'année suivante en décidant ses fidèles Éduens à se joindre aux légions pour combattre les Belges. Prototype précurseur mais achevé du « collaborateur », il veilla à ce que l'assemblée annuelle des druides ne décide rien. Déçu et furieux, le sénat vénète décréta que désormais il prendrait les armes dès que Rome lui chercherait des noises. César n'attendait que ça. Résultat : la guerre avec l'Armorique commença dès l'année suivante, en 56 avant Jésus-Christ, quatre ans avant l'insurrection générale de Vercingétorix.

Donc, nos ancêtres ouvrirent les hostilités. Eux aussi n'espéraient que la première étincelle pour souffler dessus. Publius Crassus, chef de la VIIe Légion, reçut l'ordre d'hiverner près d'Angers et entreprit ensuite de faire le tour de l'Armorique avec ses six mille hommes. Au passage, il réquisitionnait des vivres et prenait en otages des fils de grandes familles. Un an plus tard, il envoya deux légats pour obtenir de nouveaux subsides, Trébius et Terracidius. Le sénat vénète les attendait. Dariorig n'avait aucune intention de se ranger bien sagement dans la file maudite des victimes consentantes. On reçut les ambassadeurs, on les écouta enchaîner les grandes phrases et on leur répondit que pour eux, désormais, il n'y aurait plus de commission à gratter d'ici longtemps. Puis, on les pria de passer à l'étage inférieur où quelques cellules les attendaient. Non seulement, on n'offrit aucun ravitaillement mais on fit savoir que les légats ne seraient libérés qu'après le retour des otages. Crassus tomba des nues. D'habitude, quand il envoyait des messagers, on les regardait comme s'ils étaient des loups. Comme prévu, il prit très mal l'affront. À la grande satisfaction des deux partis, la guerre fut déclarée. Les Vénètes exultaient. Ce conflit, ils entendaient le livrer sur la mer. Là, leur flotte ne ferait qu'une bouchée des Romains, ces marins d'eau plate. Ils se savaient sur les vagues comme Dieu dans ses temples.

En effet, au début, tout se passa au mieux. Pour les deux camps. Crassus avança en terre ennemie et, une à une, prit toutes les villes vénètes. Seulement, à chaque fois, il s'emparait de coquilles vides. Établis sur des presqu'îles, posés au bout de la plage, enfoncés au creux d'une baie, ces gros bourgs fortifiés avaient tous les pieds dans l'eau. À marée haute, les navires chargeaient ou déchargeaient leurs cargaisons sur les cales de la petite cité et, à marée basse, les marchandises et leurs clients rejoignaient la terre ferme. Douze heures par jour, les fortifications vénètes étaient inaccessibles. Le reste du temps, on les attaquait en pataugeant dans la vase. Chaque siège exigeait de gros travaux de terrassement pour construire les digues où installer des catapultes. Brutus, le successeur de Crassus en venait à bout mais, à chaque fois, il s'énervait, s'épuisait et voyait les Vénètes vider la ville de ses richesses et de ses habitants avant de filer en bateau sans attendre l'assaut final. Ensuite, ils partaient renforcer la place voisine où le même cirque recommençait. Cette guerre s'annonçait pénible et spéciale. À son profond désappointement, il dut prier César de venir en personne. À lire *La Guerre des Gaules*, le génie des génies vainquit les Armoricains à sa manière coutumière, déterminée, rapide et lucide. En vérité, ce fut beaucoup plus aléatoire et inhabituel. D'abord, grande première pour les Romains, il fut décidé de bâtir une flotte. Puisque les Vénètes entendaient régner sur l'eau, c'est là qu'on les affronterait. L'embouchure de la Loire se transforma en immense chantier : deux cents galères de combat furent mises sur cales et on ratissa les régions voisines pour s'y achalander en galériens. Inutile de préciser qu'à Dariorig, on jubilait. Les petits navires romains, on n'aurait qu'à souffler dessus pour les envoyer par le fond. Quant aux alliés, ils allaient accourir, furieux qu'on se serve parmi eux pour former la chiourme de l'envahisseur. Le sénat le savait depuis le début : une petite rivière peut très bien déboucher sur un grand delta. Il avait suffi qu'eux disent non pour que tous les autres peuples armoricains les rejoignent. Pendant que l'empire préparait sa flotte, ils réunirent donc la leur et celle de leurs alliés. Et là, le spectacle de leurs bateaux en ligne de combat acheva de les rendre radieux. Rien d'étonnant à cela : comparer les embarcations romaines à l'escadre armoricaine, c'était opposer une horde de lions à une division de pachydermes. Si les galères à peine larges de trois mètres semblaient fines et rapides, elles avaient l'air d'allumettes à côté des mastodontes armoricains.

Les navires vénètes faisaient peur. Longs d'une trentaine de mètres, ils étaient hauts sur l'eau, dotés d'une poupe et d'une proue élevées pour casser les vagues de l'océan. Construits en chêne, équipés de voiles en cuir, ils étaient légers comme une plume dans le vent mais lourds comme le plomb une fois à l'ancre. Tenues par de grosses chevilles en fer, d'épaisses traverses les rendaient solides comme des fortins. Avec ça, manœuvrés par des capitaines blanchis sous l'écume depuis des générations, ils virevoltaient sur la mer. Lorsque la bataille s'engagea, les Vénètes en avaient assemblé deux cent vingt. Et ce sont eux qui ouvrirent le combat en se jetant sur la flotte romaine encore au mouillage sur le rivage de la presqu'île de Rhuys.

Au début, tout se passa à merveille. La curée annoncée prit forme. Les géants s'avançaient parmi les crevettes et, avec leurs avirons comme armes, se mirent à les couler en tapant dessus comme des brutes. Du haut de leurs passerelles, ils lançaient des pierres et des flèches contre les légionnaires coincés sur leurs maigres plateformes. Grâce au vent, ils se faufilaient entre les galères bien plus longues et donc bien moins aptes à virer. C'était un rêve animé par le souffle force trois ou quatre des dieux celtes penchés sur leurs ouailles. Jusqu'au moment du drame : soudain le vent tomba. Plus de vagues à couper, de brise à saisir, de courant à exploiter, de cap à tenir. Aucun souffle d'air n'agitait les voiles.

Et là, les avirons ne servirent plus à grand-chose. Les navires vénètes étaient bien trop lourds pour être manœuvrés longuement à la rame, uniquement utile d'habitude lors des manœuvres portuaires. D'un instant à l'autre, les éléphants se retrouvèrent immobiles. Et les lionceaux, eux, se jetèrent à l'attaque, éperonnant l'un après l'autre les ennemis qui, une heure plus tôt, les écrasaient négligemment. Des nuées de flèches enflammées incendièrent une partie de la flotte. Des dizaines de navires furent pris à l'abordage par des légionnaires insurpassables dans le combat d'homme à homme. Paralysées, les forteresses tombaient ou sombraient une à une. Quand l'une essayait de s'écarter, les Romains la pourchassaient et avec de longues perches tranchaient ses cordages, lacéraient ses voiles, l'immobilisaient et l'anéantissaient. Des gamins agiles encerclaient des chevaliers d'airain démontés et empêtrés dans leur armure. Ce fut un carnage mais pas celui espéré. Et un carnage d'autant plus sanglant que, saisis par la rage du désespoir, les Vénètes, au lieu de sacrifier une partie des leurs pour préserver l'essentiel, luttèrent comme des forcenés. Quand leur navire coulait, ils se jetaient dans les galères ennemies pour donner de derniers coups. En général, ils s'embrochaient sur les lances qui les attendaient. Au soir de la bataille, à la fin de l'été 56, l'indépendance armoricaine avait vécu. César, indigné qu'on ait osé le défier, fit abattre tous les officiers et vendit les marins comme esclaves. Puis, il réunit le sénat vénète et ordonna l'exécution pure et simple de tous ses membres. Le ciel nous était bel et bien tombé sur la tête. Quatre ans plus tard, quand Vercingétorix, enfermé à Alésia, appellera à l'aide tous les peuples de Gaule, les Vénètes, anéantis, ne répondirent pas à l'appel. Coriosolites, Redones, Osismes et Namnètes, eux, envoyèrent des troupes. On leur réclama vingt mille hommes, il ne les réunirent pas tous. Mais leur vaillance dura encore quelque temps. Alors que Vercingétorix dépérissait déjà dans un cachot romain dans l'attente de son supplice, les Armoricains se soulevèrent une dernière fois. Contre Duratius, le roi des Pictons, un chef gaulois établi en Vendée et devenu l'agent des Romains dans la région. Les légions s'en mêlèrent vite et la rébellion fut matée. Dumnacos, un Poitevin, le chef de ce dernier sursaut armoricain, dut fuir jusque dans le Finistère où, caché par ses alliés osismes, il disparut dans la forêt d'Huelgoat.

Désormais, l'Armorique ne serait plus qu'une province excentrée et paisible de l'empire. Après avoir été des Gaulois parmi d'autres, nous devenions des Romains comme tout le monde. À peine les Vénètes nous avaient-ils fait entrer dans l'histoire qu'ils en étaient chassés. Ils avaient tout perdu. Fors l'honneur.

Chapitre 3

Au-delà de la Manche, la Bretagne antique meurt… et ressuscite en Armorique

Il faudrait une centaine d'yeux pour les fermer sur tous les avantages que procurait l'occupation romaine. Les légions ressemblaient à un de ces arbres qui ne portent pas de fleurs au printemps mais donnent des fruits l'été venu. Dès la mort de César, la paix et la prospérité étaient installées à demeure en Gaule. Des siècles de tranquillité glissèrent sur elle comme l'eau sur les prairies, pure et enrichissante. La population augmentait, la richesse croissait, le calme régnait. Les Romains avaient le génie de l'administration débonnaire. Ils traçaient des routes, creusaient des canaux, défrichaient des terres, installaient de-ci de-là des vétérans méritants et c'est tout. L'empire n'anéantissait pas les peuples qu'il asservissait, il se contentait de leur limer les dents et de leur gonfler l'estomac. Parfois, on donnait des noms romains aux dieux indigènes, à l'occasion on faisait disparaître un druide nostalgique mais on laissait le pouvoir aux élites locales. Pourquoi sévir ? De toute façon, il fallait parler latin et, de préférence, vivre à la romaine pour accéder aux fonctions administratives. Faites confiance à l'être humain, Rome n'a jamais manqué de volontaires locaux pour diriger la Gaule à sa place. On accordait volontiers la citoyenneté romaine, on bâtissait des théâtres, des thermes et des forums, on accueillait des Gaulois au sénat. C'était l'état de grâce. Il semblait établi pour l'éternité. Personne ne parlait de servitude ou ne rêvait de libération. Le terme idoine était « civilisation » et tout le monde en convenait. Prisonnière de son confort comme le piquet dans le ciment, la Gaule savourait sa captivité. Remisée au fond d'un coffre, sa colère pourrissait lentement. Malencontreusement, après un peu plus de trois cents ans, des grains de sable vinrent gripper le merveilleux mécanisme impérial. Fascinés par le pays de cocagne qu'il voyait mener grand train de l'autre côté du Rhin, les Barbares finirent par se lasser d'attendre derrière la grille du parc.

Vers l'an 260, les Goths, les Francs, les Alamans se mettent en mouvement. Je passe les Vandales, les Alains, les Burgondes et autres raids belliqueux de moindre alarme. À intervalles réguliers, des troupes franchissent la frontière, s'infiltrent entre les mailles du réseau de fortifications romaines et effectuent des razzias à travers la plantureuse Gaule. L'Armorique pourrait hausser les épaules. Tous ces drames surviennent bien loin à l'est. Sauf qu'elle a ses propres prédateurs. Dans le désordre général, la piraterie se met à fleurir. Des Francs, des Saxons, des Danois infestent le littoral. Aucune audace ne leur fait peur. Sur leurs bateaux de chasse à fond plat, ils remontent les rivières, se glissent dans les estuaires, sèment la désolation à l'intérieur des terres. Impossible de passer avec eux des accords, on ne négocie pas avec la marée. Tous les ans, ils reviennent tels des nuages de criquets s'abattant sur le rivage. Très vite, les grandes fermes disparaissent et le commerce, fondé sur l'exportation par voie de mer, s'effondre. En vingt ans, les fameuses vallées fertiles de Gaule se mettent à battre de l'aile. Comme toujours, dans ces circonstances, les riches s'en sortent : ils réunissent les chariots, forment le cercle, ne s'occupent plus du reste du monde et attendent le retour du soleil. Les pauvres, eux, n'ont qu'à mourir de faim. Ou à se révolter. C'est ce qu'ils choisissent de faire en Armorique où commencent à sévir les bagaudes – groupes de paysans affamés et révoltés qui vont ravager la Gaule et tirent leurs noms des premières bandes apparues et baptisées « bagad » du mot armoricain désignant une troupe. Incendies, destructions gratuites, viols, supplices… On n'affronte pas une armée ennemie, on subit la rage folle de ceux qu'on exploitait en toute sérénité depuis des lustres. La terreur règne dans les campagnes. Les autorités locales ne savent plus où donner de la tête. Il y a longtemps qu'elles ont perdu tout sens de l'initiative. La Gaule à cette époque est complètement tropicalisée : tout ce qu'elle veut, c'est ronronner en exécutant mollement les directives impériales. Seulement Rome ne répond plus. L'empire prétend continuer à résoudre les problèmes alors que le problème, c'est lui.

Dans un monde de fauves, la classe dirigeante romaine, repue d'or et de festins, est devenue herbivore. La nation militaire s'est transformée en villégiature pour nababs, les résidences pieds dans l'eau ont remplacé les casernes, le bruit des pantoufles fourrées sur le marbre couvre celui des bottes. Les grandes familles ne veulent plus servir dans l'armée et voir leurs fils envoyés pour des années en missions lointaines, le peuple refuse l'enrôlement, le gouvernement ne tient plus les rênes. L'empire semble toujours formidable mais, dès qu'on pousse la porte du palais, on tombe sur une cabane. Les nouvelles catastrophiques parviennent au sommet de l'État et on ne se fait aucune illusion sur la situation, mais on trouve les remèdes encore plus odieux que la maladie. Si, pour s'en sortir, il faut décréter la mobilisation générale, lever des impôts, réintroduire la discipline et en revenir à la frugalité des premiers temps, pourquoi avoir conquis le monde ? L'ancien molosse romain ne pose plus sur ses nouveaux ennemis que le regard vitreux d'un vieux chien. Dire qu'à Rome, pendant des siècles, on a élevé des aigles ! Désormais on n'engraisse plus que des oies. Du coup, on se contente de pleurnicher et, au lieu d'allumer les torches, on peste contre l'obscurité qui se répand. La cruche ne verse que ce qu'elle contient et le réservoir d'énergie virile romaine est presque vide. La dernière vigueur des dirigeants passe à s'emparer du pouvoir ; ensuite, ils se laissent aller. La valse des empereurs tourne à la folie. Les généraux se succèdent sur le trône. À part offrir des jeux pour fêter leur avènement, ils ne décident jamais rien d'utile. Pour faire de la mousse, ils sont champions. Mais de la vraie bière, il n'y en a plus. L'empire est trop vaste et eux trop faibles. Dans un ultime sursaut d'énergie, le dernier grand empereur va apparaître en 284 : c'est Dioclétien. Il comprend qu'un homme ne gouvernera plus jamais seul le monde antique et divise l'empire : à lui l'Orient, à Maximien l'Occident, chacun ayant un lieutenant privilégié ; pour lui, Galère dans la région du Danube ; pour Maximien, Constance en Gaule et en Bretagne. Le résultat est là : la situation se rétablit et, vers 320, l'Armorique pense qu'elle va pouvoir tranquillement panser ses plaies. Le soulagement est général. Tant de malheurs ont redonné du goût au bonheur. On jouit mieux de ce qu'on possède quand quelqu'un vous l'a confisqué momentanément. Tout semble reparti comme avant. Erreur : le ver est dans le fruit. Les Romains ont admis officiellement qu'ils ne défendraient plus eux-mêmes leurs territoires. Cette mission revient désormais à chacun de leurs peuples. Beaucoup d'entre eux vont purement et simplement disparaître et cela aurait fort bien pu arriver à l'Armorique. Par chance, les dieux celtes veillaient sur nous. Dans un empire ramolli bien incapable de se battre contre des ennemis pleins d'enthousiasme, une seule province avait gardé un esprit guerrier. Or, c'était notre voisine : la Bretagne.

Contrairement à la Gaule, elle n'a jamais joui de la paix romaine en toute sérénité. Le sud du pays ronronne et s'enrichit mais des brutes venues de l'Écosse et d'Irlande ne cessent d'y organiser des raids ravageurs. Les pires, bien sûr, ce sont les Pictes. Ils occupent l'Écosse et, plus tard, on les appellera les Calédoniens mais, au début, ils furent baptisés les Hommes Peints (Pictes) parce qu'ils se lançaient au combat presque nus, le corps couvert de tatouages et de teintures bleues. Ils survenaient, ravageaient tout sur leur passage et repartaient aussitôt jouir de leurs rapines dans leurs hautes terres noyées de brouillard. Au sommet de la puissance impériale, Rome réagissait, envoyait des troupes, déplaça même ses empereurs en personne. Hadrien établit un mur en l'an 125 qui coupait l'île en deux, au nord de l'Angleterre actuelle. Antonin, son successeur, en bâtit un second, plus éloigné encore, entre Glasgow et Edimbourg. Mais ce n'est pas parce qu'il est petit que le caillou est tendre. Il en aurait fallu plus pour décourager les Pictes qui poursuivirent leurs brigandages. Tout comme les Irlandais – alors appelés les Scots – dont les pirates écumaient les côtes quand ils ne friponnaient pas à l'intérieur du pays de Galles. D'où la bien plus grande virilité des populations bretonnes infiniment moins placides que les prospères Gaulois. Rome ne considéra jamais la Bretagne comme une province tranquille. César lui-même avait d'ailleurs renoncé à s'en emparer et la conquête n'eut lieu qu'un siècle plus tard, sous le règne de Claude. Une épreuve militaire pénible opposa les légions à une femme, Boudicca, la Vercingétorix britannique, dont les vétérans romains, affolés par son sens tactique et sa violence, affirmèrent après sa mort qu'elle avait des dents autour du vagin. Pure légende, naturellement, mais qui reflète bien le regard que la capitale impériale posait sur cette île : une petite possession exotique regorgeant de bons guerriers. Cette impression devint une rassurante conviction quand l'empire se mit à vaciller sur ses bases. À partir de l'an 300, lorsque les invasions se succédèrent, c'est en Bretagne que Rome alla lever des légions pour ramener l'ordre en Gaule et en chasser les barbares. Les meilleurs combattants de l'île occupèrent des garnisons sur le Rhin et organisèrent la défense côtière de Bordeaux à Anvers contre les raids des pirates venus de Scandinavie. Tout l'empire s'en félicita : ces Bretons étaient remarquables. À tel point qu'à deux reprises, les troupes de l'île proclamèrent leur chef empereur, Maxime en l'an 383 et un second Constantin en l'an 407. Sur quoi, ces brillants usurpateurs passèrent sur le continent avec leurs soldats pour aller occuper le trône impérial. Où, comme d'habitude, on les assassina. Pour être routinier, le meurtre de Maxime mérite néanmoins qu'on s'y arrête un instant car il avait pour bras droit un certain Conan Meriadec. Or, pendant que son chef, ayant franchi la Manche, établissait son pouvoir sur l'ensemble de la Gaule et de l'Espagne, Conan, lui, occupa et « pacifia » l'Armorique. Il écrasa les Gaulois, bâtit des forteresses, établit des colons sur les terres abandonnées, parcourut sa province en tout sens et disparut des tablettes – sinon des mémoires. Est-ce vrai ? Rien ne le prouve et aucune archive ne l'atteste, sinon la mémoire collective qui fait de Conan Meriadec le premier chef d'une Bretagne imaginaire. Un pur roman que les ducs du Moyen Âge, authentiques quant à eux mais pauvres en sang royal, accréditèrent en s'inventant une ascendance liée à Conan pour souligner l'ancienneté de leurs familles et leur pureté bretonne.

Un fait, néanmoins, est établi. À force de fournir à tous les généraux putschistes d'Occident les gros bataillons de leurs troupes, la Bretagne se trouva bien démunie lorsque survint l'hiver de l'épopée romaine. En l'an 410, quand l'empereur Honorius informa une fois pour toutes ses provinces que désormais elles veilleraient seules sur leur sort, l'île n'avait plus ses fameux guerriers pour la défendre. En une vingtaine d'années, la curée prit forme. Les Pictes et les Irlandais étaient toujours là. Se joignirent à leurs fléaux les ravages des Saxons, des Jutes, des Angles et des Frisons venus du Danemark et du nord de l'Allemagne. Ce ne fut pas long. L'île se divisa en chefferies et en petits royaumes, tous plus inefficaces les uns que les autres. Incapables d'affronter leurs ennemis, ils n'eurent que la force de s'en apercevoir et crurent très malin d'avoir recours à ce qui avait si bien servi les Romains : l'emploi des mercenaires. Puisqu'ils n'arrivaient pas à se débarrasser tout seuls des Pictes et des Scots, ils proposèrent aux Saxons de les y aider. Diviser l'adversité pour mieux régner. Le projet tenait debout. Son exécution tourna au désastre.

L'homme qui fit entrer le loup dans la bergerie s'appelait Vortigern. Dans le chaos général, il avait réussi à fédérer assez de tribus pour se parer du titre de Grand chef. Lucide, il ne se fiait pas à la fidélité de ses vassaux et trouva génial de constituer une garde prétorienne à son service exclusif en accueillant quelques centaines d'envahisseurs angles et saxons.

Mal lui en prit car cette poignée de guerriers traités comme des coqs en pâte jugèrent l'île à leur goût et envoyèrent des messagers à leurs frères restés sur le continent afin qu'ils les rejoignent. Bientôt, hébergés par le trop subtil Vortigern, ils formèrent une armée invincible. L'indépendance bretonne n'était plus qu'un leurre. Le Grand chef n'avait d'autre autorité que protocolaire. Il dut même épouser la fille de son lieutenant saxon et lui céder officiellement des territoires. Quand, pour finir, il laissa massacrer ses anciens compagnons bretons, il passa définitivement pour un traître et une nullité. D'autres avant lui et d'autres ensuite survécurent à ce mépris universel, mais Vortigern eut une très mauvaise idée : chrétien, il adopta les idées du moine Pélage, un Irlandais qui envoyait promener le péché originel, faisait une grande place à la liberté de conscience, accordait toute sa confiance à l'homme pour choisir entre le bien et le mal et ne se souciait guère de la grâce divine chère à saint Augustin. Or, deux conciles, à Valence et à Orange, jugèrent cette doctrine hérétique. Les jeux étaient faits : l'Église déclara la guerre à Vortigern.

En soi, ce n'était pas une catastrophe. Elle non plus ne représentait plus grand-chose. En cinquante ans, tout s'était effondré. Partout, le vernis de la civilisation antérieure s'écaillait. Mais le christianisme incarnait la stabilité du temps des Romains. Et tout le monde avait la nostalgie de cette époque tranquille. Les bourgeois des villes, les fils de légionnaires, les ennemis de Vortigern, tout le monde se retrouva autour de saint Germain, l'évêque d'Auxerre, envoyé en 440 par le pape pour ramener l'ordre dans l'île. À peine débarqué, il avait jeté l'anathème contre le « Judas ». Le peuple entier l'approuva. Face à un poltron tel que Vortigern, une seule attitude s'imposait : lâcher la meute. Restait à y parvenir. Comme la providence veillait, un brillant soldat accourut. Il s'appelait Ambrosius Aurelianus. C'était un aristocrate local, descendant de la noblesse romaine britannique. Coup de chance : il n'avait que le mot discipline à la bouche et c'est juste celui que les Bretons, soucieux de préserver leur indépendance, avaient envie d'entendre à ce moment-là. En un rien de temps, il équipa une armée à la romaine, chassa Vortigern, écrasa les Saxons et lança même une flotte pour les intercepter en mer du Nord. Dès 460, la Bretagne redevenait une sorte de province romaine calme, dans un empire en pleine tempête. Le sursis malheureusement ne dura pas.

Toute l'Europe bougeait. Du Rhin à la Pologne, les peuples se mettaient en route vers l'ouest. Et, parmi eux, les Saxons ne renoncèrent jamais à cette île prospère dont ils avaient goûté les délices pendant une vingtaine d'années. Résultat : ils revinrent. Et la guerre recommença. Avec, cette fois-ci, à la tête des Bretons, un ancien lieutenant d'Aurelianus, un certain Arthur. La légende parle de lui et de ses chevaliers. En fait, il s'agissait de ses cavaliers car c'est à cheval qu'il lutta contre les Saxons, les Pictes et les Scots, pirates irlandais qui, eux, combattaient à pied. En l'an 500, en effet, l'ère des légions formant le carré avait depuis longtemps disparu. Aurelianus s'était forgé une armée constituée d'unités montées, capables d'assurer de multiples et très rapides interventions partout où l'envahisseur pointait ses forces. Or, Arthur commanda d'abord un de ses bataillons de cavalerie. Cela semblera sacrilège à beaucoup mais, si les légendes arthuriennes reposent sur un semblant de vérité, l'ultime grand roi de la Bretagne antique fut le dernier héritier de l'empire.

Rassurez-vous, il n'avait rien d'un patricien romain lavé au lait d'ânesse et massé à l'eau de rose. Rien non plus du preux chevalier courtois imaginé par la littérature du Moyen Âge. Et rien en lui n'annonçait la naissance future du gentleman, ce fameux spécimen britannique d'être humain qui se sert d'une pince à sucre même s'il est seul. Arthur volait les troupeaux des uns, détroussait les autres, rançonnait les monastères et lutinait les filles. Plus pillard que petit saint, il prenait l'argent où il le trouvait et ne s'embarrassait pas de scrupules superflus, mais il enchaînait les victoires et éliminait l'un après l'autre les fauteurs de troubles de l'île. Une partie de ses hauts faits relève de la mythologie, mais ses exploits firent assez sensation pour que sa réputation franchisse le temps, pour que le prénom d'Arthur, inconnu avant lui, se répande dans toutes les grandes familles et pour que tous les chefs mérovingiens aient ensuite été comparés par leurs poètes respectifs au fameux Arthur. L'Église, furieuse qu'il ait souvent pioché la solde de ses hommes dans ses troncs, participa néanmoins à la création du culte en remerciement d'une manie d'Arthur qu'elle ne se lassa jamais de rappeler : quand il lançait ses cavaliers à l'attaque, il les faisait d'abord défiler devant une effigie de la Vierge Marie.

On est loin des fées et de Merlin mais le fait, lui, est là : en l'an 500, face aux hordes saxonnes, tous les chefs bretons se rangent derrière les unités de police du fameux Arthur. Et il enchaîne les victoires jusqu'à son triomphe de l'année 517, quand il écrase la coalition des Saxons et des tribus du Kent à la bataille du mont Badon. C'est la dernière victoire des Bretons. Trop belle et trop glorieuse pour ne pas tourner la tête d'Arthur. Après cet exploit, il se prend pour Alexandre le Grand et, au lieu de fortifier ses positions, il part étaler son génie stratégique sur le continent où il apporte son aide aux derniers défenseurs de l'empire, submergés par les Francs. Malgré de beaux combats, la partie est perdue d'avance et, quand il regagne son île, dix ans plus tard, un autre occupe sa place. Il s'appelle Medrawt et prétend se charger lui-même de faire régner l'ordre en Bretagne. C'est l'affrontement fatal ! À Camlann, les deux rivaux s'entretuent. Dans la déroute universelle, tous les petits chefs régionaux se rabattent alors sur leurs fiefs locaux où, les uns après les autres, les Saxons les anéantissent. En l'an 550, la Bretagne antique s'apprête à rendre l'âme. Triste nouvelle pour l'humanité. Mais bonne pour nous. La Bretagne moderne va naître. En Armorique.

Par quel miracle ? Celui de l'immigration. Aurelianus et Arthur ont eu beau faire, de nombreux Bretons ont vite compris que leur sort était réglé. Plutôt que de lutter sans espoir, ils ont préféré faire comme tant d'autres : réunir leurs biens, rassembler leurs gens et partir s'installer ailleurs. Ils cherchèrent d'abord refuge dans les montagnes, comme tout le monde. Sauf qu'il n'y en avait guère. Ils devaient se contenter de grottes, de rochers ou d'îlots inaccessibles. On était loin, très loin du « home, sweet home » cher aux buveurs de thé. Pour finir, ils se résignèrent à se bannir eux-mêmes de leur propre pays. Et partirent pour l'Armorique. On pense qu'entre l'an 450 et l'an 600, environ 100 000 Bretons ont franchi la Manche pour s'y réfugier. Un chiffre énorme à une époque où l'ancienne province gauloise ne comptait guère plus de 200 000 habitants. Si énorme que la poésie s'en empara et affirma que ces envahisseurs invincibles surgissaient de la mer sur des bateaux de pierre. Jolie trouvaille qui s'explique sans recours à l'inspiration lyrique par le fait que ces pauvres émigrés plaçaient de grandes dalles au fond de leurs petits navires pour y faire la cuisine. Une fois à terre, ils laissaient pourrir ces embarcations dont, bientôt, ne restait plus sur les plages que la pierre. Ce qui laissera songeur les esprits portés à la poésie mais ne doit pas cacher que ce grand dérangement ne se fit pas en vers et en chansons. Les Armoricains résistèrent. En vain. Les autres avaient beaucoup plus d'expérience guerrière qu'eux. En deux siècles, ils contrôlèrent tout l'ouest de la péninsule armoricaine.

Le premier prince gallois débarqué avec ses hommes en l'an 458 s'appelait Riwal. Des dizaines d'autres le suivirent. Et c'est là que Dieu s'en mêla car, à bord des vaisseaux d'immigrants, se trouvaient aussi évêques, prêtres et moines. D'abord parce qu'ils appartenaient à la communauté en fuite ; ensuite par calcul. Les seigneurs bretons qui venaient de subir la rage de conquête des Saxons ne jugèrent pas très politique de se contenter de dire aux Armoricains : « Poussez-vous de là que nous nous y mettions. » Ils estimèrent plus habile de prétendre qu'ils venaient déloger les dernières idoles païennes, chasser les druides, combattre les superstitions, mettre fin aux vices. À les entendre, plutôt qu'en envahisseurs, ils se présentaient en missionnaires. De fait, même si personne ne voit vraiment clair dans ces antiquités, la coutume a effacé le nom des princes qui nous occupèrent mais a retenu et sanctifié celui des saints qui les accompagnaient. Saint Samson à Dol, saint Malo, saint Brieuc, saint Tugdual à Tréguier, saint Pol à Léon, saint Corentin à Quimper, saint Patern à Vannes, les sept saints fondateurs et protecteurs de l'Église de Bretagne participaient à l'exode à travers la Manche. Autant chefs de clans que patriarches religieux, ils se taillèrent des fiefs à grands coups d'épées, de bénédictions et de miracles apocryphes. Autour de l'an 500, l'Église en Bretagne portait l'armure. Et comme l'Esprit-Saint guidait les pas de ces conquistadors, leur invasion réussit à merveille. La Cornouaille bretonne emprunta son nom à celle d'outre-Manche et, au nord, un royaume s'installa, baptisé Domnonée, du nom de l'actuel Devon. Le latin disparut, le breton s'établit à l'ouest d'une ligne Vannes-Saint-Brieuc. Ce fut brutal et les envahisseurs ne demandèrent l'avis de personne mais ce fut très efficace. En 579, quand les Bretons de Waroch s'emparèrent de Vannes et constituèrent le troisième royaume breton d'Armorique, notre monde avait changé. La Bretagne antique était morte et la nôtre était née. Dans le plus grand désordre et dans la plus grande diversité. Heureusement pour nous, les Francs veillaient. Installés sur les marches de l'Armorique, à l'est de la Vilaine, ils eurent très vite envie de nous enrôler dans leur empire. Ce fut une aubaine. On ne se supportait pas les uns les autres mais l'idée de leur obéir à eux était plus odieuse encore. Au moment de les affronter, il n'y eut plus d'Armorique. La Bretagne prenait forme.

Chapitre 4

Enfin apparaît Nominoé

Donc, les Angles ont franchi la mer et conquis la Bretagne, les Scots ont débarqué au sud du pays picte pour s'y installer et les Bretons ont établi leurs nouveaux quartiers en Armorique. Qu'à cela ne tienne, on change les noms. Désormais, il y aura l'Angleterre, l'Écosse et la Bretagne. Une simplicité archéologique présidait à ces baptêmes. Tout valsait à la fois mais tout restait clair. Et misérable. La civilisation faisait marche arrière. Chez nous, entre Brest et Rennes, on ne trouvait plus de grandes propriétés agricoles dans les campagnes et les derniers cours d'éloquence dispensés en ville remontaient à un ou deux siècles ; en revanche, on apercevait des ours et des aurochs rodant autour des villages. Plus qu'aux lendemains de la chute de Rome, on se serait cru revenu aux premiers temps de la Gaule chevelue, mille ans plus tôt.

À l'ouest de Vannes, dans les territoires qui échappent à la suzeraineté des Mérovingiens, trois petits royaumes bretons vivent au jour le jour. Sans cesse en guerre entre eux, ils prennent leurs voisins pour des proies, tiennent leur propre parole pour nulle et non avenue et appellent « allié » celui qu'ils comptent bientôt détrousser. Inutile de dire qu'aucune archive n'a survécu aux pillages perpétuels de ces brutes à la sensualité de mammifère dont les estomacs auraient digéré un agneau mais dont le cerveau n'aurait pas rempli un dé à coudre. Seuls sont passés à la postérité les cinglés dignes d'entrer dans le panthéon littéraire ou les « âmes » retenues par l'Église pour ses propres légendes. Hasard commode : chaque royaume a son élu. Un miracle dû à la littérature plus qu'à l'histoire.

En Cornouaille, dans la région de Quimper et de Brest, sur l'ancien territoire des Osismes, règne Gradlon. Deux trésors font sa gloire. D'abord, Ys, sa capitale. La mer bat les murailles. La ville est puissante. Ses fortifications rassurent les négociants. Le commerce prospère. De nombreux marins viennent jeter l'ancre. Le port est célèbre pour ses tavernes. La prostitution s'étale. À défaut de la morale, une certaine joie de vivre y trouve son compte. Les impôts rentrent. Gradlon se frotte les mains. Et fait de beaux cadeaux à l'autre perle de son destin : Dahud, sa fille. Il prétendait l'avoir eue d'une sirène, créature à queue comme chacun sait et comme Dahud le prouva en manifestant très tôt une véritable passion pour celles des beaux marins qui déchargeaient torse nu leurs cargaisons sous les fenêtres du palais royal. Ses appartements se transformèrent en maison de passe, on parlait d'orgies, tout le monde s'en amusait, on suivit son exemple, Ys acquit la réputation d'être une nouvelle petite Babylone. Manque de chance : Gradlon avait pour confesseur saint Guénolé. Les meurtres, les viols, les pillages du père ne l'avaient pas traumatisé. Les incartades de la fille lui rebroussèrent le poil. La concupiscence généralisée acheva de lui tourner les sangs. Lorsqu'il parcourait les rues, il se croyait à Sodome. Il implora un déluge de venir nettoyer cette fange et, pour aider le Seigneur à jouer son rôle, ouvrit la porte de la ville une nuit de grande marée et de forte tempête. Sur quoi, il prit Gradlon en croupe sur un cheval et ils abandonnèrent la fille, la ville et le peuple à la fureur de l'océan. Telle est du moins la version que l'Église présente pour expliquer le raz-de-marée qui frappa le royaume de Cornouaille et décida du transfert de la capitale à Quimper. Où tout rentra dans l'ordre. Tel qu'il régnait à cette époque dans ces parages. On se massacra beaucoup, on trancha des pieds, on assassina des jeunes princes et on ne laissa aucune trace de son passage.

Un peu au nord, entre Brest et Morlaix, du côté de Roscoff, est établi le royaume de Léon. Nul vestige d'une capitale susceptible d'inspirer les poètes. Saint-Pol n'est pas Athènes. Ici on est vraiment au creux du creux du plus profond Moyen Âge. À la cour, les femmes tissent en silence et les hommes ripaillent. Leur truc, c'est la guerre. Soudain, s'assied sur le trône un certain <u>Conomor le Maudit.</u> Il en fallait beaucoup à l'époque pour mériter une telle distinction, il se montra à la hauteur. On dit que c'est lui, et non Gilles de Rais, qui inspira le personnage de Barbe-Bleue. Au début, ses contemporains ne virent que le soldat génial. Parti du Léon, il avait conquis la Cornouaille et la Domnonée. De fait, pour la première fois, la Bretagne bretonnante n'avait plus qu'un chef. Brutal mais efficace. Il ne ménageait jamais sa violence, pas même auprès de ses intimes. Pour vous situer le personnage, il tuait l'une après l'autre toutes ses femmes lorsqu'elles tombaient enceintes. Il ne fallait pas lui parler d'héritier. Il voulait régner seul et sur le plus grand territoire possible. Le royaume de Vannes, à l'est, le faisait saliver. Sauf qu'il était bien plus puissant que le sien et protégé par les Francs auxquels il versait un tribut. D'où l'idée de s'en emparer pacifiquement. Il demanda et obtint la main de la princesse Triphine, fille de Waroch, le roi de Vannes. Plus tard, il pourrait légitimement se prétendre l'héritier de la couronne. À cette nuance près que ce serait beaucoup plus tard et qu'entre-temps Triphine tomba enceinte. Conomor, toujours expéditif, l'étrangla de ses mains à la veille de l'accouchement. Mauvaise idée : tout à coup, l'indignation emporta tout, le peuple se rua sur le palais et il dut fuir. Par miracle, saint Gildas passait par là et ressuscita le bébé. Dans le même mouvement, il ordonna qu'on exécute l'assassin. Cela prit du temps et Conomor, les yeux toujours injectés de sperme, récupéra son trône mais, comme dans une pièce de Shakespeare, il fut enfin assassiné par le prince Judwal, fils d'une reine que Conomor avait épousée puis tuée après l'avoir volée à l'ancien roi de Domnonée. Je vous le rappelle : on est en l'an 600 et la Bretagne n'a rien à voir avec les plages de Carnac et les minigolfs de Saint-Cast. C'est la jungle, froide et brumeuse, sanglante et malheureuse. Seul Dieu, parfois, rarement, veille sur elle. Et, plus particulièrement sur le royaume de Domnonée.

Grosso modo, il s'agit de l'ancien territoire des Coriosolites, plus ou moins les actuelles Côtes d'Armor. Là encore, on ignore à peu près tout des aléas de l'histoire de ce royaume. Seule, à l'occasion, une lueur éclaire les ténèbres. Mais ici, pas de stupre : aucune nymphomane ni aucun obsédé sexuel n'a franchi l'épreuve du temps. Celui qui a retenu la postérité est un saint. Son nom : Judicaël. Adolescent, il avait vu son père tué par un rival et avait jugé plus politique de se retirer dans un monastère. Solitude, prière, étude de la Bible lui firent grand bien. L'usurpateur et sa succession n'ayant pas survécu à leurs exactions, on vint le rechercher et, à la surprise générale, un sage s'installa enfin sur un trône breton. Sage, donc un peu pleutre, se dit Dagobert, le roi franc, qui eut l'idée de faire main basse sur son royaume. Cela dit, grand trône n'est pas grand roi et Judicaël, entre deux oraisons, fit un carnage mémorable des troupes de Dagobert. Au point que le fameux saint Éloi, conseiller du Mérovingien, suggéra une armistice et convia, à Clichy, le roi de Domnonée afin qu'il confère avec son propre souverain. Judicaël vint, négocia, mena habilement sa barque et, le soir venu, refusa de dîner avec un homme qu'il jugeait mauvais chrétien. Sur quoi, il partit souper avec un ministre franc, le référendaire Dadon, plus tard canonisé sous le nom de saint Ouen. Entre belles âmes, il s'entendirent à merveille et déplorèrent de concert la vie scabreuse de Dagobert, mais convinrent que tout valait mieux que la guerre. Judicaël rentra chez lui après conclusion d'un traité d'alliance et, plus épris de Jésus que jamais, se retira dans un monastère où il mourut vers 650. Son royaume ne lui survécut guère. Rien d'étonnant : un chaos complet ne cessait d'agiter la Bretagne bretonnante.

Cela ne valait guère mieux dans la Bretagne franque. Celle-ci se composait de Rennes, de Nantes et parfois de Vannes, villes et régions que les grands souverains mérovingiens regardaient avec des yeux de propriétaires. Heureusement pour nous, ils étaient fort nombreux. À la mort de chaque roi, le domaine était partagé entre tous ses fils. Or, dans ces familles et en ces temps, on était frères comme la main et le pied. Les guerres civiles étaient perpétuelles. Seuls Clotaire II, couronné en 629, et Dagobert Ier, son successeur en 639, régnèrent sur l'ensemble des terres franques. Tous les autres, leurs pères, oncles, neveux, fils ou petits-fils se contentaient d'un morceau de l'héritage. L'empire franc était un vrai manteau d'arlequin. Si l'un recevait en apanage la Neustrie à l'ouest, son premier frère avait l'Aquitaine, le deuxième l'Austrasie à l'est, le troisième la Bourgogne… Bien entendu, chacun voulait immédiatement réunifier l'ensemble sous son propre sceptre. L'inconvénient majeur de l'Empire romain, à cette époque, n'était plus tant d'avoir disparu que d'avoir marqué les esprits. Les Wisigoths, les Vandales, les Huns, les Burgondes, les Lombards et les autres s'étant volatilisés, il n'y avait pas un roi franc qui ne rêvât de relever le flambeau impérial. Et qui, donc, ne prit les armes contre ses frères.

Inutile de dire que les rois mérovingiens n'avaient pas les moyens de leurs rêves. Reformer l'Empire romain d'occident était bien au-delà de leurs forces. Le manque d'énergie, de vision et de diplomatie était chez eux un don dont ils abusaient. D'où les velléités répétées d'autonomie des petits princes bretons installés et souvent oubliés aux bornes occidentales et lointaines de l'univers franc. Pourquoi hésiter à piétiner ceux qui se couchent d'eux-mêmes ? Et quel besoin de respecter le serment de vassalité à l'égard d'un suzerain qu'on ne voit et ne verra jamais ? Évoquer la morale ou le respect de la parole donnée devant un prince breton des VIIe et VIIIe siècles, c'était comme semer sur du sable. Chacun n'en faisait qu'à sa tête.

À Vannes, l'histoire a retenu le nom de Waroch. Le premier, venu de la Bretagne antique, s'était emparé de la ville. Le second, Waroch II, son petit-fils, passa son existence à lancer des raids contre les marquis de Rennes et de Nantes, chargés de défendre les deux places fortes aux mains des Francs. À l'occasion, il poussait jusqu'en Anjou et en Poitou. Chilpéric Ier, le petit-fils de Clovis, roi de Neustrie, montait contre lui des expéditions punitives et s'empara même de Vannes, mais en vain. Non seulement, Waroch restait rebelle à ses ordres mais, en 590, il écrasa littéralement ses armées sous les murs de Rennes. Pour vous situer l'harmonie régnant au sommet de l'État mérovingien, Waroch, ayant rabattu les troupes franques sur des marais où elles s'empêtraient, reçut l'aide de mercenaires saxons gracieusement prêtés par Frédégonde, la femme de Chilpéric, qui poursuivait elle-même ses propres objectifs. À cette heure, Waroch aurait pu s'emparer de la Bretagne entière mais il vit ses rêves contrecarrés par les évêques de Rennes et de Nantes. Or ceux-ci, en ces temps troublés, étaient très puissants. Installés à demeure, proches de leurs ouailles, appuyés par le roi, ils incarnaient bien plus le pouvoir légitime que les marquis francs nommés officiellement par le souverain. Ce sont eux qui rendaient la justice, nourrissaient les affamés (c'est-à-dire à peu près tout le monde) et maintenaient une apparence d'unité sociale. Rien ne se faisait sans leur accord. Or, tout au long des VIIe et VIIIe siècles, ils restèrent fidèles au pape et au roi. Une Bretagne morcelée leur convenait à merveille. Ils tinrent tête à Waroch et à ses successeurs et cantonnèrent la Bretagne au rôle de province lointaine, réfractaire au tribut royal, parfois turbulente mais dispersée, pauvre et incapable de s'unir.

Tout changea en 751. Cette année-là, Pépin le Bref, fils de Charles Martel, maire du palais de Childéric III, le dernier roi mérovingien, déposa son souverain, le fit tondre et le relégua dans un monastère. Dans la foulée, il se fit sacrer roi des Francs par le pape lui-même, Étienne II. Une autre ère s'ouvrit : la France carolingienne était née. Finie la chienlit au sommet de l'État. Désormais, l'ordre allait régner. Chacun filerait droit et payerait ses impôts. En Bretagne, comme ailleurs. Où, du reste, Pépin vint en personne – ce qui ne s'était plus vu depuis Jules

César : pour la première fois, le maître du monde visitait sa province la plus lointaine. Une promenade fatigante et coûteuse. Il s'empara de Vannes et massacra quelques chefs mais s'aperçut qu'on lui résistait et que la vaillance bretonne n'était pas qu'un mot. Reparti, il créa la marche de Bretagne, véritable cordon de sécurité dressé entre la Bretagne et son empire. Des garnisons nombreuses furent installées dans les forteresses rebâties de Vannes, de Rennes et de Nantes. On y nomma des capitaines blanchis sous le harnais avec pour mission de tenir le peuple sous leur botte et de faire rentrer chaque année le tribut. Parmi ces proconsuls, en 778, Nantes hébergea quelques mois le fameux Roland, tué plus tard à Roncevaux. Parfaite sur le papier, cette organisation, en réalité, fonctionnait mal. Tous les quinze ans, il fallait monter une expédition pour rappeler à ces maudits Bretons qui était le chef. En 786 et en 799, des armées franques ravagèrent tout sur leur passage. L'ordre revenait quelques années, puis le désordre reprenait. En 811, on attint le point de non-retour : à nouveau la province se souleva. Charlemagne, déjà roi depuis quarante ans, vint en personne se venger de notre perfidie. Il avait anéanti les Bavarois, les Lombards, les Saxons et les Catalans. Personne ne lui résistait. Il fut impitoyable : enfants massacrés, monastères incendiés, rois décapités. Il alla jusqu'à éparpiller en plein vent les reliques de nos saints – par chance, on en regorgeait, il en resta des quantités. Puis, il repartit et mourut trois ans plus tard. La Bretagne, exsangue, poussa un ouf de soulagement et tira enfin les leçons de l'expérience. Sous les Mérovingiens, les Francs étaient gênants comme de la fumée mais ne dérangeaient pas vraiment. On pouvait fort bien s'accommoder d'une suzeraineté lointaine se contentant d'un hommage distant, irrégulier et plus protocolaire que monétaire. Avec les Carolingiens, au contraire, la domination était odieuse : à chaque génération, ils venaient nous massacrer. Leur mainmise pesante, violente et coûteuse changea les dispositions d'esprit. Cette poigne écrasante ne pouvait plus durer. Pour la première fois, les thierns, les mac'thierns, les princes et les roitelets acceptèrent de se ranger sous une bannière commune. Enfin, la Bretagne allait avoir un roi unique. Né d'une catastrophe, c'était un miracle. Il est bon d'avoir un ennemi puissant, cela contraint à se doter d'un chef à sa démesure.

En 817, apparaît le premier grand chef de Bretagne. Il s'appelle Morvan. Il vient de l'ouest, du Léon ou de la Cornouaille. C'est un comte. Il soigne déjà sa légende et prétend descendre de Conan Meriadec. Reconnu comme chef de tous les Bretons, il s'installe une forteresse à la lisière de la forêt de Brocéliande, sur une butte qui domine la rive droite de l'Ellé, retranchée derrière les bois, la rivière et tout un réseau de douves et de fossés. Pas de remparts, juste des palissades hérissées de pieux mais bien situées, imprenables. C'est là qu'il reçoit Wichtar, homme d'Église envoyé comme émissaire par Louis le Pieux, seul fils survivant de Charlemagne, son successeur, à peine couronné et déjà exaspéré par les Bretons. Ambassade très rapide : à peine une nuit. Dès le lendemain de son arrivée, Wichtar est renvoyé : la Bretagne ne payera plus de tribut, ses lances et ses javelots sont prêts, si les Francs ne sont pas contents, qu'ils viennent donc en tâter. Ce qu'ils font.

Commence alors, en 818, la première guerre franco-bretonne. Un conflit exemplaire : tous les suivants reproduiront le même schéma. Les Francs s'avancent, ravagent tout sur leur passage et ne voient personne. La population se terre dans la forêt, les soldats bivouaquent au milieu des ruines et, quand ils dorment ou s'aventurent en petit nombre, ils sont attaqués brutalement et brièvement. Jamais de batailles rangées, toujours des escarmouches, des embuscades, des raids furtifs. L'art militaire des bretons repose sur la cavalerie légère. Ils surviennent de tous côtés à la fois, lancent leurs javelots et filent. Quand le corps franc se disloque pour les poursuivre, les Bretons se regroupent autour du plus faible, le criblent de flèches et disparaissent. Les traînards sont massacrés, les éclaireurs aussi sans que jamais un choc frontal ne permette d'en découdre une fois pour toutes. C'est déjà la tactique des futurs chouans. Les Bretons apparaissent et, le temps de les repérer, ils ont filé. Cela aurait pu durer des mois sans la catastrophe. Un matin, chevauchant à quelques lieues du gros des troupes franques, Morvan aperçoit un convoi de chariots apportant des vivres à l'ennemi. Il cingle sur lui et ravage sa maigre escorte mais, dans l'accrochage, il reçoit un coup de francisque en pleine tête. À peine entamé, son règne est achevé. Louis triomphe. Mais il ne plastronne pas. Il a bien assez de sens politique pour savoir que sa puissante armée peut faucher les révoltes bretonnes comme des épis de blé mais que, malheureusement, les épis repoussent. En réalité, comme son père Charlemagne avant lui, comme son fils Charles le Chauve plus tard, il en a par-dessus la tête de ces querelles de Bretons. Il voudrait trouver une nouvelle solution. Et c'est là, au bout de quelques années de réflexion, que lui vient une idée : s'il confiait le maintien de l'ordre en Bretagne à un de ces empoisonneurs de Bretons ! Excellent calcul : cette race infernale acceptera mieux ses ordres s'ils sont transmis par un des siens. Il jette son dévolu sur Nominoé, un chef de guerre vannetais.

Aussitôt dit, aussitôt fait : en l'an 831, Nominoé est élevé à la dignité de comte de Vannes. C'est la ville clé du pays. À l'ouest, on parle breton et on se soucie de l'empire carolingien comme de l'an 40. À l'est, on parle le gallo et on prend ses ordres à Aix-la-Chapelle, Soissons ou Paris, les métropoles franques. Au milieu, soutenant les deux plateaux de la balance, Vannes est le fléau qui, le premier, perçoit vers où penche la province. Avant d'être un bras armé, Nominoé est un œil. Et un œil lucide qui analyse et réfléchit – une véritable originalité, à l'époque, parmi les chefs bretons. Ses rivaux et ses vassaux sont bien plus expéditifs. Eux aussi observent la situation mais, même repus d'informations, ils sont privés de la pensée qui les interprète. Ils parlent avant de réfléchir et placent toute leur force vitale au service de leur énergie plus que de leur jugement. Chez eux, le sentiment, le réflexe et l'impulsion régentent tout. À peine Nominoé a-t-il été nommé qu'ils décident de ne tenir aucun compte de lui. Et ils reprennent leurs raids, leurs rapines et leurs brigandages comme si de rien n'était. Ni Louis ni Nominoé ne s'affolent pour autant. Comme d'habitude, on a mal vissé le couvercle° et la Bretagne fait de la vapeur mais ça ne va pas chercher loin. Le comté de Vannes reste calme, éventuellement il exerce des représailles : pénibles mais bien plus légères que les descentes infernales des armées franques. Habilement exploitées par les Vannetais, ces violences deviennent la preuve régulière que les autres chefs locaux sont irresponsables, que les Francs sont odieux et qu'entre les deux, le sage Nominoé est une bénédiction pour tout le monde. Résultat : la paix règne à peu près, les Francs ne s'inquiètent pas et Nominoé leur semble l'allié idéal. Du moins, veut-on le croire à la cour. L'Église, elle, bien plus avertie et installée sur place, ne cesse de tirer la sonnette d'alarme : « Méfiez-vous de cet hypocrite. C'est un Breton, tête de cochon. Tôt ou tard, il vous trahira. »

Et elle a raison. Les évêques° francs ont parfaitement compris ce qui se tramait à Vannes. Rien d'étonnant d'ailleurs car, dans sa lutte pour l'indépendance, Nominoé a commencé par eux. Passant outre leurs intrigues et leurs cris de colère, il offre sa protection et des fonds à un groupe de moines qui bâtissent un monastère à Redon. Menés par un certain Conwoïon, ils sont tous bretons, parlent et prient en breton et se plient au rite irlandais édicté par saint Colomban : tonsure différente (on rase l'avant du crâne jusqu'à la ligne reliant les oreilles mais on porte les cheveux longs en arrière) et règles de vie bien plus sévères que chez les Bénédictins. Les périodes de jeûne se succèdent, on va de mortification en mortification, le moindre écart est puni avec sauvagerie. On ne célèbre pas non plus Pâques en même temps que le reste de la chrétienté et on prie les bras écartés pour avoir l'air d'une croix… Déjà, ces entorses à la loi romaine sont exaspérantes mais, pire que tout, ces sauvages s'installent en pleine terre franque. À mi-chemin entre Vannes et Nantes, ce monastère cent pour cent breton fait clairement œuvre de mission bretonnante. Pour la plus grande contrariété des évêques francs, mais selon le souhait de Nominoé qui les couvre de dons, leur offre des terres et finance leur expédition à Angers où ils vont voler le corps embaumé de saint Apothème afin d'avoir, eux aussi, une relique d'envergure à offrir au tourisme paroissial. Inutile de dire que le clergé s'étrangle de rage. En pure perte. Louis le Pieux ne veut rien entendre de leurs pleurnicheries. Entre les raids vikings qui saccagent la Normandie ou l'Aquitaine et les querelles perpétuelles entre ses fils (qui vont jusqu'à le chasser du trône entre 833 et 835), il a mille autres chats à fouetter. Pas question de chercher des poux à ce Nominoé qui maintient l'ordre, ne mène aucune révolte et verse plus ou moins scrupuleusement son tribut. Quant à Nominoé, il tisse sa toile, place ses hommes, élimine une à une toutes les têtes qui dépassent en Bretagne et attend son heure. Dix-sept ans de patience ! Pour un Breton du IXe siècle, ce n'est même plus un prodige, cela relève du miracle. Mais il a juré fidélité à Louis et, à cette époque, pour certains, pour lui en tout cas, on ne joue pas au plus fin avec un serment. De toute manière, si Nominoé lui doit tout, Louis n'est pas éternel…

Et, en effet, en 840, à 62 ans, l'empereur meurt. La partie occidentale de son empire échoit à son quatrième fils, le plus jeune, né de sa seconde épouse, Charles le Chauve. Celui-ci, sur-le-champ, entre en guerre avec Louis qui règne sur la Bavière et avec Lothaire qui, outre le titre impérial, a reçu en héritage tout le centre des terres carolingiennes, de la Belgique à l'Italie en passant par la Bourgogne. Il va de soi que la Bretagne est le cadet des soucis de Charles. Il ne songe à elle que lorsque Nominoé refuse de lui envoyer des troupes. Sous quel prétexte ? Parce qu'il est impensable d'aider un roi rebelle (Charles) en lutte contre l'empereur désigné (Lothaire) ! On ne fait pas plus hypocrite. Mais plus imparable non plus. Cette fois, les dés sont jetés : en 841, la Bretagne déclare son indépendance. Et, dans la foulée, immédiatement, Nominoé envahit les comtés de Rennes et de Nantes.

Tout se passe à merveille. Occupé ailleurs, Charles ne résiste même pas. Seule Nantes s'enferme derrière ses murs. Mais Dieu, toujours lui, veille. Il envoie les Vikings qui, le 24 juin 843, s'emparent de la ville et y commettent un effrayant massacre. Réfugiée dans la cathédrale, la population voit une hache fracasser le crâne de l'évêque et, dans l'élan, le rejoint toute entière au paradis. Dès que les drakkars ornés de dragons grimaçants remettent le cap sur Noirmoutier, la grande base viking, Nominoé fait main basse sur les restes. Toute la Bretagne est sous son contrôle. Elle ne lui suffit même pas. Il envahit le Maine et s'empare du Mans. Toujours occupé sur d'autres fronts, Charles ne réagit toujours pas. Lorsqu'il s'y résout enfin, deux ans plus tard, l'occasion est passée. Tout se ligue contre lui. D'abord, il ne peut réunir assez de forces. Ses luttes contre Lothaire ont décimé ses troupes et, face aux Vikings, il doit laisser partout des garnisons. Songez qu'en mars 845, les pirates scandinaves se sont emparés de Paris ! Face à Nominoé, il faudrait une armée puissante comme celles, hier, de Charlemagne et de Louis. Charles en est loin. Pire encore, il laisse à l'ennemi le choix du terrain de l'affrontement et marche jusqu'à Redon, où Nominoé l'attend dans un lieu marécageux, très gênant pour la cavalerie lourde franque et mortel pour ceux qui ne connaissent pas le terrain et s'écartent des zones à peu près stables. Les Bretons en ont repéré chaque creux et chaque pied de bruyère ; ils savent parfaitement comment manœuvrer pour diriger les Francs là où la nature, toute seule, se chargera de les engloutir. Et ils se lancent à l'attaque. Des groupes de cavaliers se jettent sur les Francs, lancent leurs javelots et tournent bride. Grâce à leurs petits chevaux et à leur armement léger, ils filent vite. Le temps que les Francs, lourdement équipés, contournent leurs morts et éperonnent leurs percherons, ils sont loin. Ce sera une bataille interminable et frustrante. Les Bretons surgissent comme le vent, lâchent une pluie de flèches et de traits et disparaissent. Les rares fois où on parvient à les prendre en chasse, ils se faufilent entre les mares où leurs poursuivants s'engluent à portée de tir des archers de Nominoé. La supériorité de nos brigades légères face à leur cavalerie lourde est patente. À la fin de la journée, les pertes franques se comptent en centaines, les bretonnes en dizaines et Charles plie bagage. <u>Nous sommes le 22 novembre 845.</u>

Une date à ne jamais oublier pour nous, Bretons. La bataille de Ballon est un succès complet. Peu d'hommes ont été engagés mais le résultat est aussi capital pour la Bretagne que Tolbiac pour Clovis, Rocroi pour Louis XIV ou la Marne pour Joffre. Soudain tout a changé. La patrie a conquis son indépendance, et compris qu'on pouvait vaincre les Francs en face, sur le champ de bataille. Du reste, pour ceux qui n'auraient pas perçu le message, nous allons le transmettre une seconde fois, six ans plus tard, les 21, 22 et 23 août 851, à Jengland, au nord-est de Redon. Et là, sous les ordres d'Erispoé, le fils de Nominoé, le bilan sera effrayant, accablant pour les Francs. Non seulement la bataille aura duré trois jours entiers, entre deux armées fort nombreuses cette fois-ci, mais encore les pertes seront énormes pour nos adversaires. Non que le combat nous ait été entièrement favorable mais parce que Charles, à l'aube du troisième jour, filera à l'anglaise. Sans prévenir personne, il fuira le champ de bataille. Une désertion en rase campagne qui brisera l'élan de ses troupes. En quelques minutes, abandonnant le pavillon royal, les tentes de la cour, leurs trésors et les machines de guerre, toute la noblesse s'échappera au galop dans le plus grand désordre. Dès le premier assaut d'Erispoé, la débandade tournera à l'hallali. Un carnage ! Et une chevauchée fantastique. Quand le fils de Nominoé, repu de sang, abandonnera la poursuite, il sera déjà en Mayenne, bien au-delà de Rennes. Et personne à la cour carolingienne ne songera plus à remettre en doute l'héritage de son père. La Bretagne est libre. Une autre page de l'histoire s'ouvre pour elle. <u>Elle n'est plus gauloise, elle ne songe pas à être française. Pendant six cent quatre-vingts ans, elle va être bretonne.</u>

Six cent quatre-vingts ans ! Si on met de côté les toutes dernières décennies où le clan français et les traîtres à son service avaient fait de cette liberté un leurre, nous allons avoir pendant six siècles et demi un territoire, une capitale, un duc, un État, une administration, des traités marchands, des ambassades, un commerce, une armée… Un pays est apparu sur la scène européenne avec tous ses attributs. Inutile de vous dire que du Luxembourg au Kosovo en passant par la Bosnie, la Croatie, la Belgique et cent autres sur la scène mondiale, peu de peuples peuvent se targuer d'une hérédité aussi longue, connue, référencée, archivée, prouvée et indivisible. De la Pologne à la Hongrie, de la Bulgarie à la Serbie, de la République tchèque à l'Ukraine, quelques pays ont un passé aussi long dans leur patrimoine mais effiloché et parsemé de trous pendant lesquels ils avaient purement et simplement disparu. La Bretagne, elle, est d'emblée un vrai pays. Et, pour bien le faire savoir au reste du monde, Nominoé achève son œuvre en complétant son triomphe militaire par l'acte fondateur de sa diplomatie : il dépêche une ambassade au pape, lui annonce qu'il va déposer les quatre évêques francs du duché, ne plus placer son église sous la coupe de l'archevêché de Tours, désigner l'évêque de Dol comme primat de Bretagne et, à part ça, rester le meilleur des chrétiens. Cela semble hardi car, en vérité, il ne s'agit que d'épurer l'État de ses membres inféodés aux francs, mais cela fonctionne à merveille. L'envoyé de Nominoé, Conwoïon, le supérieur du fameux monastère de Redon, est un vrai saint et un habitué des négociations « diaboliques » en cours dans les débats ecclésiastiques. Du jour au lendemain, la Bretagne a sa propre église et Suzan, Félix, Libéral et Salacon, évêques de Vannes, de Quimper, de Saint-Pol de Léon et de Dol passent en procès. Seul Mahlen, évêque de Saint-Malo, échappe au tribunal car il est breton. Les autres sont accusés de simonie, c'est-à-dire d'avoir monnayé leurs services – ce que chacun a toujours fait, alors, auparavant et depuis. Naturellement, ils sont condamnés. Et remplacés par Courantgen, Anaweten, Festinien et Isaïe qui, à leur tour, factureront les sacrements qu'ils dispensent mais qui, eux, sont bons Bretons. Ce qui ne signifie pas bons évêques. En Bretagne, bientôt, certains hériteront de la mitre épiscopale de père en fils ! Les abbayes deviendront des résidences familiales. Il arrivera que des filles reçoivent un évêché en dot. À la cour, la femme de tel évêque disputera le pas à l'épouse de tel comte. Cela semble du délire ; pas du tout : ce sont l'an 1000 et ses environs !

Bien entendu, le pape, dépassé par les événements qu'il voit d'un œil lointain, fait mine de les organiser. Non seulement, il donne l'autorisation à Nominoé de ceindre une couronne d'or les jours de fête mais, en gage de bienveillance, il remet à Conwoïon les reliques de saint Marcellin, un de ses prédécesseurs mis à mort sous le règne de Dioclétien. Radius, cubitus, fémur et autres reliefs sacrés partent pour Redon et Nominoé peut annoncer à tous qu'il régnera de droit divin. Ne pensez pas qu'il a pris des cours de machiavélisme, ça lui vient comme ça. Bien que noble, Nominoé n'avait rien d'un savant quand Louis l'avait choisi, il n'a rien d'un satrape quand tout l'or franc tombe dans son escarcelle, c'est un aventurier intelligent et malin qui pèse au gramme près le poids de l'un ou de l'autre. La Bretagne est née, il s'empare de Rennes et de Nantes, déchire en mille morceaux les courriers que Charles continue de lui adresser, pille le Mans et Angers, et s'apprête à attaquer Chartres quand, le 7 mars 851, il rend l'âme. À qui ? À Dieu, au diable, à Mars, à sainte Anne… Mystère.

On ramène son corps à Redon dans l'abbaye qu'il n'a cessé de protéger. Et, sans l'ombre d'un pli, on prête serment à Erispoé, son fils.

L'aventure bretonne commence.

Chapitre 5

Le temps des rois et des Vikings

Nominoé avait porté la couronne ducale quelques mois après une longue vie de simple chef. Erispoé, lui, fut un roi dès le premier jour. Au soir de sa victoire éclatante, à Jengland, il avait crié : *Doué zo en nev, ha tiern é Breizh !* – « Il y a un Dieu au ciel et un chef en Bretagne ! » Personne ne le contestait. En quelques années, son royaume était devenu indépendant. Et vaste ! Enfin les deux Bretagne étaient réunies. Le cœur du duché bretonnant (Domnonée, Cornouaille, Léon, Broërec et Vannes) et les deux comtés francs de Rennes et de Nantes. L'ancienne Armorique était reconstituée. Inutile de dire que cette nouveauté jouait avec les nerfs des souverains francs comme un moustique, une nuit d'été. Mais essayez de vous débarrasser du moustique ! Charles le Chauve en était bien incapable. À défaut de récupérer le royaume de Nominoé par les armes, il conçut le projet de l'envelopper d'une étouffante tendresse et, en février 856, Erispoé annonça le mariage futur de sa fille avec Louis, le fils de Charles. Aucune ambiguïté dans les termes du traité : Erispoé était appelé « roi des Bretons ». La Bretagne était officiellement entrée dans le cercle des grands. Le plus puissant souverain d'Europe traitait son roi d'égal à égal. Malheureusement, il n'était pas le seul. Les cousins d'Erispoé en faisaient autant. Aucun ne se pliait longtemps à une autorité. Dès que l'un ébauchait un geste, l'autre n'en pouvait plus de dépit à la pensée de ce qu'il aurait accompli si on lui en avait laissé l'opportunité. Salomon, le fils du frère de Nominoé, se mit à conspirer. Ce sera malheureusement le lot permanent de la cour bretonne où les traîtres seront de tout temps aussi incontournables que les crevasses en montagne. À cette nuance près que, le premier, Salomon, sans doute en conformité avec les usages de ces temps encore grossiers, ne s'égara pas en longues intrigues. En novembre 857, perdant patience lors d'une discussion, il sortit son couteau et se jeta sur Erispoé. Le roi se réfugia dans la chapelle du palais où Salomon l'attrapa et l'égorgea. Puis, il saisit la couronne et la posa sur sa propre tête. Les autres n'eurent qu'à approuver. Ce qu'ils firent. Pour le plus grand malheur des proches d'Erispoé mais pour le plus grand bien-être de la Bretagne.

Pendant les dix-sept ans du règne de Salomon, son royaume va connaître son premier âge d'or. Militaire, d'abord, car Salomon, sans être un combattant exceptionnel, est un stratège hors pair. Il s'allie avec les Vikings pour éloigner les Francs, il en appelle aux Francs quand les Vikings l'agressent, il change de camp comme de chemise, mais il se débrouille pour être toujours du côté du manche. Il frappe même les esprits par son ingéniosité militaire. Quand il n'est pas fort, il est habile. Devant Angers qu'il assiège avec Charles le Chauve, il détourne le Maine pour que les drakkars qui protègent la ville se retrouvent à sec. Il n'a plus qu'à tendre le bras pour indiquer où lui verser la rançon. Territoires et tributs tombent dans son escarcelle. Au traité de Compiègne en 867, Charles lui cède le Cotentin, Avranches et les futures îles anglo-normandes. Par écrit, il confère au roi de Bretagne la défense des côtes de l'embouchure de la Vire à celle de la Loire. Jamais la nation ne sera plus étendue. Distinction supplémentaire – et fondamentale : son monarque obtient l'autorisation de battre monnaie d'or. De toute façon, il l'aurait fait. Mais là, les Francs eux-mêmes l'y engagent. Salomon jubile. Et, comme il n'est pas du genre à plastronner en catimini, sa cour dépasse en luxe celle des Carolingiens. Son apparat frappe les esprits. Tout un protocole escorte ses moindres faits et gestes. Il va de résidence en résidence escorté d'une foule de serviteurs, depuis les palefreniers jusqu'aux évêques en passant par les écuyers, les intendants, les fauconniers, les musiciens, les cuisiniers et cinquante autres. Sa mère a bien fait de le prénommer Salomon, on se croirait revenus dans l'Antiquité. Salomon a besoin d'éblouir. Tous les quatre ans, il convoque le ban et l'arrière-ban de sa noblesse et lui impose des réunions solennelles pour bien marquer qui est le roi. De même frappe-t-il de stupeur le pape Adrien II lui-même quand il envoie l'évêque de Vannes en ambassade pour en finir une fois de plus avec la prétention de Tours à être notre métropole religieuse.

Obligeamment communiquée par Rome qui aimerait que d'autres bons chrétiens s'inspirent d'une telle largesse, la liste des cadeaux adressés par le roi de Bretagne laisse l'Europe ahurie : une statue grandeur nature, à son effigie, en or incrusté de pierres précieuses, une mule et tout son harnachement tissé en fil d'or, une couronne en or enrichie de pierres précieuses, des dizaines de tunique en lin, des dizaines de draps et, pour la maison du Saint-Père, soixante paires de chaussures – sans parler d'une jolie somme en pièces d'or. Salomon veut que les choses soient claires : non seulement la Bretagne est indépendante mais elle est puissante. Le message passe d'autant mieux qu'à cette période précise, c'est vrai.

L'artisanat prospère, les villes se développent, les communautés religieuses fleurissent, l'ordre règne. Salomon plait à son peuple. Il parcourt le pays et rend une justice humaine, sévère avec les coupables riches, équitable avec les humbles. À l'époque, ce genre d'impartialité scrupuleuse frappe les esprits. Quand Salomon, hanté par le meurtre d'Erispoé et anxieux quant à son salut, décide de quitter le trône après dix-sept ans de règne, la Bretagne tombe des nues. Il se retire dans le monastère où repose sa chère épouse et sa mort l'expédie directement au paradis des icônes intouchables : le 28 juin 874, son propre gendre et celui d'Erispoé tuent son fils sous ses yeux, puis lui crèvent les yeux et l'abattent dans la chapelle où il s'est réfugié.

La stupeur fut telle dans tout le pays que, sur-le-champ, les légendes surgirent. On se rappela que l'un avait retrouvé la vue lors de son passage à Dinan, que l'autre avait jeté ses béquilles après l'avoir reçu à Vannes. Et cela n'en finit pas. On parlait de miracles observés sur son tombeau. Le pape, en tout cas, fit mine d'y croire. En l'an de grâce 910, Salomon fut canonisé. Remarquable pour un meurtrier ! Et réconfortant pour un pays qui, à cette date, sombrait tête la première dans l'anarchie.

Le drame de la Bretagne, c'est que les rêves et les ambitions sont comme les bras : tout le monde en a. Les principes, en revanche, tout le monde s'en passe : ils ne servent à rien. Si vous en doutez, observez nos princes. Être né dans une étable ne fait pas de vous un bœuf, être né dans un palais ne fait pas de vous un roi. Génération après génération, il s'en est trouvé pour incarner tout ce que ne doit pas être un bon souverain. Erispoé abattu, Salomon assassiné, leurs deux gendres entrèrent en conflit. La première guerre civile bretonne commençait. Il y en aura sans cesse d'autres. Pascweten, époux de la fille de Salomon, comte de Vannes, s'allia aux Vikings pour vaincre Gurwant, comte de Rennes. Les deux moururent vite. Leurs fils reprirent la querelle à leur compte. Ils s'appelaient Alain et Judicaël. Leur haine réciproque valait celle de leurs pères et les pillages devinrent monnaie courante. En un rien de temps, la jungle reprit ses droits. Le chaos semblait si bien établi que plusieurs monastères plièrent bagages avec religieux, reliques, manuscrits et orfèvrerie. Direction : Laval, Chartres, Paris. La Bretagne redevenait terre maudite. Par miracle, si l'on ose dire à propos d'une catastrophe, un fléau extérieur nous contraignit une nouvelle fois à l'union. Après les Romains et les Francs, ce fut le tour des Vikings.

Venus de Scandinavie, ils naviguaient à bord des fameux drakkars, ces vaisseaux longs et étroits à fond assez plat pour remonter le cours des rivières. Ils avaient beau être dorés à la bière blonde, on voyait ces bestiaux et on avait envie de perdre la vue. Avec leurs crânes rasés et leurs queues de cheval, ils avaient un style chauves à cheveux longs qui épouvantait. Épais comme de la corde, leurs sourcils soulignaient leur air féroce. Pire : on ne se débarrassait jamais d'eux. L'Angleterre, l'Allemagne, les Flandres, la Normandie, l'Aquitaine, l'Espagne… Ils variaient les plaisirs et, d'une saison à l'autre, changeaient de cible. Ils arrivaient comme l'orage, frappaient comme la foudre, filaient comme le vent et revenaient comme la pluie. Le temps que les pays attaqués se mobilisent, les pirates norvégiens ou danois avaient cinglé au loin. La Bretagne faisait, bien entendu, partie de leurs proies mais ils n'aimaient guère les territoires peu étendus, peuplés et bien gouvernés où les défenses se mettaient vite en place. De Nominoé à Salomon, ils avaient donc pris l'habitude d'éviter nos rivages. L'Aquitaine, l'Île-de-France, la région de Londres, les proies succulentes ne manquaient pas. De Bristol à Hambourg en passant par Toulouse, Rouen ou Paris, partout ils passaient et ne laissaient que des cendres. Mais la Bretagne leur manquait et ils surent vite en retrouver le cap. À la mort de Salomon, quand le pays sombra dans le chaos, ils prirent l'habitude de nous honorer de visites régulières. La situation tourna à l'horreur. Heureusement, la providence, toujours elle, veillait. Après quinze ans de querelles internes et de larmoiements face aux incursions scandinaves, la Bretagne se retrouva avec un vrai chef. Alain, le fils de Pascweten et le petit-fils de Salomon, se révéla un excellent militaire. Il regroupa tous les Bretons derrière son enseigne et il entreprit d'en finir avec les Vikings.

La tâche n'était pas simple. Ces serpents avaient des agilités d'anguille. À peine débarqués quelque part, ils semaient la désolation puis filaient entre les doigts des défenseurs arrivés en catastrophe. On les attendait à Quimper, ils frappaient à Brest. Au fond, ils luttaient comme des Bretons. Toute leur stratégie reposait sur l'effet de surprise. Un accostage inopiné, un raid, une embuscade et ils filaient les poches pleines préparer de prochains mauvais coups à porter ailleurs. Heureusement pour la Bretagne, leurs succès finirent par leur monter à la tête. Croyant toujours Alain occupé à ses luttes familiales, ils mirent le siège devant Vannes. Comme une armée normale. Au lieu de vingt-cinq murènes glissantes et insaisissables dans l'eau, ils se transformèrent en un bel éléphant de mer qui prend son temps. Une lubie à éviter face à Alain qui, lui, agit rapidement, rassembla toutes les troupes disponibles dans le royaume et cingla sur sa cible enfin regroupée. Les Vikings étaient environ vingt mille. Alain alignait beaucoup moins d'hommes mais, à l'automne de l'année 890, il choisit le lieu de l'affrontement et plaça son armée au sommet d'une large butte. Les archers et les lanceurs de javelots étaient les points forts traditionnels de l'armée bretonne, ils s'en donnèrent à cœur joie. Ce qui exaspéra les Scandinaves qui se jetèrent dans le plus grand désordre à l'assaut des talus d'où on les arrosait. Quand le désordre parut complet, Alain lança sa cavalerie pour achever de culbuter l'ennemi. La victoire fut totale. Jamais les Vikings n'avaient perdu tant d'hommes le même jour. Dans les chapelles, dans les églises, dans les monastères, on se mit à croire qu'il neigerait en enfer avant que cette engeance revienne parmi nous. Évidemment, ce vœu pieux ne se réalisa pas. Mais les pertes subies par les Scandinaves se révélèrent assez ruineuses pour que ces fléaux embarqués nous oublient pendant plus de vingt ans. À peine, disait-on, osaient-ils nous regarder de loin. De 890 à 907, Alain, le nouveau Nominoé, qui reste dans les mémoires comme Alain le Grand, ramena le calme, rétablit la paix entre les membres de la famille royale, évita tout conflit avec les Francs, favorisa la prospérité des villes et, en bon chrétien, finança les établissements religieux. Sa cour ne rivalisait pas en luxe avec celle de Salomon mais son gouvernement le disputait en efficacité. Il prenait toutes ses fonctions à cœur. Même les devoirs conjugaux. Il fit sept ou huit enfants à la reine Ohurgwenn. Tous les ferments utiles à une guerre civile ! À sa mort, le pays fut donc inquiet. À juste titre. À peine avait-il rendu l'âme qu'une nouvelle crise de succession jeta la Bretagne au fond du gouffre. En cinq ans, la querelle prit des proportions encore inconnues.

On ne luttait plus pour la Bretagne, on se battait pour la fuir. Car, catastrophe des catastrophes, les Vikings étaient de retour. Et, cette fois, plus moyen de détourner leur fureur. En Angleterre, désormais, ayant fait main basse sur le pays, ils étaient chez eux. En Normandie, aussi. Le roi de France, bien incapable de les vaincre, venait d'offrir toute la province sur un plateau à leur chef, Rollon. Un ennemi de moins, un puissant vassal de plus et la voie d'accès à Paris verrouillée une fois pour toutes. Pour lui, l'affaire n'était pas si mauvaise. Pour les Bretons, elle fut catastrophique. À présent, tous les Vikings, passé la Manche, se jetaient sur elle, affamés par le spectacle de toutes les friandises urbaines et portuaires confisquées par leurs cousins qu'ils venaient de voir défiler. Ce fut un carnage.

On ne parla plus de raids mais, purement et simplement, d'occupation. À partir de l'an 919, pas une cité ne leur échappa, pas un monastère, pas un village, pas une chapelle, pas un abri. Ils savouraient chacune de nos villes et voyaient le Graal dans toutes les embouchures de rivière. Inutile de compter sur les Francs. Au contraire, ils se frottaient les mains, bien contents de nos malheurs et soulagés de voir les cinglés blonds occupés ailleurs. Une seule ville pouvait éventuellement les appeler au secours : Nantes. Quand elle tombait, les drakkars remontaient la Loire et ravageaient Tours, Angers, Orléans. Mieux valait qu'elle résiste. Mais de là à mourir pour elle, Dieu en gardait les Francs ! Du moment que Ragenhold, le chef norvégien, s'engageait à ne pas trop braconner les terres carolingiennes, libre à lui de dévaster la Bretagne. Il ne s'en priva plus.

Du reste, pourquoi aurait-il retenu ses coups ? Personne ne les lui rendait. Les Bretons, une nouvelle fois, avaient baissé pavillon. Comme au Ve siècle, face aux invasions saxonnes, ils ne se battaient plus et quittaient la scène de l'histoire. Ils fuyaient. Je pèse mes mots : tous ceux qui pouvaient quitter le royaume se sont échappés. La noblesse, toute la noblesse, partit se mettre à l'abri en France ou en Angleterre. Même la famille d'Alain le Grand s'expatria. Un de ses gendres, Mathuedoï, arrière-petit-fils d'Erispoé, se réfugia à la cour du roi anglo-saxon Athelstan où il éleva son fils Alain. Le clergé n'allait pas en rajouter en héroïsme inutile alors que la poltronnerie régnait chez nos hommes d'armes. Lui aussi plia bagages. Nos saints et leurs serviteurs partirent prier pour nous à Auxerre, Paris, Montreuil ou Senlis. Et attention, je ne parle pas de ces petits saints de sous-préfecture qu'on invoque pour les rhumes de cerveau ou pour les règles douloureuses, je songe aux pères de l'âme bretonne, saint Corentin quittant Quimper pour Marmoutier, saint Gwénaël partant pour Courcouronnes, saint Samson réfugié à Orléans. À Landevennec, à Redon, à Saint-Gildas de Rhuys, partout, les abbayes mères de la nation, désertées, furent envahies de lierre et de ronces. Au contraire, de véritables villes scandinaves sortirent de terre : à Nantes, à Brest mais surtout dans la région de Saint-Brieuc et de Saint-Malo.

Si, à cette époque, notre avenir n'avait reposé qu'entre nos mains, nous aurions disparu de la carte. À nouveau, nous passions notre tour. La partie se poursuivrait sans nous. Par chance, nos envahisseurs se montrèrent aussi médiocres dans la victoire que nous dans la défaite. Il faut dire qu'ils n'en pouvaient plus de bonheur. Ils n'arrivaient pas à y croire. Comme ça, presque sans effort, ils avaient asservi la Bretagne. C'était tous les soirs fête. Et là, dommage pour eux, à force de valser, ils ont dérapé. Se croyant tout permis, ils sont allés chercher noise à leurs cousins établis en Normandie. Mauvaise idée : Guillaume Longue-Épée, le fils de Rollon, leur flanqua une raclée et, au passage, récupéra le Cotentin et Avranches que la Bretagne ne retrouva jamais. Après quinze années d'humiliations, cette petite correction frappa les esprits bretons. Surtout quand, quelques mois plus tard, un autre groupe de nos Vikings, parti de Nantes, se fit anéantir dans le Berry. Ainsi, ces brutes n'étaient pas invincibles. Il y avait là matière à actions de grâce. Et à réflexion. Puis à réaction. En l'an 935, un nouveau héros entra dans notre histoire : après trois rois, Erispoé, Salomon et Alain le Grand, voici Alain Barbetorte, le premier duc.

C'était une force de la nature. À la chasse à l'ours ou au sanglier, il laissait la lance et l'épieu à ses serviteurs et se jetait sur l'animal avec un couteau. À l'occasion, il se contentait d'un jeune tronc qu'il déracinait d'un coup d'épaule. Personne n'allait lui chercher des poux et les barbiers de la cour n'approchaient pas sa fameuse barbe entortillée et broussailleuse. Avec ça, bon camarade, rieur. Un colosse amical. Installé à la cour d'Angleterre, il frappait plus par ses dons pour la chasse que pour son assiduité aux cours de latin ou d'éloquence. Les nouvelles catastrophiques en provenance de son pays natal ne lui coupaient pas l'appétit et il se contentait de brèves prières quand on lui racontait telle ou telle révolte et les représailles féroces exercées par les Vikings. Mais enfin, il avait 25 ans, affichait une santé de fer et portait un nom fascinant car non seulement il s'appelait Alain mais il était le petit-fils d'Alain le Grand qui avait vaincu les Normands et rétabli le royaume dans toute sa grandeur. C'est donc vers lui que les derniers princes et les ultimes évêques bretons se tournèrent quand il leur fallut un chef jeune et exaltant. Bon chien chasse de race, dit-on : Alain, flatté, accepta le défi, débarqua près de Dol et, en quatre ans, d'escarmouche en escarmouche, se fit une réputation de sauveur, s'offrit un palmarès de victoires et se constitua une véritable armée. Le 1er août 939, ayant repris Nantes et contrôlant l'ensemble de la Bretagne, il affronta enfin les restes de l'armée viking tout entière, réunie pour ce face-à-face fatal. La rencontre eut lieu à Trans en Ille-et-Vilaine et tourna au désastre pour les envahisseurs. La Bretagne, libérée, avait un nouveau chef, Alain Barbetorte. Mais ce ne fut pas un roi. Seulement un duc.

Pourquoi ? Peut-être par amitié pour Louix IV, le nouveau roi de France, son compagnon d'enfance et d'exil, surnommé Louis d'Outre-Mer car il avait également été élevé avec Alain à la cour d'Angleterre. Peut-être par superstition. Peut-être par indifférence car, à l'époque, la nuance entre rex et dux ne sautait pas aux yeux de son peuple. Peut-être parce qu'il craignait que la reprise d'un titre trop flatteur ne fasse exploser la coalition qui l'avait amené au pouvoir. Il était comte de Nantes et de Cornouaille mais ne voulait ni ne pouvait humilier ses alliés les comtes de Rennes et les seigneurs du Vannetais et de la Domnomée. Ce rétablissement national tenait trop du miracle pour brusquer les susceptibilités. Il se contenta donc du titre de duc. Sur qui d'ailleurs aurait-il pu s'appuyer pour soutenir ses prétentions royales ? Sur personne. Nominoé ou Salomon pouvaient compter sur les villes, la petite noblesse, le peuple. Tous étaient ruinés, épuisés, découragés. Barbetorte était seul. La vanité céda le pas à la prudence. De la pure sagesse et un bon moyen, au passage, de ne pas froisser l'orgueil des Français qui avaient désormais de nombreux agents en Bretagne. Rien d'étonnant à cela, d'ailleurs : pendant vingt ans, la plus grande partie de la noblesse et du clergé s'était réfugiée en France. À son retour, elle en parlait la langue et en défendait volontiers les intérêts. Surtout lorsque ceux-ci coïncidaient avec les siens – c'est-à-dire tout le temps : le roi, son suzerain, ne voulait pas d'un duc, son vassal, trop puissant. Et les seigneurs bretons, ses vassaux, n'en voulaient pas non plus. En haut comme en bas, la conspiration séculaire pour grignoter les pouvoirs des ducs était en place.

À la mort d'Alain Barbetorte, en 952, après treize ans de règne, le duché était uni mais fragile.

Le pouvoir, désormais, se situait à l'est, entre Rennes, dont il avait fait sa capitale, et Nantes. Et, à la cour, on commençait à parler le français. Comme dans les trois autres grands duchés qui bordaient le royaume carolingien, la Bourgogne, l'Aquitaine et la Normandie ! Tous puissants, tous libres, tous sûrs d'eux et tous inclinés comme une passerelle dans la même direction… Paris. Comme l'écrira Nietzsche plus tard, ces guerres ne nous avaient pas bâti un futur ; elles avaient seulement préservé notre passé. La Bretagne restait indépendante mais, à nouveau, son sort n'était plus entièrement entre ses mains.

Chapitre 6

Le rêve d'Hastings et le cauchemar Plantagenêt

L'an 1000 est passé sans les averses de crapauds, les banquets de dragons et autres calamités apocalyptiques escomptées. Pourquoi, du reste, en appeler au surnaturel et au fantastique ? Nos souverains se chargeaient eux-mêmes d'entretenir la flamme du malheur. Chaque succession s'accompagnait de drames. Les comtes de Vannes, de Rennes et de Nantes, tous plus ou moins cousins ou beaux-frères, se disputaient le trône. On vit se succéder Drogon, le fils de Barbetorte, Conan Ier, Geoffroy Ier, Alain III, Conan II, Hoël V. Ils se battaient avec leurs tuteurs, s'agrippaient au trône, ne laissaient guère de trace de leur règne. Plus qu'acteurs, ils étaient spectateurs d'une société qui bougeait sans eux, contre eux et malgré eux. La féodalité se mettait en place. Des châteaux, à tout le moins des mottes féodales, se dressaient un peu partout à travers le duché. Des enclaves territoriales apparaissaient à l'est comme à l'ouest. Des grands seigneurs se taillaient des fiefs, des petits se constituaient des baronnies, le pouvoir des ducs s'émiettait. Les seigneuries de Rohan, de Porhoët, de Retz, d'Elven, de

Rieux, de Guéméné, de Machecoul, de Cornouaille, de Penthièvre, de Châteaubriant faisaient de l'ombre au souverain. Les évêques constituaient également leurs réseaux. Tout le monde était le vassal de quelqu'un et, tout en haut, le duc n'était pas suzerain de grand-chose. L'histoire s'écrivait sans lui. Et se passait ailleurs. Mais pas là où on s'y attendait.

Depuis toujours, les menaces sur l'indépendance armoricaine ou bretonne étaient apparues à l'est. Les Romains, les Francs, les Vikings venaient de loin, s'habillaient autrement, parlaient une langue étrangère et ne nous ressemblaient pas. Donc, ils ne nous trompaient pas. On savait à quoi s'en tenir avec eux : c'étaient des envahisseurs – point final. Soudain, en 1066, à notre insu, un événement va tout changer. Du jour au lendemain, la pire menace de notre histoire va faire son apparition et personne ne s'en rendra compte. Ni à l'époque, ni même aujourd'hui, car la victoire des Valois et notre disparition au sein de la nation française ont effacé tout le reste, mais nous avons failli être anglais ! Pendant deux siècles, c'est contre la dynastie normande que nos ducs ont dû lutter. Un combat presque fratricide car, à l'époque, nos liens avec l'Angleterre étaient intimes. Pourquoi donc ? Parce que nous l'avions conquise !

En 1066, Guillaume le Bâtard, duc de Normandie, décida de partir à la conquête de l'Angleterre. C'était un bagarreur. Bien que né d'une concubine, il avait arraché le trône de Normandie en mâtant les féodaux locaux. C'était aussi un stratège. Il avait écrasé l'armée française d'Henri Ier. Mais c'était surtout un ambitieux. À la mort sans héritier du roi d'Angleterre, il rappela que celui-ci était son oncle et fit valoir ses droits à la succession. Harold, un noble saxon installé à la cour de Londres, s'étant fait couronner, Guillaume décida d'aller en personne lui confisquer son trône. Seulement, l'entreprise demandait des capitaux, des hommes et des navires en quantité. Une fois la Normandie saignée aux quatre veines, son corps expéditionnaire demeurait bien maigre. D'où l'appel à l'aide lancé par Guillaume aux Bretons, à leurs cavaliers et à leur flotte. Il n'était pas très optimiste au moment de faire son offre. Les Bretons venaient de souffrir mille morts à cause de ses cousins vikings et ils entretenaient au contraire de nombreux liens avec l'Angleterre où la famille royale et de nombreux nobles s'étaient réfugiés à la mort d'Alain le Grand. Or, divine surprise, la réponse fut enthousiaste. Dans l'ouest du duché, toutes les grandes familles savaient ou prétendaient qu'elles descendaient des princes bretons réfugiés en Armorique au Ve et au VIe siècles. Et, dans le reste du pays, partout, on trouvait des négociants et des marins qui entretenaient des relations commerciales avec l'Angleterre. Cette campagne s'annonçait comme une partie de plaisir, une chasse aux trésors et un retour aux sources, le tout à portée de vue et de main. Chaque jeune noble du duché se voyait déjà en roi Arthur, en Lancelot ou en Gauvain. Au début de septembre 1066, tous se précipitèrent sur la côte, bien décidés à rentrer chez eux en vainqueurs. Passé la Manche, sur les plages du débarquement, on entendait partout parler breton. <u>Et hennir des chevaux</u>. Car, en bons Bretons, ils avaient embarqué avec leurs montures. Or, à Hastings, le 14 octobre, c'est la cavalerie qui a bel et bien emporté la décision.

Harold, comme tous les Anglo-Saxons, combattait à pied et savait que les Normands de Guillaume en faisaient autant. Il s'installa sur une crête, rangea ses troupes derrière un mur de hauts boucliers et leur intima l'ordre exprès de ne plus bouger. Qu'ils attendent en bon ordre l'assaut des fantassins normands et qu'ils les accueillent à coups de haches sans, surtout, rompre leurs lignes. Le scénario était gagnant à tous les coups, il suffisait d'être endurants et patients. En effet, pendant quelques heures, c'est ce qui sembla se produire. Les Normands s'épuisaient en vain contre la muraille anglaise. Sauf que, sur le côté gauche du champ de bataille, la situation tournait autrement. C'est là que luttaient les Bretons. Et pas question pour eux d'aller s'embrocher sur les lances qui les attendaient au sommet de la colline. Ils se rangeaient en ligne, prenaient leur javelot, garnissaient leur carquois de flèches, éperonnaient leur monture et partaient galoper à distance de l'ennemi qu'ils arrosaient de traits puis ils filaient, cédant la place à la charge suivante. Les Anglais, exaspérés, n'en pouvaient plus d'attendre sous la pluie de leurs projectiles. Alors, fatalement, ils rompirent les rangs pour se jeter sur ces agresseurs fuyant comme l'eau. Et le sort changea de camp. Dès que les phalanges anglaises se dispersèrent, l'infanterie aguerrie de Guillaume se joua d'elles et les cavaliers bretons, sortant leurs épées, exercèrent des ravages. À la tombée de la nuit, les Anglais étaient vaincus et Guillaume le Bâtard, devenu le Conquérant, adressait aux Bretons des vœux de reconnaissance éternelle. Ce qui était bien. Mais ce qui fut encore mieux quand sonna l'heure des récompenses. Guillaume se montra divinement généreux avec les biens des autres. Les seigneurs bretons héritèrent de milliers d'hectares. Des fiefs entiers tombèrent dans leur escarcelle. Dans le fameux Domesday Book de 1086, la bible de la noblesse anglaise, un nom sur vingt est breton. Des comtés entiers furent offerts aux Montfort, aux Penthièvre et autres grands féodaux venus de Rennes, de Vannes ou de Morlaix. La Bretagne avait tiré le gros lot. Un billet gagnant qui nous coûtera très cher. Car le rêve anglais va tourner au cauchemar.

Mais plus tard. Pour l'heure, Alain IV Fergent occupe le trône. Un très grand duc à tous points de vue et le dernier, en particulier, à avoir parlé le breton à la cour. Après lui, latin et français seront les langues officielles du duché. Déterminé, il se sent investi d'une mission et tient tête à Guillaume le Conquérant qui n'est jamais rassasié et, à présent, s'offrirait volontiers la Bretagne. Malgré l'aide des Français, le duc de Normandie n'y arrivera pas car Alain IV résiste. C'est un bon guerrier et il mate aussi plusieurs grands féodaux. Également sage administrateur, il jette les bases d'un vrai gouvernement breton à Nantes dont il fait officiellement la capitale du duché. Mais c'est surtout un bon chrétien et, en 1095, il répond présent à l'appel du pape

Urbain II qui, de Clermont, en Auvergne, lance un appel à tous les seigneurs chrétiens pour qu'ils aillent délivrer Jérusalem occupée par les Turcs Seldjoukides. C'est un déménagement massif. Quatre puissantes armées s'ébranlent. Parti de Lorraine, un groupe de Bourguignons se place sous l'autorité de Godefroy de Bouillon et remonte le Danube. En Sicile, Bohémond de Tarente arme une flotte. Le comte Raymond de Toulouse se croise à son tour et dirige les princes languedociens et italiens à travers les Balkans. Alain IV, lui, se joint à l'armée du duc de Normandie et du comte de Flandre et quitte sa patrie pour cinq ans ! A son retour, auréolé de victoires et de sainteté, il retrouve un duché parfaitement géré par sa femme Ermengarde d'Anjou et, après quelques années, en 1112, lassé d'exercer le pouvoir depuis trois décennies, il se retire comme moine à l'abbaye de Redon après avoir confié le trône à son fils Conan III. Une page glorieuse est tournée mais nos malheurs sont pour plus tard.

Conan III, dit le Gros, va régner trente-six ans. Il est sage, il est ferme, il ne fait pas de vagues, il entretient la prospérité de son duché et, surtout, surtout, il ne se mêle pas des affaires de ses voisins. Ceux-ci, par chance pour nous, ont de nombreux soucis. En Angleterre, barons anglais et normands s'entretuent pour s'emparer du trône et, en France, l'unité carolingienne ayant volé en éclats, le petit roi capétien gère ses maigres possessions sous l'œil vigilant et hostile des grands féodaux qui veillent sur leurs fiefs et contrôlent chacun de ses gestes. La Bretagne, si elle le souhaitait, pourrait enfin battre des ailes. Conan III s'en garde bien et se contente de gouverner paisiblement, trop heureux que les cordes anglaises et françaises qui le tiennent par le cou soient tout à coup si lâches. Bon duc, bon mari, bon Breton, il a tout pour plaire mais, malchance, mauvais père, il renie sur son lit de mort Hoël, son fils, et choisit pour héritier Conan IV, un petit garçon de 9 ans, le fils de sa fille Berthe.

Pourquoi pas ? On a vu pire et personne ne trouva à redire à la régence confiée à Eudon de Porhoët, le second mari de Berthe. Sauf que celui-ci, en 1154, lorsque Conan IV eut 15 ans, refusa de lui céder le duché. Pour notre plus grand malheur, Conan partit se réfugier en Angleterre. Chez lui, en somme, puisque, depuis Hastings, les Penthièvre, la famille de Conan, était aussi les maîtres du comté de Richemont. Un apanage somptueux de 700 kilomètres carrés dans le Yorkshire. Avec ses dépendances, il assurait à son détenteur des revenus aussi élevés que ceux du duché de Bretagne. Conan IV n'était pas à plaindre. En revanche, on pouvait le prendre en pitié car, devinez qui lui ouvrit grand les bras et l'accueillit comme un fils : Henri II Plantagenêt, roi d'Angleterre, duc de Normandie, comte d'Anjou et duc d'Aquitaine, depuis son mariage avec Aliénor, l'ancienne épouse de Louis VII, roi de France, qui avait répudié cette dernière après les aventures extraconjugales qu'elle s'était autorisée, à Antioche, lors de la deuxième croisade. Henri, le plus puissant seigneur d'Europe et le plus cynique, ne va faire qu'une bouchée de Conan.

Avec lui, l'alphabet complet de l'amitié et du code de la chevalerie n'allait que de A à B. Il fera assassiner l'archevêque de Canterbury dans sa cathédrale, il reniera ses fils et les expédiera en prison, il fera cloîtrer Aliénor après lui avoir fait sept enfants… Personnage théâtral, il était plus grand que nature. Inutile de déchiffrer ses intentions comme des hiéroglyphes, il les martelait sans salamalecs et exigeait que tous s'y plient. L'arrivée de Conan à peine sorti de sa pouponnière l'enchanta. Grâce à ce bambin, il allait enfin mettre la main sur cette succulente Bretagne, ronde comme un jambon et fraîche comme la mer, que ses possessions encerclaient de tous côtés. Alors tout l'ouest de la France serait sous sa coupe. Faites-lui confiance, cela n'a pas traîné.

Confiant une armée à Conan, il le réinstalla sur-le-champ sur le trône de Bretagne et se chargea de placer ses hommes autour de lui. Ce qui ne manqua pas d'indigner les Bretons qui se cabrèrent. Juste ce qu'Henri espérait. Débarquant à son tour, il écrasa les révoltés et chassa Conan du trône mais lui confisqua sa fille Constance, âgée de cinq ans, qu'il maria à son fils Geoffroy, âgé de huit. Alors, il décida pour finir de gouverner lui-même la Bretagne. Le duché disparut. Du jour au lendemain, ce ne fut plus qu'un pays de l'empire Plantagenêt. Le désastre était consommé.

Personne ne se mettait en travers des rêves d'Henri II. Même pas le roi de France, Louis VII, qui, jetant un voile sur ses propres songes, reconnut officiellement la mainmise anglaise sur le duché.

Sur quoi, Geoffroy Plantagenêt, âgé de vingt-trois ans, fut couronné duc. Son indépendance n'était qu'un leurre, il gouvernait à l'anglaise et recevait ses instructions de Londres. Mais un miracle survint. Geoffroy, qui était humain, sympathique et bon duc, fut tué lors d'un tournoi à Paris. Les Plantagenêt n'occupaient plus le trône et Constance, duchesse providentielle, se montra à la hauteur des circonstances. D'abord, elle se proclama bretonne, fière de l'être et décidée à le rester et, surtout, elle se révéla enceinte. Le 29 mars 1187, huit mois après la mort de Geoffroy, elle accoucha d'un fils. À peine informé, Londres exigea qu'elle le prénomme Henri. Refus exaspéré de Constance qui fit baptiser le nouveau-né Arthur. Pourquoi Arthur, prénom qu'aucun roi, ni aucun duc n'avait jamais porté jusque-là ? À cause du fameux roi chevalier devenu une légende, justement en combattant les Anglo-Saxons. Croyez bien que le message fut parfaitement décrypté par le successeur d'Henri II. De qui s'agissait-il ? D'un roi chevalier, justement. Richard Cœur de Lion.

Une fois fondue par la postérité, une médaille est éternelle. Complice de tous les crimes de Néron, Sénèque est un sage. Responsable de la banqueroute du royaume, Necker est un pur. Cibles des redoutables jésuites, les intolérants jansénistes sont des victimes... Richard fait partie de ces bienheureux dont l'histoire a une fois pour toutes réécrit l'histoire. On se rappelle un roi beau comme le jour, courtois avec les dames, tolérant avec les musulmans et avec Saladin dont il alla jusqu'à soulever la djellaba, familier avec la poésie, ami des troubadours...

Tant mieux pour lui, pour la littérature et pour le cinéma qui n'ont jamais lésiné dans leurs emprunts à cette pure légende. Si Richard avait un charme, c'était celui des grands fêlés. Fils d'Henri II, il le renia et céda l'Aquitaine au roi de France ; croisé, il outragea de manière odieuse le duc d'Autriche ; ami des Arabes, il se livra à des massacres révoltants… De nos jours, le Tribunal pénal international de La Haye saliverait de concupiscence à la simple perspective de convoquer un spécimen aussi décoratif de folie des grandeurs et de cynisme enjoué. Les yeux énamourés de la postérité stupéfieraient ses contemporains qui voyaient surtout son agitation perpétuelle et ses crises de nerf mais se tenaient cois par crainte de ses réactions hystériques ; il se vantait d'avoir un jour fendu d'un seul coup d'épée un Sarrasin dans son armure. Pour autant, la duchesse Constance décida de l'affronter, gouverna la Bretagne sans tenir compte de ses avis et éleva son fils Arthur chez elle, à la bretonne, en futur duc de Bretagne.

Occupé aux conflits perpétuels que son humeur ne cessait de provoquer, Richard guerroyait en Aquitaine, en Terre sainte, en Anjou, en Normandie. Le temps jouait pour la Bretagne mais, un jour, finalement, il s'empara de Constance et vint ravager la Bretagne pour y mettre la main sur Arthur que sa mère, prudente, avait confié à l'évêque de Vannes, à la veille de rencontrer son cher beau-frère. Mauvaise surprise pour ce dernier : le jeune héritier lui échappa. Et la mort, en revanche, le rattrapa en 1199, à Châlus, près de Limoges, alors qu'il donnait l'assaut au château d'un de ses vassaux, encore un, excédé par ses manières, ses procédés, ses ukases et ses caprices. La Bretagne crut qu'elle allait souffler. Grave erreur : après Richard, il fallut endurer Jean, son frère.

Lui, c'est l'inverse : l'histoire n'a retenu que son caractère crépusculaire. Impossible, il faut l'admettre, de faire autrement avec ce déséquilibré toujours à mi-chemin entre fureur et dépression. Fourbe, il ne cessait de trahir son père, son frère et ses alliés ; cruel, il réservait des sorts épouvantables aux malheureux adversaires qui tombaient entre ses mains. Or, dès le premier jour, Arthur fut son ennemi préféré. Et pour cause : fils de Geoffroy, le fils aîné d'Henri II, Arthur était non seulement le duc de Bretagne mais aussi l'héritier naturel du trône d'Angleterre. Jean sans Terre n'eut de cesse de l'éliminer. Et, tragique concours de circonstances, il mit la main sur lui alors qu'Arthur, à peine âgé de 15 ans, plein de fougue, s'était lancé dans un raid hasardeux en Anjou où il guerroyait contre son oncle. Que s'est-il passé alors ? Un vrai drame shakespearien. Toute clémence était bannie. Obtenir de Jean sans Terre une preuve de bonté, c'était comme ouvrir une huître sans couteau, un rêve sans espoir. Ramené à Rouen où régnait Jean, Arthur fut enfermé dans un cachot. La légende – et Shakespeare lui-même dans « La Tragédie du roi Jean » – affirme qu'aucun des barons du roi n'accepta d'aller abattre le jeune duc. Alors Jean en personne vint le chercher, le fit enchaîner, l'entraîna sur une barque et, après l'avoir traversé de son épée, le jeta à la Seine. La Bretagne n'avait plus de duc.

Mais à quelque chose malheur est bon. L'indignation fut telle que le duché tout entier se souleva, attrapa les Anglais encore sur place, les massacra et échappa une fois pour toutes à la mainmise anglaise. Pensez-vous que les Plantagenêt tirèrent la leçon de leur maladresse ? Pas du tout. Ni Jean, ni son fils, le futur Henri III, n'acceptèrent de libérer la princesse Aliénor, sœur aînée d'Arthur, qui demeura enfermée quarante ans dans un monastère anglais. Cette férocité acheva de rendre l'Angleterre odieuse. Et ouvrit grand l'appétit de la France dont le roi, Philippe Auguste, couvert de victoires depuis Bouvines, fit vite connaître ses prétentions sur la Bretagne. Désormais, l'ennemi mortel viendrait de Paris. Par chance pour nous, cet adversaire était sans cesse à couteaux tirés avec ses voisins, ses vassaux et même ses alliés. Pour peu que ses ducs jouent habilement leur carte, la Bretagne, bien placée à l'écart des champs de bataille, avait encore une longue partie à mener.

Chapitre 7

1237-1341 : les riches heures des trois premiers ducs Jean

Quand a commencé le Moyen Âge ? Ça se discute. Certains datent sa naissance de l'an 410, lorsque Alaric, roi des Wisigoths, s'empare de Rome. D'autres parlent de l'an 476, quand Romulus Augustule, le dernier empereur romain d'Occident, est déposé par Odoacre. On cite aussi les années 395 ou 406. Mystère. Et mystère également quant à sa date de péremption. Est-ce en 1453 à la chute de Constantinople ou en 1492, le jour de la découverte de l'Amérique par Christophe Colomb ? Les avis divergent et certains savants s'arrêtent sur l'année 1440, quand Gutenberg a l'idée de l'imprimerie. Une chose est sûre : entre 1237, année de l'avènement de Jean Ier et 1341, date de la mort de Jean III, le siècle d'or de l'indépendance bretonne s'écoule en plein Moyen Âge. Mais, attention, ce terme ne signifie pas misère, saleté, épidémies, disettes, violence ou arbitraire. L'Europe ne se résume pas à des villages ruinés, des terres à l'abandon et des villes désertées. Loin de là. Il y a un Moyen Âge lugubre mais il en est un autre flamboyant. Dans l'un, les misères de la guerre, les ravages de la peste, les supplices imposés aux sectes font dresser les cheveux sur la tête ; mais l'autre laisse place au rêve quand des villes prospères et pacifiques déploient sur l'horizon les tours des grandes cathédrales. Toute l'Europe de l'Ouest s'enrichit au cours des XIIe et XIIIe siècles. Dire que la première croisade était allée à pied à Jérusalem ! On n'en est plus là. Venise, Gênes, Pise, d'autres encore arment des flottes immenses. Le commerce prospère dans tous les pays. Les grandes foires de Champagne ou de Flandre attirent des dizaines de milliers de marchands. Et la Bretagne tient son rang. C'est la France, bien plus tard, qui la ruinera. Les guerres de Louis XIV, le blocus continental de Napoléon, les traités commerciaux protectionnistes du royaume porteront des coups successifs et fatals à l'industrie, à l'artisanat et au commerce du duché. Mais, au Moyen Âge, quand elle gère elle-même ses affaires et ses marchés, la Bretagne est riche. Très riche, même. Les ducs Jean gèrent un État prospère. La légende de la pauvre Bretagne, province dure à la tâche, viendra plus tard, bien plus tard, quand les Bretons auront remis leur propre sort entre des mains étrangères. Sous Jean Ier, le duché ne fait que des envieux. Les forêts reculent, des talus, des haies, des fossés tissent la trame du bocage, les moulins à eau ou à vent se multiplient, la flotte de pêche s'aventure de plus en plus loin, la population augmente, les bourgs grandissent au pied des petits forts, les grandes cités prospèrent à l'abri de leurs hautes murailles, les marchés attirent les foules, la monnaie se répand, le commerce maritime relie quotidiennement le duché à l'Angleterre, à l'Espagne et à l'Europe du Nord, on bâtit [les pre]miers hôpitaux et de nombreuses abbayes sont [-]créées à travers les campagnes. Le temps passe, les siècles se suivent et rien ne vient abîmer la Bretagne qui, du reste, choisit cette époque pour adopter un symbole, l'hermine, cette exquise petite boule de poils qui se faufile dans les herbes, se mouille dans les mares, se glisse sur le sol et apparaît toujours blanche et propre comme une fourrure de grande dame. Pourquoi l'hermine ? Parce qu'elle avait posé son empreinte sur le blason de Pierre Mauclerc, le mari d'Alix, la fille du second mariage de la duchesse Constance.

Soyons clairs : Alix n'a pas choisi Mauclerc. C'est Philippe Auguste qui l'a désigné, rassuré par la perspective de voir un de ses cousins, arrière-petit-fils de Louis VI le Gros, assis sur le trône breton. Le roi de France dicte sa loi à tous depuis que les dissensions familiales ont déstabilisé ses grands rivaux anglais. Il avalerait bien la Bretagne sur-le-champ mais ne s'y risque pas, trop heureux de digérer en paix les morceaux d'empire Plantagenêt qu'il vient de gober, inquiet de ne pas venir si facilement à bout de ces voisins plus portés à la guérilla qu'à la guerre, satisfait de leur imposer un duc à sa botte. Mauclerc, heureusement pour ses sujets, n'a pas l'allure du valet dont il porte la livrée. C'est un bagarreur. Il lutte contre les Anglais avec son protecteur, il part extirper l'hérésie cathare lors de la croisade albigeoise, et après la mort de Philippe Auguste, il se soulève contre les prétentions excessives de Louis VIII, alors qu'au même moment, il brise dans le sang celles de ses propres vassaux. Entre ces luttes locales, il prend l'air et participe à deux croisades… C'est simple : à la moindre contrariété, il s'enflamme comme un chalumeau. Pendant vingt-cinq ans, il s'agite sous les yeux d'une Bretagne médusée qui n'en revient pas de voir cet aventurier, parvenu si haut, excité à ce point. Il lui faut sans cesse de l'action. S'il atteint le bord de la falaise, n'ayez aucun doute : il ira de l'avant. Rien ne l'arrête, même pas l'Église. Un beau jour, il supprime les impôts qu'elle perçoit plus ou moins indûment. On peut chicaner le pape sur le dogme, mais pas sur les fonds. La réponse est immédiate : Pierre Mauclerc est excommunié et tout le duché puni avec lui ; plus de messes, de cloches, de sacrements… On semble parti pour l'enfer avec cet illuminé à notre tête. Mais pas du tout. Ce Mauclerc a le charme, la grâce, la folie, la démesure – et la mesure – chevillés au corps. S'il brise toutes les règles de la bienséance, jamais il ne dérogerait au code de l'honneur. En 1237, vingt-cinq ans après être parvenu sur le trône breton, il cède naturellement, tendrement et sereinement la place à son fils qui vient d'avoir vingt et un ans. Le sang royal breton coule dans les veines de Jean Ier, donc Pierre, son père, s'efface. Pas question, cela dit, qu'il aille marmonner des neuvaines dans une abbaye. Il redevient simple chevalier sous le nom de Pierre de Brenne, quitte le duché et part pour de nouvelles aventures, c'est-à-dire de nouveaux combats. La page la plus délirante, la plus bousculée, la plus poétique de l'histoire bretonne est tournée. C'est aussi la plus oubliée. De manière bien injuste. Car, si le courage est l'arme des guerriers et si l'intelligence est l'outil des ministres, l'âme de Mauclerc aura été la flamme de son charme. Tout le monde succombait à sa personnalité. Sauf la postérité qui l'a vite rayé des tablettes pour ouvrir les chapitres les plus longs, les plus calmes, les plus ennuyeux et les plus enrichissants du duché. L'ère des ducs prénommés Jean s'ouvre. Les foucades, les initiatives et les caprices sont priés de s'éloigner ; place à l'administration.

Jean Ier va régner cinquante ans. C'est le négatif parfait de son père. Lui a très bien compris que, pour laver un ours, il ne faut pas lui mouiller les poils. Sous son gouvernement, tout semble calme, apaisé, diplomatique. Il ne brise pas ses vassaux turbulents, il les enveloppe, les laisse lanterner, les contraint à de longues dépenses, les ruine en procès et, pour finir, lorsqu'il les a lessivés, il rachète leurs apanages. Il ne conquiert rien, il arrondit sa pelote. Il a des patiences de gros chat et ne semble jamais pressé, ni énervé. Il subjugue ses proies sans hâte comme un escargot approche d'une laitue. Pas question de lever des troupes à tort et à travers. Pas question non plus de pousser de grands cris et d'attirer l'attention. À quoi bon, d'ailleurs ? Ce serait faire appel à des tigres pour chasser des souris. Il élimine l'un après l'autre ceux dont il convoite les biens, sans vacarme et sans esclandre. Le domaine ducal ne cesse de s'étendre. Si quelqu'un proteste, il l'emmène sous l'arbre à palabre, prend son temps, l'emberlificote, l'épuise et, à la fin, le range au fond de sa poche. Le règne de Jean Ier n'a rien de glorieux mais, pour son duché, il est providentiel. Toutes les forteresses puissantes passent entre ses mains, la flotte ne cesse de croître, les caisses sont pleines, une administration organisée contrôle toutes les activités de Brest à Vitré. Un chambellan gère les finances, un chancelier anime le gouvernement, un maréchal veille à l'équipement des troupes. De là à engager ces dernières sur un front quelconque, n'y songez pas. Jean Ier est le vassal le plus indifférent mais le plus docile de ses cousins les rois capétiens. Ses exploits militaires se bornent à passer l'ost en revue une fois pas an. Pourtant, il séduit. Ne le prenez pas pour une espèce de Louis XI ténébreux qui jette ses adversaires au cachot, avance courbé, vêtu de sombre, toujours à triturer ses amulettes et à compter ses pièces. Il a du charme et il plait aux femmes ; il en aura trois, Blanche, Béatrice et Marie à qui il fera dix enfants. Rien d'étonnant car cette tirelire ambulante est aussi un poète et un grand seigneur. Isolé dans son cabinet, il fait et refait ses comptes avec ses robins mais, dès qu'il paraît en public, un autre personnage se révèle, cultivé et fastueux. Il compose des vers, écrit des chansons courtoises, reçoit comme un prince, monte divinement à cheval, adore la chasse et organise des battues mémorables dans le château de Suscinio, sa résidence préférée, une forteresse blanche, face à l'océan, noyée dans l'immense forêt de la presqu'île de Rhuys. C'est le seigneur le plus puissant et le plus prudent de son temps. Les ducs de Bourgogne, de Bourbon, de Bar, de Berry sont aussi riches que lui mais leurs terres sont enserrées dans celles du roi et ils se mêlent de mille aventures. Lui s'en garde bien. Ne pas empiéter sur les plates-bandes de ses voisins l'autorise à ne pas tolérer qu'on vienne piétiner les siennes. Au fond, il n'aura commis qu'une erreur : il ne songe pas à édifier des facultés en Bretagne et se borne à donner des bourses aux écoliers qui partent étudier en France. Sur le moment, personne ne s'alarme. À terme, cela nuira gravement à son pays. Toutes les élites bretonnes sont formées à Paris, à Orléans, à Tours, voire à Toulouse ou à Avignon. Quand le statu quo entre France et Bretagne sera rompu, le puissant voisin aura beaucoup trop d'amis sensibles à ses ritournelles dans le beau duché océanique. Pire encore : tous les ministres, les conseillers, les hauts fonctionnaires des ducs auront été formés dans les villes et par les hommes qui ont pour première ambition d'en finir avec son territoire. Mais ce sera pour plus tard. En 1300, si la France séduit, personne dans le duché n'est touché par la grâce française. Tout au plus s'agit-il d'attouchements. Nul ne s'inquiète et n'imagine qu'un jour, le souvenir du providentiel Jean Ier sera également effacé des mémoires.

Pour l'instant, Jean II succède à son père et mène la même politique. Lui aussi est d'abord un administrateur. Il scinde le duché en huit baillies, nomme des gestionnaires compétents et navigue prudemment entre France et Angleterre. Au moment, par exemple, d'épouser la fille d'Henri III d'Angleterre, il choisit de célébrer leurs noces dans la basilique

Saint-Denis, près de Paris. Donnant des gages à tous, il ne se lie à aucun. Et si l'histoire le rattrape, il réussit à se glisser entre les mailles de son filet comme, en 1294, quand la guerre éclate entre Londres et Paris. Nommé capitaine général des troupes anglaises chargées de lutter en Gascogne, il donne à sa flotte l'ordre d'attaquer les navires britanniques. À tous, il recommande de ne pas trop en faire et de laisser passer l'orage – pour le plus grand bien de la Bretagne qui sort enrichie d'un conflit ayant détourné d'elle l'attention de ses puissants voisins. À Nantes, la capitale du duché, les ressources se multiplient avec l'augmentation de la population, la croissance de l'économie et l'efficacité du système fiscal. Le fouage, l'impôt par foyer, demeure la clé de voûte des finances ducales mais s'y ajoutent les droits de douane, les péages institués aux entrées de villes et quinze autres prélèvements nés de l'éternelle inventivité fiscale. Les taxes sur le vin et le cidre apportent des fortunes. Tout fait farine dans le moulin du duc. La population approche maintenant le million d'habitants. Les terres riches et l'eau abondante font de l'agriculture la vache à lait des ressources bretonnes. On exporte du seigle et du froment, du sel également, et des textiles. La toile du duché a une réputation exceptionnelle en Espagne comme en Angleterre. La flotte commerciale est une des premières d'Europe. Quand elle affronte les navires anglais, c'est d'égale à égale. Et, partout, des ambassades défendent les intérêts bretons, bien différents de ceux de Londres et de Paris. Avec les papes, en particulier, qu'ils résident à Avignon ou à Rome, le duché ne relâche jamais sa vigilance : que chaque bulle fasse bien séparation et différence entre Bretagne et France. Au besoin, de pieuses donations rappelleront au Saint-Père l'amour de sa fille bretonne. Les coffres de Jean II sont pleins. À sa mort accidentelle en 1305, son trésor tient 166 000 livres tournois en réserve. Le montant est colossal. Le duché a l'air de rouler sur l'or. Dans le testament, des sommes considérables sont attribuées aux pauvres, aux ordres religieux, aux hôpitaux, aux bonnes œuvres… Et, pour finir, cerise sur le gâteau, à une caisse spéciale chargée de financer une nouvelle croisade ! Rassurez-vous : elle n'eut pas lieu. Arthur II, son fils, duc de 1305 à 1312, et moins encore Jean III, son petit-fils, n'eurent envie d'exaucer ce vœu, sans doute commode à l'heure d'obtenir un billet d'entrée au paradis, mais absurde, ruineux et aléatoire pour le brave duc resté sur terre afin de mener la barque de l'État. La Bretagne de Jean III resta fidèle à l'esprit bourgeois, prudent, marchand, patrimonial et circonspect de Jean Ier et Jean II. Dire que le sang de Pierre Mauclerc coulait dans leurs veines ! À croire qu'ils l'allongeaient d'eau à la naissance. Jean III, comme les autres, songe plus à son magot qu'à sa légende. Ne comptez pas sur lui pour les gestes héroïques ou les proclamations historiques. Ce n'est pas le héros qui affronte les tempêtes, plutôt l'homme qui passe entre les gouttes. Quand la France entre en guerre avec l'Angleterre, il rejoint les troupes françaises mais réussit à ne pas se fâcher avec les Anglais. Ce n'est plus du vin allongé, ni même du thé qui fait battre son cœur, c'est carrément de la tisane. Seulement voilà, son peuple l'adore. Jean III est surnommé de son vivant Jean le Bon. Qu'importe qu'il cède parfois aux intimidations de Paris et laisse le parlement royal avoir le dernier mot dans les litiges tranchés par les tribunaux du duché. Il fuit les querelles et les Bretons l'en remercient. Jamais ils n'ont été aussi riches, aussi paisibles. Personne ne souhaite se mêler des affaires des autres ; que le duc laisse France et Angleterre vivre à leur guise et voir avec leurs lunettes. Si d'autres veulent jouer les héros libre à eux mais la Bretagne, elle, est enchantée de ronronner comme une vieille chatte. Sous le charme de ce duc qui regarde à quatre ou cinq fois avant de poser un pied quelque part, elle sait bien que la peau du léopard est belle mais que sa couche est inconfortable. Allergique aux grandes affaires, Jean III se promène avec joie à travers les petites, confisque des villes aux barons, en récupère d'autres que s'étaient octroyées les évêques, consolide sans cesse le domaine ducal. La Bretagne est en ordre et l'ordre règne en Bretagne. Un siècle tranquille achève de s'écouler lent comme la Vilaine au cœur de l'été. On n'y est pas breton et français. Ni breton et grenouille de bénitier. Moins encore breton et pauvre. On est breton tout court. C'est l'occupation, plus tard, qui forcera à trouver des vertus à la France. C'est la Révolution qui rendra dévote et fanatique une province pieuse et tolérante. C'est la folie guerrière de Paris qui ruinera une à une toutes les prospères industries du duché, transformera un pays riche en terre de pauvres et fera passer ses fils pour des hommes durs au mal et ses filles pour un réservoir de bécassines et de servantes des riches Parisiennes. À cette époque, la terre et la mer restent des trésors où la Bretagne puise allègrement ; ses habitants n'en sont pas les esclaves mais les exploitants. Le duché a une forte personnalité et tout semble parfait.

Un peu trop même. À force de ne pas élever la voix et de ne jamais trancher, Jean III, rendant l'âme, va presque anéantir ce qu'un siècle d'une incroyable prospérité avait bâti. Encore une fois, sur son lit de mort, il tergiverse. Pressé par ses conseillers de désigner son héritier, il refuse de trancher. N'ayant pas eu de fils, il devrait nommer Jean de Montfort, son demi-frère, le fils de Yolande de Dreux, seconde épouse d'Arthur II. Manque de chance : il le déteste et ne se résout pas à éliminer sa nièce, Jeanne de Penthièvre, une des boiteuses qui aura porté malheur au duché. Or, cette Jeanne, chevaleresque, séduisante et entreprenante, est mariée à Charles de Blois, le neveu de Philippe VI de Valois. En la ménageant, son oncle ouvre les portes du palais aux intrigues françaises. Ses conseillers le pressentent, tous le lui disent, il les envoie promener. Lui qui n'a jamais pris une décision ne compte pas charger son âme le dernier jour. Résultat : il meurt en silence, aimé de chacun et bientôt responsable du malheur de tous. Car, immédiatement après son décès, la Bretagne retombe dans son péché mignon : la guerre civile.

Heureusement qu'un siècle de cocagne vient de remplir les coffres car, à présent, vingt-cinq ans de calamités vont s'abattre sur la jolie petite hermine. Au même moment, la peste débarque en Europe occidentale, la guerre de Cent Ans commence et la Bretagne se déchire. Nous sommes en 1341, place au Moyen Âge ténébreux.

Chapitre 8

La guerre des deux Jeanne

Les trois premiers ducs Jean avaient en commun une méfiance profonde à l'égard de la guerre qu'ils fuyaient comme le diable fuit l'encens. En prime, ils avaient un vrai don pour la négociation, la temporisation, le louvoyage. Impossible de leur faire prendre fait et cause pour un parti ! Sous leur gouvernement, jamais la Bretagne ne fut prisonnière de ses alliances comme le prisonnier de sa chaîne. S'ils donnaient un gage à la France, ils caressaient bientôt l'Angleterre dans le sens du poil. Et inversement. En 1341, malheureusement, à la mort de Jean III, l'heure n'est plus à ces subtilités. On est à la veille de la bataille de Crécy, la guerre de Cent Ans vient de commencer. Le calvaire de la Bretagne va suivre. Et tout se passe à Nantes comme à Paris et à Londres : les femmes servent de prétexte à l'ouverture des hostilités.

Treize ans plus tôt, Charles IV, le dernier fils de Philippe le Bel était mort. Sans avoir fait de garçon. Pourtant, il y avait un héritier mâle : le petit-fils de Philippe le Bel, l'enfant de sa fille Isabelle. Seulement voilà, catastrophe, ce jeune homme s'appelait

Édouard III et régnait déjà sur l'Angleterre. À Paris, la cour ne pouvait songer un instant à confier le royaume à un Anglais. Des juristes allèrent donc déterrer un vieux parchemin mérovingien qui affirmait que seul un héritier masculin pouvait transmettre les droits au trône de France. D'où sortait cette fameuse loi salique interdisant la couronne à une femme et délégitimant les prétentions d'Isabelle ? Officiellement de coutumes antédiluviennes des Francs Saliens. En réalité de la virtuosité jurisprudentielle d'hommes de loi aux ordres de Philippe VI, le nouveau roi de France, le premier des Valois, fils du frère de Philippe le Bel. Résultat : un neveu confisquait l'héritage et prenait la place du petit-fils. Inutile de préciser que Londres ne goûta pas le subterfuge. Le sang d'Isabelle de France, devenue Isabelle d'Angleterre, ne fit qu'un tour et elle affirma que jamais Édouard, fils d'un roi et petit-fils d'un autre, ne prêterait serment de fidélité à un fils de comte. Sur quoi, son cher enfant acheva ses opérations militaires en Écosse, équipa une puissante armée et, en 1337, déclara la guerre à la France.

La Bretagne aurait pu se frotter les mains. Le malheur de ses voisins faisait généralement son bonheur. Trop occupés à se battre entre eux, ils lâchaient la bride à ce duc agaçant, vassal (selon eux) de l'un et de l'autre, toujours en train de jouer au plus fin. Et si les diplomates avaient le loisir de souffler, négociants et marins, eux, mettaient les bouchées doubles. Le ravitaillement des troupes anglaises sur le continent enrichissait les armateurs du duché et lorsque la France ou l'Angleterre se trouvaient à court de cavalerie, de vivres ou de matériel, la Bretagne se faisait un devoir bien rémunéré de fournir les équipements indispensables à la poursuite des opérations. Dernier point non négligeable : tandis que les hommes d'affaires s'enrichissaient, les hommes de guerre en faisaient autant tout en s'instruisant des dernières techniques militaires – car les gentilshommes bretons, surtout les cadets de famille, tout comme les simples mercenaires, se louaient volontiers à l'un ou l'autre camp. C'est dire s'ils avaient une aussi mauvaise réputation auprès des paysans français qu'une excellente image auprès de leurs seigneurs. Dès qu'on quittait le duché, dans le peuple, on disait « larron comme breton ». Et on employait le verbe « bretonner » comme synonyme de « piller ». Mais qu'importe, la rivalité franco-anglaise était couvée d'un œil tendre par Nantes – gage à la fois de notre indépendance et de notre prospérité. Ce cynisme mercantile ne survécut pas une semaine à la mort de Jean III.

Lui non plus n'avait pas d'héritier désigné. Et là encore, il s'en trouva deux pour présenter une revendication légitime au trône. Le premier, Jean de Montfort, demi-frère de Jean III, était, comme lui, le fils d'Arthur II. La couronne lui revenait de toute évidence mais les deux frères se haïssaient et Jean III, dans les dernières années de son règne, n'avait cessé de faire des gracieusetés à Jeanne de Penthièvre, sa nièce, la fille d'un autre frère décédé et, par conséquent, la petite-fille d'Arthur II. Or qu'advint-il ? La France, qui venait de ressortir la loi salique des oubliettes pour éliminer une femme, prit fait et cause pour Jeanne de Penthièvre. Par quel miracle attribuait-on le duché à celle qui filait la quenouille alors que le royaume n'allait qu'à celui qui tenait la lance ? Parce qu'elle était mariée à Charles de Blois, le fils de la sœur de Philippe VI, son nouveau roi. Soudain Paris se retrouvait avec une carte maîtresse : le prochain duc de Bretagne pourrait bien être le neveu du roi de France. Laisser passer une telle chance était impensable. Jean de Montfort ne s'y trompa pas : les Valois allaient l'éliminer vite fait bien fait. Du moins s'il y concédait. Pas un instant, il n'y songea.

Le sang de Mauclerc coulait pur dans ses veines. Songez qu'il était le frère de Jean III qui ne se risquait jamais à essuyer un échec – fut-ce au prix d'un succès manqué ! Lui n'avait pas ces prudences. Un souffle et il balaya le passé, les objections, les angoisses et les calculs. Pourquoi solliciter les gens, les consulter, les flatter et, pour finir, les déranger alors qu'il suffit de se servir ? À peine le duc enseveli, coupant l'herbe sous le pied de tous, il s'attribua la couronne et, comme il était malin, il enfourcha un destrier, emmena sa garde et fila sur Limoges où il fit main basse sur le trésor que Jean III, toujours prudent, avait jugé sage de conserver à l'écart de ses terres. Un mois après la mort de son souverain, la Bretagne avait un duc qui possédait des ressources énormes et des droits indiscutables.

Jean III est mort le 30 avril ; dès le mois de mai, Montfort s'installe à Nantes et, les besaces pleines d'or, part avec ses troupes faire le tour du duché.

Certaines villes s'ouvrent par amour ; l'argent déverrouille la porte des autres. Il passe à Brest, à Auray, à Vannes, à Hennebont, à Rennes et occupe les villes. Si certaines forteresses se déclarent pour Charles de Blois, il les contourne. Il va vite et laisse partout sa marque et ses hommes. En même temps et en grand secret, pressentant la réaction de la France, il accueille à Nantes les ambassadeurs d'Édouard III. Jamais prise de pouvoir n'a été aussi vite conçue, exécutée, menée à bien. Ne reste qu'à la faire avaliser par Paris. Au début de septembre, Montfort arrive à la cour des Valois. Où, bien entendu, Philippe VI le déboute de ses prétentions et affirme qu'il ne reconnaît que Charles de Blois pour duc légitime de Bretagne. Cette fois, la guerre civile est ouverte. Ce sera le combat des loups (qui, comme Blois, se dit *bleiz* en breton et sera attribué au camp français) contre les taureaux (car les Anglais étaient surnommés les *bulls*). Au début, les loups semblent l'emporter.

Jean de Normandie, le fils de Philippe VI, et futur Jean II de France, envahit le duché, assiège Nantes, s'empare de la ville et fait prisonnier Montfort. Les jeux seraient faits si l'épouse de celui-ci, l'explosive Jeanne de Flandre, retranchée à Hennebont, ne reprenait le flambeau de son parti. Très vite, elle est surnommée Jeanne la Flamme. Partout où elle s'exprime, elle galvanise le peuple. Porter les armes ne lui fait pas peur. Un jour, en pleine bataille, voyant les Français accaparés par une manœuvre, elle fond sur leur camp avec quelques dizaines d'hommes, y met le feu, détruit les provisions et s'empare des objets précieux. C'est une vraie Pasionaria. Qui se ressemble s'assemble : tel son mari, elle ne fait jamais rien à moitié. Or le courage paye. À force de combats, elle contraint les Français à négocier et obtient la libération de Jean de Montfort. Qui, juste après, reprend les armes mais trouve la mort à Quimper. Et là, désastre, Jeanne la Flamme, toujours excessive et passionnée, sombre dans la folie. Tout pourrait s'interrompre. C'est compter sans les Anglais. Cette guerre bretonne fait leurs affaires en occupant les troupes françaises loin de la Normandie et de la Guyenne, leurs territoires. Du coup, ils décident de s'en mêler.

Première chose : ils mettent la main sur le fils des Montfort, le petit Jean, âgé de 2 ans, qui part pour l'Angleterre où il va rester vingt ans et être élevé par Édouard III en personne, dont il épousera la fille, Marie. Seconde étape : ils envoient un corps expéditionnaire sur les ordres de Thomas Dagworth qui s'empare de Charles de Blois à la Roche-Derrien. Renversement de la situation : à son tour, le camp français, n'a plus de chef. Et là, nouveau coup de tonnerre, c'est aussi sa femme qui relève l'étendard et reprend le combat. Après Jeanne de Flandre, dite Jeanne la Flamme, voici Jeanne de Penthièvre, dite Jeanne la Foudre. Même Charlemagne aurait battu en retraite devant cette virago. À Londres et à Paris, quand on évoque la guerre de Succession de Bretagne, on parle de la guerre des deux Jeanne.

Sur place, en Bretagne, en revanche, la poésie n'est plus de mise. Dire que, dix ans plus tôt, le duché passait pour une terre de cocagne ! À présent, les campagnes sont plus nues qu'un doigt. Les villages semblent morts depuis l'époque du dernier dinosaure. Deux épines, la française et l'anglaise, sont plantées dans le cœur du duché et aucune pince ne peut les retirer. Édouard III s'est emparé de Brest et de sa région, en a fait une base navale imprenable et rançonne toute la pointe bretonne. Dans les terres, ses troupes et celles de France vivent sur l'habitant. L'apparition des bombardes rend les sièges bien plus meurtriers et laisse les villes dévastées. Les trêves se succèdent puis les combats reprennent et châteaux et manoirs sont mis à sac. Tour à tour, chaque cité est enlevée, pillée, pressurée.

C'est inhumain mais l'histoire oublie la misère quotidienne et retient les actions d'éclat. Ainsi, en mars 1351, près de Ploërmel, au pied d'un chêne immense, les deux camps décident de conclure une trêve pour organiser un face-à-face d'homme à homme entre trente combattants des loups et trente champions de l'ours. Parmi les duellistes du camp de Montfort, vingt et un sont anglais et la victoire revient aux Franco-Bretons de Jeanne de Penthièvre. Mais en vain. Personne n'est capable d'emporter la décision. Les Français se prennent de passion pour Bertrand Du Guesclin, un soldat né à Dinan, qui mène une guéguerre d'embuscades très efficace. Les Anglais, eux, admirent la stratégie du duc de Lancastre et les coups de main de Jean Chandos. Dans le malheur, on parvient encore à s'amuser. Pendant un des sièges de Rennes, un jour que les Anglais font paître des centaines de porcs sous les murs de la ville affamée pour narguer ses défenseurs, ceux-ci accrochent par les pattes à un créneau une truie dont les cris épouvantés attirent au pied des murailles tous les mâles qui finissent le soir même en civets, en confits, en poitrines caramélisées et en saucisses. Mais ces éclats de rire sont exceptionnels. Partout les larmes coulent. À la sortie des bourgs, le long des routes, les grands peupliers ont l'air de pénitents égarés sur la lande. Quand un village a été épargné, on le regarde comme un miraculé, telle la dernière perle d'un collier brisé qui aurait roulé sous un meuble et échappé aux bandits. Le conflit s'éternisant, Londres et Paris n'en peuvent plus de payer et leurs mercenaires se servent sur le tas. Les paroisses ne savent plus à quel saint se vouer. L'herbe ne pousse plus, les récoltes sont confisquées, l'avoine et le seigle deviennent des produits de luxe. L'état du pays arracherait des larmes à Caligula en personne. Même la peste s'en mêle ; la Bretagne est moins touchée que d'autres mais qu'il suffise de rappeler qu'en 1300, l'Europe comptait 75 millions d'habitants et seulement 45 en 1400. Le duché semble au fond du gouffre.

Il l'atteint en 1356 quand Jeanne de Penthièvre, plus hystérique que jamais, réunit les États de Bretagne pour qu'ils versent 700 000 florins d'or, la rançon astronomique qu'elle a accepté de payer pour obtenir la libération de Charles de Blois. Personne ne pense qu'elle parviendra à les réunir. C'est mal la connaître. Elle tire chaque goutte de chaque sujet et, promettant d'envoyer sans tarder le reliquat de la créance, ramène son mari dans le duché. Ce n'est pas un aspirant duc que retrouve la Bretagne mais une sorte de saint en armure. On l'approche et il dégage une odeur d'encens comme le pêcheur sent le poisson. Là où il faudrait un lion qui rugit, le camp français hérite d'une grenouille de bénitier qui égrène ses chapelets.

Il était déjà pieux. Ses dix années de détention à Vannes puis en Angleterre l'ont confit en dévotion. Il se sent coupable des supplices endurés par son peuple. Pour expier, il se martyrise lui-même, porte un cilice en crin à même la peau et se flagelle le dos. Sobre comme l'Évangile, il ne se noie que dans l'eau bénite. À peine revenu sur ses terres, il multiplie les pèlerinages pieds nus dans tous les lieux saints de Bretagne. Il voue un culte particulier à saint Yves, le saint patron du duché, un juriste de Tréguier qui a transformé son manoir en asile pour les pauvres, a mené une vie ascétique et s'est hissé de son vivant au rang de légende. Où qu'il aille, Charles porte une grande cape de bure blanche. Ses apparitions frappent l'imagination. Et sa piété inquiète. Aucun juron en sa présence. À chaque calvaire – et il y en a partout –, il descend de cheval, retire son casque et s'agenouille. La troupe, derrière, doit détourner son chemin pour ne pas piétiner l'ombre de la croix. On dit qu'il dort sur de la paille et qu'il est envahi de poux. Quand il n'est pas en oraison, il verse des subsides à toutes les congrégations religieuses. Ceux qui espéraient une Jeanne d'Arc se retrouvent avec une mère Teresa. Mais le résultat est là : on l'aime. Le nord et l'est de la Bretagne, la haute noblesse et le clergé sont derrière lui. Son aura est telle qu'Édouard III lui-même accepte de composer.

Après avoir écrasé Philippe VI à Crécy en 1346, il a anéanti son fils Jean II à Poitiers en 1356. L'Angleterre a gagné. En 1360, à Brétigny, par un traité de paix, la France cède le Poitou, le Périgord, le Limousin, une partie de la Picardie et Calais. Avec la Guyenne et la Normandie, Londres dirige plus de territoires sur le continent que Paris. Dans ces conditions, Édouard III, las de guerroyer, accepte le partage pur et simple de la Bretagne : le Nord à Charles de Blois, le Sud à Jean de Montfort, son gendre. La lassitude est telle, la misère si criante que tout le monde est prêt à approuver. Sauf une personne : Jeanne de Penthièvre. C'est une cinglée mais c'est un vrai chef et une vraie Bretonne. Elle refuse. Diriger une mini Bretagne sans Nantes, Vannes et Quimper ! Jamais. Charles, son mari, plonge dans son missel mais ne comptez pas sur elle pour se laisser enfumer par les vapeurs d'encens. Elle lui rappelle sèchement de qui il tient ses droits sur le trône, le prie de renfiler ses bottes et, au lieu du prie-dieu, l'expédie vers les écuries. La guerre civile reprend. Mais, cette fois-ci, le camp anglais s'est retrouvé un champion breton.

Le duc de Lancastre et Jean Chandos sont toujours là mais, à la tête de leurs troupes, il y a désormais un nouveau Jean de Montfort, le fils du précédent. À présent, il a vingt ans et, en août 1362, il rentre chez lui et repasse en Bretagne. Deux ans plus tard, après cinquante escarmouches, sièges, pillages et autres aléas de la vie quotidienne du duché en ces temps maudits, les deux armées au complet se font enfin face. À Auray, le 29 septembre 1364. Et là, les dés sont jetés : Charles de Blois est tué, Du Guesclin fait prisonnier et le camp français écrasé. Brandir la Bible comme une épée n'a pas marché. Jean de Montfort triomphe. Et qu'importe si certains pleurent. Tous en ont assez. Jean devient Jean IV, on le surnomme Jean le Vaillant et chacun se soumet. Une à une, les forteresses du camp français baissent leur pont-levis. Le duché est exsangue. Ce beau jeune homme soulage tout le monde. Habile, il rend les plus respectueux hommages à Charles de Blois, l'enterre somptueusement à Guingamp et expédie une ambassade à Rome pour faire canoniser son rival. Des miracles ont eu lieu grâce à lui. À Dinan, un mur s'est mis à transpirer du sang quand on a retiré son effigie. Ailleurs, des aveugles ont retrouvé la vue en touchant son épée. Le pape s'incline. Après Judicaël et Salomon, un troisième souverain breton va être canonisé. Ce qui fait de nous les champions du monde du gouvernement sacerdotal. Mais c'est bien le seul bénéfice à tirer de cette guerre civile. En 1364, la Bretagne est anéantie. Avec, au nord, un suzerain anglais tout-puissant à qui Jean IV doit tout et, à l'est, une France rageuse et furieuse qui cherche désespérément de nouveaux territoires à contrôler pour compenser la saignée fatale que vient de lui infliger Édouard III. Jean IV aurait intérêt à tous les ménager.

Au début du règne, malheureusement, il fait le contraire. On ne rend pas droit un bois tordu. Qui a trahi trahira. Et Jean IV, élevé à Londres, parlant l'anglais mieux que le français (n'évoquons pas la qualité de son breton), reste fidèle à ceux qui l'ont sauvé, formé et rétabli dans ses droits. Au lieu de pacifier les consciences, il semble récompenser ses tuteurs. Des conseillers anglais l'entourent, il donne des gages à Londres, il autorise les soldats d'Édouard à stationner dans le duché… Tout cela passerait encore dans un duché excédé par les combats mais tout est à rebâtir et Jean IV accable ses sujets d'impôts. L'Est, le Nord et les grandes familles, toute la Bretagne hier favorable à Charles de Blois, grimace et attend son heure. Elle ne tarde pas. La France a repris du poil de la bête. Un nouveau roi est aux commandes : Charles V. C'est enfin un ennemi à la mesure d'Édouard III. Et il a pour connétable un Breton, Bertrand Du Guesclin. Dès que les hostilités reprennent entre Londres et Paris, Du Guesclin fonce sur sa terre natale : le duché est envahi. En 1373, chassé du trône, Jean IV repasse en Angleterre et se réfugie auprès d'Édouard III.

Heureusement pour la Bretagne, l'histoire n'enseigne pas grand-chose et se contente, le plus souvent, de repasser les plats. Les Français ne tirent aucune leçon des maladresses du duc et ne tendent aucune perche à la Bretagne montfortiste, c'est-à-dire le Sud et l'Ouest, toute la Bretagne bretonnante, la petite noblesse et, de fait, une grande partie du peuple qui veut rester breton, se noie dans les subtilités diplomatiques et trouve plus simple d'être fidèle au duc issu de la famille traditionnelle de ses souverains. Loin de calmer les esprits, les Français occupent le pays, annoncent la saisie du duché et nomment le duc d'Anjou, frère de Charles V, lieutenant général en Bretagne. Inévitablement la guerre reprend : 1373, 1374, 1375, 1376, 1377, 1378. Et la litanie du malheur recommence. Un feu flambe longtemps si chacun apporte du bois. Français et Anglais ne se privent pas de souffler sur les braises. Aucun parti ne l'emporte jusqu'au miracle – un miracle à la bretonne, c'est-à-dire un désastre complet qui force tout le monde à remettre les compteurs à zéro : le 30 juin 1378, Charles V rattache officiellement le duché à la France !

C'était l'abus à ne pas commettre. La bévue providentielle pour Jean IV. Dans le duché, l'indignation et la rage sont universelles. Tant de malheurs pour, finalement, disparaître. Du jour au lendemain, c'est l'union sacrée. Tout les barons du Nord et du Sud, de l'Est et de l'Ouest enterrent leurs querelles et rappellent Jean IV. Même Jeanne de Penthièvre, son ennemie jurée, enterre la hache de guerre et l'implore de chasser l'armée française. À tout hasard, trop contente, l'Angleterre fournit au duc un contingent de six mille hommes. Ce sera inutile. Les Bretons ne sont pas les seuls à n'en plus pouvoir de cette querelle sans fin. Paris est à bout. Heureux coup du sort : Du Guesclin et Charles V meurent pendant l'été 1380. La France, du coup, hérite d'une nouvelle administration qui n'a qu'un but : reprendre son souffle. En 1381, c'est officiel : la paix est signée à Guérande. Les Anglais réembarquent, les Français évacuent, la Bretagne est libre. Et en paix. Jean IV n'a plus que quelques opérations de nettoyage à terminer. Il le fait vite et sans haine. La leçon de son premier règne a porté ses fruits. Désormais, il est le duc de tous ses sujets. Quand il crée son ordre de chevalerie, l'ordre de l'Hermine, il en accorde le collier aussi bien aux partisans de Montfort qu'à ceux de Charles de Blois. Et, singularité à l'époque, il précise bien que la distinction ira autant aux femmes qu'aux hommes. Les furies des deux camps ont marqué les esprits. Impossible d'oublier que ce sont elles qui nous ont plongé dans le drame, elles qui ont soulagé nos malheurs et elles qui ont sorti le duché de l'impasse.

Désormais la Bretagne est en paix. Son territoire est vierge de toute troupe étrangère et ses ducs veilleront à ce que cela ne change plus en tenant leurs alliés et leurs ennemis à bout de fourche. Il le restera jusqu'au dernier jour. Mais nul n'y songe. Ce qu'on appelle de nos prières, c'est la paix. Et le retour du bonheur tranquille des ducs Jean. Dieu doit alors tendre l'oreille car va alors débuter le siècle d'or de la Bretagne.

Chapitre 9

Le XVᵉ siècle, âge d'or de la Bretagne libre

À présent s'ouvrent des dizaines d'années de miel et de lait. Le duché, tel un petit soleil, glisse entre les nuages qui inondent de grêle ses voisins. En France, Charles VI succombe à une folie qui s'empare de lui, au Mans, alors qu'il mène justement sa troupe en Bretagne où il n'arrivera jamais. Bientôt, près d'Azincourt, toute sa noblesse est anéantie en un jour par les Anglais. Son épouse, Isabeau de Bavière, achève de ruiner les espoirs de redressement du pays et son fils, Charles VII, verra ensuite son royaume rétrécir comme une peau de chagrin jusqu'à l'arrivée de Jeanne d'Arc. Pour des dizaines d'années, les Valois ne sont plus une menace.

Quant à l'Angleterre, l'autre ogre que le duché fait saliver, quand elle en aura fini avec la guerre de Cent Ans, elle aura bien mieux à faire qu'à remettre la main sur la Bretagne. À peine achevés les conflits sur le continent, elle voit à son tour sa noblesse saignée à blanc par la guerre civile qui oppose la rose rouge des Lancastre à la blanche des York. Le duc de Bretagne pourrait bien se proclamer roi de la Lune, personne ne viendrait contester ses droits. Il a beau agacer les uns et les autres, il est libre d'agir à sa guise. Exaspéré, un ministre anglais s'emporte contre ces Monfort qui « entrent dans la mer et en ressortent la robe sèche ». Il faut admettre que Londres et Paris ont de quoi pester : alors que leurs deux États semblent administrés en dépit de tout bon sens, le duché navigue tranquille sur une mer de prospérité. C'est un diamant, petit mais pur. D'abord et surtout grâce à Jean V qui règne de 1399 à 1442.

Si un duc a bien porté son prénom, c'est lui. Il a beau avoir le sang des Montfort dans les veines, il ressemble aux trois premiers Jean : comme eux, il sait que le courage ne rugit pas toujours. Au fond, c'est un administrateur. L'histoire et la géographie ne lui ont attribué qu'un petit coin dans la grande cage européenne mais il n'a nulle intention d'en briser les barreaux ; résigné à n'en faire qu'une prison dorée, il y parvient à merveille. Avec lui, la Bretagne va plaisamment tourner en rond dans l'exquise cour de promenade qu'est son joli duché. Alors que, chez ses voisins, la vérité du monde se résume à l'indifférence, au hasard carnassier et au chaos, chez lui, elle se traduit par la prudence, le calme et l'ordre. Ne comptez pas sur Jean V pour céder à des lubies et changer ce qui marche. Son Premier ministre, Jean de Malestroit, évêque de Saint-Brieuc puis de Nantes, restera aux manettes de 1408 à 1442. C'est ensemble qu'ils gouvernent et eux seuls. Ne se fiant qu'à leur sagesse et à leur expérience, ils ne prêtent l'oreille ni au peuple, ni aux grands, « deux bêtes qui ont beaucoup de langues et peu d'yeux », comme dira plus tard Frédéric le Grand de Prusse. Forts de ce sain préjugé, ils font de leur duché une petite entreprise prospère.

Vers 1400, la Bretagne compte environ 1 250 000 habitants. À la fin du siècle, une fois surmontés les épidémies et les passages de la peste noire (ou pulmonaire), elle atteindra à nouveau ce chiffre. Ce qui fait d'elle un petit État face aux neuf millions d'habitants de la France mais ce qui la met au niveau du Portugal, de l'Écosse, de la Bavière, de la Bohême et de la plupart des États italiens. Son budget la hisse plus haut encore dans la hiérarchie. Vers 1450, sous le règne de Pierre II, il « pèse » environ 10 tonnes d'argent par an, un poids comparable à celui de la république de Venise, mais deux fois supérieur à celui du royaume de Navarre et trois fois plus lourd que celui de Bavière (qui, elle, restera indépendante jusqu'en 1866). Le duché est un pays prospère à la monnaie forte ; la livre bretonne vaut nettement plus que la livre tournois française. Il y a des ateliers de frappe monétaire à Rennes, à Nantes, à Vannes, à Dinan et à Morlaix. Illustré de l'hermine et non du lys, l'écu de Bretagne est en or, privilège régalien qui proclame que le duc est souverain chez lui. Sur ses pièces, il apparaît d'ailleurs couronné et royal – ce qui frappe l'imagination mais déforme un peu la réalité car Jean V, calme et débonnaire, vit plus en bourgeois prospère qu'en prince fastueux. Ce qui ne l'empêche pas, par calcul politique plus que par goût, de s'entourer d'une cour à la hauteur de ses prétentions royales. Ainsi que d'une véritable administration.

L'ère du gros fief rebelle à la gestion hasardeuse est bien révolue. Jean V et Malestroit ont fixé des règles fiscales et juridiques que la chancellerie et la trésorerie générale rédigent, communiquent et font appliquer sous le contrôle du troisième pilier de l'État ducal, la chambre des comptes, installée à Vannes. L'arsenal gouvernemental possède tout l'armement bureaucratique nécessaire à un État moderne. Et, singularité au XVe siècle, il fonctionne. Au cours du dernier siècle de son indépendance, la Bretagne fait envie à ses voisins. Elle passe pour un pays de cocagne. Si elle demeure un État « chevelu » couvert de forêts, son territoire est remarquablement exploité et, au cours du XVe siècle, il ne connaîtra qu'une année de disette en 1481 – encore est-elle très relative si on la compare à la famine qui ravage la Normandie, l'Anjou et le Maine dont les marchands viennent à prix d'or acquérir les céréales en vente libre dans le duché. On cultive le blé, le seigle, l'orge, le froment, le chanvre et la vigne. Sur les côtes, l'emploi du goémon, des boues marines et du fumier permet d'atteindre d'excellents rendements. La population rurale demeure très pauvre mais suscite la convoitise car, loin d'empirer, sa situation s'améliore. Le miel breton est réputé et les foires aux bestiaux se multiplient. On défriche les campagnes, on plante des haies, on dresse des talus, le bocage prend forme et la Bretagne commence à ressembler au visage si particulier que la Révolution fera connaître à tous, un pays de chemins creux bordés de grands arbres qui font régner la nuit en plein jour.

Ancrées sur un terroir dont elles tirent de vastes ressources, les villes embellissent plus qu'elles ne grandissent vraiment. Alors que Paris atteint les 300 000 habitants et que Rouen, Lyon et Bordeaux dépassent les 30 000, Rennes et Nantes frôlent à peine les 15 000 tandis que Vannes s'en tient à 5 000 et Morlaix à 4 000. La gestion trop prudente des ducs déteint sur leurs sujets. Sans oser parler d'industrie, même le gros artisanat demeure exceptionnel. Les toiles bretonnes sont cependant renommées dans toute l'Europe et font la prospérité des draperies de Fougères, de Morlaix ou de Vitré. Ainsi, bien sûr, que celle de Saint-Malo, de Nantes et du port de Morlaix, les bases les plus actives de la flotte bretonne. Battant pavillon à croix noire sur fond blanc, celle-ci relâche sur les quais d'Angleterre, d'Espagne, de Bordeaux, du Portugal, de Madère, d'Anvers et même de la Baltique, grâce aux accords signés avec la ligue hanséatique. En 1500, elle comptera 2 000 navires, chiffre très élevé mais trompeur car les bateaux bretons, pour la plupart, demeurent petits. Alors que les Hollandais, les Anglais et les Espagnols créent les premières grandes compagnies de navigation à vocation internationale, les armateurs bretons, prudemment recroquevillés derrière des barrières protectionnistes, se contentent de reproduire l'éternel cabotage. Le commerce du sel fait des millionnaires. Le drap, l'étain, le vin, la farine, la mercerie, la quincaillerie, les légumes assurent le bien-être de milliers de marins mais nul parmi eux ne songe à repousser les limites de l'horizon. Les équipages du duché, réputés pour leur science de la navigation, sont sans cesse sollicités par les négociants étrangers mais ceux-ci se gardent bien de les diriger vers les routes nouvelles ouvertes sur l'Atlantique. On se sert des toiles en chanvre et des cartes maritimes bretonnes, en particulier de celles dressées au Conquet, mais on ne les informe pas de possibles extensions. Du reste, on se méfie d'eux. Bretons et pirates sont pour beaucoup des mots synonymes. Nos équipages font des ravages. En 1484, Nicolas Coëtanlem, un capitaine de Morlaix, s'empare de Bristol, y met le feu et rapporte un butin fastueux. Personne, du coup, ne tient à aider des cervelles brûlées aussi incontrôlables. Résultat : les ports somnolent dans une aisance sans misère ni ambitions. On ne bâtit pas de cales, les quais restent rudimentaires, les bateaux se contentent de s'échouer sur la grève à marée basse. Alors qu'ailleurs un sablier à goulot large enrichit les nations maritimes à la vitesse d'un torrent, en Bretagne, un autre à rythme lent se remplit au débit tranquille d'une rivière de plaine. La Bretagne, pacifique et routinière, bâtit sereinement le château de sable d'une prospérité enviée qu'une vague, demain, suffira à effacer. La facilité et les dons de la nature sont le plus précieux des atouts à condition de ne pas s'en servir. Jean V et ses successeurs, eux, en abusent. La Bretagne est si petite et l'océan si vaste. Pourquoi ne regardent-ils pas à l'ouest ? Mais pourquoi donc ? Nul ne le sait et demain, quand le Portugal aura fait de l'Atlantique son terrain d'aventures, le duché va s'écraser contre le pare-brise de la réalité mais, entre 1400 et 1470, nul n'y songe.

Tout va trop bien. Les cités se couvrent de bâtiments. Le duc, populaire et incontesté, frappe son écu sur toutes les portes de villes, marque les murailles et offre à tous les sanctuaires des statues magnifiques qui le marient à Gradlon, à Conan Meriadec, à Arthur et à tous les noms sacrés de l'imaginaire breton. Ses secrétaires réécrivent l'histoire et, comme ils trouvent que le nom de Brutus ressemble à celui de la Bretagne, ils inventent une éblouissante lignée royale remontant à ce fameux Brutus, arrière-petit-fils d'Énée, le Troyen à l'origine tout aussi légendaire de la fondation de Rome. Rien ne fait peur à ses chroniqueurs et, avec une précision imparable, ils situent en 1139 avant Jésus-Christ l'ancrage des réfugiés troyens dans l'estuaire de la Loire. Les mythologies et les superstitions flânent à travers le duché comme Dieu dans ses églises. Partout dans les campagnes, surtout à l'Ouest, dans la Bretagne bretonnante, se dressent des chapelles. On ne cesse d'agrandir et d'embellir les cathédrales, la mode des calvaires bâtis sur le moindre monticule se répand comme une épidémie. On dénombre une quarantaine d'abbayes. Cisterciens, bénédictins, augustiniens, tous viennent profiter de la manne océanique. Dès qu'on prononce le nom de saint Yves ou de la Vierge Marie, l'argent sort des bourses. Partant du principe que Dieu ne ferme jamais une porte sans en ouvrir une autre, que cela aille bien ou mal, on le prie. Négociants, nobles, familiers du duc, tous tiennent à offrir un vitrail, une statue, un morceau d'os « sacré » ! On importe d'Angleterre des retables d'albâtre. On fait venir des Florentins pour sculpter des tombeaux d'anthologie. Le style gothique flamboyant de certains enclos paroissiaux atteint des sommets de raffinement. Jamais le Moyen Âge n'a été aussi riche. Les marchands de reliques de toute l'Europe ont une passion pour nous. On bâtirait un chalet de luxe en Suisse avec les morceaux de la vraie Croix achetés au XVe siècle par les Bretons. Quimper expose un morceau de la robe d'enfant de Jésus, Hennebont a recueilli quelques gouttes du lait de la Vierge, chaque ville a un ou deux doigts de saint, on s'agenouille devant des dents, on prie un vieux soulier. Plantés au cœur des villes et au fond des campagnes telles d'immenses seringues prêtes à prélever le sang de l'économie, des clochers innombrables injectent nos bons écus là où ils ne servent à rien, dans la dévotion, les chapelets, les scapulaires, le catéchisme et autres grenouillages de bénitier idéaux pour l'ornementation régionale mais affligeants pour le développement marchand – seul moyen d'assurer l'indépendance du duché.

À quelque chose, cela dit, malheur est bon. Les papes nous adorent. Si les petits ruisseaux font les grosses rivières, le flot des dons même minuscules finit par inonder le Vatican. On n'a pas encore inventé la fête de l'artichaut, ni celle de la morue mais chaque paroisse organise son pardon plus trébuchant que sonnant – du moins dans les petits villages car il y en a aussi de haute volée financière. Ainsi, le Tro Breizh, le Tour de Bretagne, pèlerinage aussi populaire que celui de Saint-Jacques-de-Compostelle, alors champion toutes catégories de la randonnée pénitentielle. Tel un anneau sacré long de 600 kilomètres, un parcours jalonné d'étapes et d'offrandes relie les sept villes consacrées aux sept saints du duché, en l'occurrence les sept moines celtes venus nous évangéliser d'Irlande et d'Angleterre. On va de Quimper (chez saint Corentin) à Vannes (saint Patern) en passant par Saint-Pol-de-Léon (saint Pol Aurélien), Tréguier (saint Tugdual), Saint-Brieuc, Saint-Malo et Dol de Bretagne (saint Samson). Mieux vaut le faire de son vivant sinon les recteurs affirment qu'on le fera après sa mort au rythme d'une longueur de cercueil tous les sept ans ! Autant dire que cela occupera l'éternité. Pour échapper à cette perspective, tout le monde accomplit la corvée dès qu'il en a la force. Vannes accueille chaque année près de 30 000 pèlerins et les chapelains de la cathédrale font leurs comptes, excellents ! Et à la pieuse dévotion du peuple répond celle, diplomatique et calculatrice, des ducs trop heureux de complaire aux papes qui les soutiennent face aux prétentions suzeraines du roi de France. À cette fin, les diplomates de Nantes cessent de jouer aux plus fins et soutiennent systématiquement Rome contre Paris. Au moment du grand schisme, lorsque la chrétienté se retrouve avec trois papes, l'un à Rome, le deuxième à Avignon et le dernier à Pise, la Bretagne ne se plie pas aux oukases des conciles successifs, dissidents et farfelus manipulés par la France, ne se range jamais derrière les rebelles et défend toujours le pontife légal que soutient la curie. Plus prudent encore, Jean V refuse absolument d'adhérer à la pragmatique sanction de 1438 lorsque Charles VII prétend limiter les pouvoirs du pape, en finir avec les excommunications et contrôler lui-même les nominations d'évêques et d'abbés. Une telle fidélité paye. Exaspérée par l'insolence de la France qui se prétend « fille aînée de l'Église » parce que Clovis avait été, en l'an 498, le premier roi baptisé, l'administration romaine tend une oreille complaisante aux envoyés bretons qui revendiquent le titre de premier royaume chrétien en se fondant sur le règne imaginaire mais providentiel de Conan Meriadec. Les papes, désormais, notifient leur élection aux ducs sans passer par l'intermédiaire du roi et les autorisent à signer leurs décrets « Duc par la grâce de Dieu ». À Saint-Pierre, la Bretagne est traitée en État indépendant.

Le pape n'est, bien entendu, pas le seul souverain à caresser ainsi le duché dans le sens du poil. Les ennemis de la France et tous ceux qui la redoutent se font un devoir d'agir comme lui. La Bretagne envoie des ambassadeurs partout où elle l'estime nécessaire, de l'Angleterre à la Castille en passant par le Portugal, le Vatican, la Flandre et l'Europe du Nord. L'Europe entière se déplace pour assister au couronnement de François Ier, le fils de Jean V qui règne de 1442 à 1450, puis à celui de Pierre II, son frère qui lui succède de 1450 à 1457 et, l'année suivante, à celui d'Arthur III, leur oncle, le frère de Jean V, un grand soldat connu en France sous le nom d'Arthur de Richemont, connétable du royaume, premier grand officier de la Couronne. Les cérémonies du sacre ont pour vocation de frapper les imaginations. En quinze ans, Rennes les renouvelle trois fois avec un faste inouï.

Le nouveau duc entre dans la ville par l'ouest, en passant sous la porte de Morlaix après avoir prêté serment de défendre l'Église, le peuple et le duché de Bretagne. Ensuite, remontant les rues noyées sous les drapeaux et recouvertes de tapis, il gagne la cathédrale où il passe la nuit seul, en prières. Le lendemain, tout est conçu de manière à jeter de la poudre aux yeux des délégations étrangères et à leur montrer que les cérémonies de Rennes valent celles de Reims. Chaque étape doit être exceptionnelle. Le terme « solennel » sert de mot d'ordre. Le clergé est prié de se déplacer au grand complet en tenue d'apparat ; la noblesse n'a pas le droit de venir autrement qu'en grand équipage ; le peuple a pour mission de crier bien fort ; à toutes fins utiles, des fontaines à vin sont installées aux frais de la commune. Chaque moment prend des allures d'instant de grâce : l'évêque remet au duc sa couronne, puis son épée ; alors apparaît la bannière du duché et, lorsque le duc en a saisi la hampe, on le revêt d'une somptueuse soutane pourpre fourrée d'hermine. Plus on traîne, mieux c'est. Les pupilles ont l'ordre d'être éblouies par la puissance des Montfort. C'est le cas. En Bretagne, tout le monde est émerveillé. À Paris, tout le monde enrage. Mais pester est une chose, sévir en est une autre. La France n'en a pas les moyens et, une fois l'affront du couronnement effacé suit celui de l'hommage. Et là, l'épreuve de force reprend. C'est une tradition séculaire : à leur avènement, tous les grands barons du royaume doivent se présenter devant le roi et agir quelques instants en vassal qui prête serment à son suzerain. Personne ne se dérobe à ce rituel protocolaire qui, pendant des siècles, n'a pas signifié grand-chose et donne toujours lieu à de plaisantes réjouissances. Sauf que le temps a passé. De nombreux fiefs sont tombés dans l'escarcelle capétienne qui ne cesse de gonfler et s'agace de voir les grenouilles bretonnes, provençales ou bourguignonnes se croire aussi puissantes que le bœuf d'Île-de-France. L'hommage est un jour clé. Chacun le sait. Les Bretons mieux que personne.

Or, en ce milieu de XVe siècle, les trois ducs bretons qui le prêtent s'y soumettent d'une manière offensante qui annonce le conflit inévitable. Tant François Ier que Pierre II et Arthur III se déplacent. Mais tous gâchent la fête. Ils veulent bien venir en voisins amicaux mais pas en vassaux soumis. Pas question de prêter l'hommage lige, vieille tradition féodale qui exige qu'on s'agenouille devant le roi pour lui jurer fidélité éternelle. Les souverains bretons restent debout et l'assurent seulement de leur amitié. En temps normal, la France devrait envahir le duché dès le lendemain pour bien exprimer sa puissance. Malheureusement pour elle, elle n'en a plus les moyens. Elle continue à regarder la Bretagne avec des yeux de propriétaire, mais la guerre de Cent Ans l'a trop affaiblie. Du coup, elle se contente d'un compromis : le duc prête serment debout pour l'hommage de la Bretagne et s'agenouille pour celui qu'il consent pour ses propres fiefs au sein du royaume. A priori, cela semble habile, les juristes de chaque camp ont pesé chaque mot de chaque formule et tout le monde semble satisfait. En vérité, tout le monde est furieux et se promet que la comédie ne durera pas. Mais, de fait, elle dure.

La Bretagne fait peur. On connaît sa valeur militaire. En 1450, à Formigny, la dernière bataille, celle qui a définitivement chassé les Anglais de Normandie, c'est l'arrivée de la cavalerie de François Ier qui a emporté la victoire. Trois ans plus tard, sous Pierre II, c'est sa flotte qui a assuré le blocus de Bordeaux, empêché l'intervention d'un corps expéditionnaire britannique et permis de chasser les Anglais de Guyenne. Les Bretons sont une véritable plaie au flanc du royaume mais on ne peut que les observer. Un spectacle de plus en plus pénible pour les Valois. En 1460, dernier affront, François II, le nouveau duc, obtient enfin du pape l'autorisation de créer une université à Nantes. Sur-le-champ, il finance cinq facultés : arts, théologie, droit canon, droit civil et médecine. Et, d'emblée, pour y attirer de grands professeurs, il leur accorde d'importants fonds. La France est folle de rage. Jusque-là, elle se servait en Bretagne pour ses besoins en hommes d'armes et elle accueillait nos meilleurs élèves dans ses propres universités pour les renvoyer dans le duché dûment francisés. Tout à coup, elle s'aperçoit que les élites bretonnes risquent de lui échapper. D'autant que les ducs bretons ont développé depuis un siècle une méthode originale pour souder leur peuple : chaque année, ils convoquent leurs « États ».

En apparence, il s'agit d'un organe démocratique original qui marque la singularité du pouvoir breton. Tout le duché est représenté. Son clergé à travers les évêques, les abbés des principaux monastères et une poignée de prieurs. Sa noblesse sous les traits des principaux barons et d'une centaine de chevaliers. Le peuple, enfin, ou plutôt sa bourgeoisie, dont la voix est confiée aux députés d'une trentaine de villes. D'une session sur l'autre, on se retrouve à Vannes, à Dinan, à Ploërmel, à Rennes ou à Nantes. On y vote l'impôt, on y soumet les lois à discussion et on aborde les sujets d'ordre général. Le duc décide de l'ordre du jour et n'est pas tenu par les avis des uns et des autres (sinon pour les impôts) mais se doit, tout au moins, de les entendre. C'est un dialogue biaisé mais mené avec assez d'habileté pour ne pas paraître à sens unique et pour susciter l'envie des peuples voisins. La Bretagne, en 1460, semble un modèle de prospérité tranquille. La pluie des années écoulées depuis lors fait un peu pousser les superlatifs à propos de son indépendance. Mais, de fait, le pays est libre. C'est un évêque breton qui sacre le duc ; ce sont les États de Bretagne qui délibèrent sur les lois et arrêtent l'impôt ; c'est une cour de justice souveraine qui tranche et conclut les appels de tous les jugements rendus dans le duché. Tout devrait aller pour le mieux dans le meilleur des mondes. D'autant que vient de monter sur le trône un jeune duc, beau et plein de sève : François II. Ne lui reste qu'à gérer au mieux l'héritage de ses parents et à calmer l'acrimonie inévitable du roi de France. Cela semble difficile mais la vie est un jeu d'échecs : un pion peut éliminer un roi et les ducs bretons ont déjà souvent mis mat les Capétiens. Reste à jouer mieux que l'adversaire. Celui-ci, malheureusement, ne s'annonce pas commode : c'est Louis XI, l'universelle araignée.

Leur face-à-face va durer vingt-cinq ans.

Chapitre 10

François II, le dernier duc

La vérité est un bouchon de liège, on a beau la noyer, elle remonte toujours à la surface. La Bretagne du XVe siècle est belle et sa prospérité fait des envieux mais, chez elle, bonheur et angoisse marchent de concert. Entre le duché et le reste du monde se dresse, haute comme les Alpes, la France. Couverte d'une douillette hermine aux épaules, la petite nation océanique trempe pieds nus dans l'Atlantique. Si personne ne l'éclabousse, tout va bien. Mais que nul ne s'avise de venir patauger à proximité, elle prendrait vite froid. Or, catastrophe, en 1461, un nouveau roi monte sur le trône de France : Louis XI. Chez lui, tout est bon pour parvenir à ses fins. Du miel sur les lèvres, il ne lâche jamais le couteau qu'il cache dans sa manche. Quiconque lui serre la main a intérêt, ensuite, à compter ses doigts. S'il existe une différence entre le bien et le mal, il y a longtemps qu'il l'a oubliée quand il succède à son père, Charles VII. Ce qui, en lui, ne s'efface jamais, en revanche, ce sont ses rêves. Et, parmi eux, il en est deux qu'il conserve toujours à l'esprit : la Bourgogne et la Bretagne.

Au début, cela dit, Nantes ne s'affole pas. Là aussi règne un souverain flambant neuf. François II est devenu duc en 1458, à vingt-trois ans. À la cour de France, il passait pour le plus bel homme. Il a le caractère joyeux et n'aime que les plaisirs. Le gouvernement l'ennuiera toujours et il lui préférera longtemps la chasse ou l'amour. Mais, pour l'heure, nul n'y trouve à redire. Le seul reproche qu'on pourrait lui adresser est d'être très peu breton. De fait, il a toujours vécu auprès de Charles VII. Personne ne s'attendait à le voir hériter du duché. Il a fallu que François Ier, Pierre II et Arthur III meurent sans fils pour qu'on fasse appel à lui, petit-fils de Jean IV. Et lorsqu'il revient prendre possession de son pays, c'est un seigneur français qui débarque. Il est comte d'Étampes, sa mère était la duchesse d'Orléans, il ne parle que le français et il arrive accompagné de la superbe Antoinette de Maignelais, une courtisane de 43 ans, qui fut la maîtresse du vieux Charles VII avant de se rabattre sur ce jeune seigneur encore plein de jus. Elle a dix-sept ans de plus que lui et l'a complètement ensorcelé. Il lui fera trois enfants, dont deux fils, et lui offre d'emblée la seigneurie de Cholet. La cour bretonne tique un peu mais tout le monde est sous le charme. Ce jeune duc semble marié à la chance et au bonheur. Sa devise dit tout de lui : « Il n'est trésor que de liesse. » Son règne s'annonce comme la mélodie du bonheur. Pour lui offrir un peu plus d'authenticité celtique, on le marie tout de même à Marguerite de Bretagne, sa nièce, la fille de son cousin germain, François Ier. La pauvre, traitée avec tous les égards apparents, ne verra jamais son mari ou presque et mourra, dix ans plus tard, noyée par ses propres larmes. La belle Antoinette, devenue dame de Villequier, ne partage pas. Qu'importe : François II trouve ennuyeuses les séances du conseil ducal où on le voit une fois par an et préfère promener son élégante silhouette parfumée de poudre de violette parmi ses courtisans mais nul ne s'en offusque. Ce nouveau duc semble un très bon bouclier face aux ambitions de Louis XI.

Les Français, en effet, l'aiment. Au lendemain de son couronnement, lorsqu'il est allé prêter hommage à Charles VII, la cérémonie s'est déroulée comme une simple fête de famille et le roi a dispensé le duc de toute formule ambiguë ou blessante. Et le même protocole décontracté et amical a prévalu, trois ans plus tard, lorsque François s'est présenté à Louis, nouveau roi de France. Pas de liens de vassalité entre eux. Ce sont de vrais cousins et de vieux amis. La cordialité est de mise. Louis semble, de prime abord, très rassurant. Pendant des années, il s'est opposé à son père et a défendu contre lui les droits des grands féodaux. Brouillé définitivement avec Charles VII, il a même vécu des années à la cour du duc de Bourgogne. C'est dire que son avènement n'inquiète pas trop les Bretons. D'abord, il respecte les grands seigneurs ; ensuite, c'est un intime du duc.

Tout le monde va vite déchanter. Rien d'étonnant d'ailleurs. Louis et François ensemble ! Un serpent enroulé dans ses châles et ses prières face à un alezan qui piaffe parmi ses pouliches. Un simple coup d'œil et chacun voit que l'attelage finira au fossé. Cela ne tarde pas. À peine investi, Louis saute sur le premier prétexte et refuse l'évêque que François a choisi pour Nantes. Pire : il profite de ce désaccord pour rappeler que le duc n'a pas le droit de frapper monnaie, ni celui de lever les impôts. Les choses sont claires : le roi de France jette le masque. Heureusement, François n'a pas 30 ans. À cet âge, on a encore le sang chaud. Le sien ne fait qu'un tour et il envoie brutalement promener les envoyés du roi. Son message est bref : « Si Louis entend lever lui-même les impôts chez moi, ce qu'aucun de ses ancêtres ne s'est avisé de faire, qu'il vienne les encaisser à la pointe de l'épée. Sinon, qu'il s'occupe de ses propres affaires. » Point final. C'est la bonne attitude : quand vous rencontrez un requin, mieux vaut lui taper fort sur le nez pour lui montrer d'emblée que vous existez. François s'en tient à ce parti pris. Plus fort encore, il entre avec son armée en France. Dix mille hommes l'accompagnent. Ils rejoignent les troupes du duc de Bourgogne, du comte d'Armagnac, du duc de Nemours et de tous les grands seigneurs qui viennent de former la « Ligue du bien public » pour contraindre Louis à revenir aux bonnes vieilles traditions du royaume : le roi chez lui et les seigneurs chez eux. La bataille a lieu à Montlhéry, le 16 juillet 1465. Le résultat est indécis mais le vent du boulet a suffisamment décoiffé Louis pour qu'il signe la paix à Saint-Maur-des-Fossés avec François. Renonçant à la suzeraineté sur les évêques bretons, le roi reconnaît que le duc est souverain en son duché. Tout semble s'arranger. C'est mal connaître ce Valois franc comme un âne qui recule. Toute sa vie, il reprendra d'une main ce qu'il a donné de l'autre. La tension avec la Bretagne demeure. La preuve : on ne cesse de signer des trêves. Pour l'heure, Louis rentre soigneusement ses griffes le temps de diviser ses futures proies. Et il décide de s'occuper d'abord du plus fou, du plus violent, du plus menaçant – mais aussi du plus déséquilibré : le duc de Bourgogne. Leur lutte va durer jusqu'à la mort du Téméraire, le 5 janvier 1477, sous les murs de Nancy. Alors sonnera l'heure de s'occuper de la Bretagne.

Inutile de dire qu'à Nantes, on s'y attend. François est futile mais il n'est pas myope. Il pressent que Louis n'est pas homme à lâcher ses rêves. Il prépare donc sa défense. Les dépenses militaires grimpent vertigineusement. D'abord, la petite armée ducale voit gonfler ses effectifs. Ensuite, des travaux d'ampleur affermissent les réseaux de fortification des principales places fortes bretonnes. Enfin et surtout, François décide qu'à défaut d'une armée nombreuse et puissante, il aura une artillerie assez redoutable pour être dissuasive. Toute l'Europe a été stupéfaite par la chute de Constantinople quinze ans plus tôt et François décide de se doter à son tour des bouches de feu qui ont donné la victoire à Mehmet II. On fait venir à prix d'or des métallurgistes hollandais et allemands. Et on le fait savoir. Dans le même temps, le duché envoie des ambassades à jet continu et signe des traités de commerce et d'amitié avec toutes les nations maritimes d'Europe, du Portugal au Danemark en passant par l'Écosse. Et, bien entendu, la cour de François accueille à bras ouverts tous les adversaires de Louis. Qu'on décide, en outre, de loger somptueusement. François préfère puiser que remplir. Pour signifier à tous sa puissance et la prospérité de son État, il entreprend des travaux gigantesques pour faire du palais des Ducs à Nantes une résidence digne des plus grandes familles royales du XVᵉ siècle. Pas question pour lui de plonger les mains dans le cambouis gouvernemental mais, en revanche, faites-lui confiance pour tout parfumer d'une aura royale dans son sillage. Cela semble léger mais, en fait, c'est de bonne politique : officiellement, aucun nuage ne trouble le paysage entre Nantes et Paris mais, en fait, chacun s'observe, les épées sont déjà sorties du fourreau et toutes les occasions de rouler des épaules sont bonnes.

À la mort de la duchesse, en 1469, Louis fait savoir que les princesses Valois se dévoueraient volontiers pour rapprocher la France de son duché. Pour parvenir à ses fins, il immolerait sa mère. Mais François ne saisit pas les voiles qu'on lui tend et choisit d'épouser en secondes noces Marguerite de Foix, une des héritières de la puissante dynastie de Navarre, encore un royaume qui provoque des poussées d'urticaire chez Louis, définitivement allergique aux petits principautés prospérant à l'ombre de sa puissance. Inutile de dire que la seconde Marguerite subit d'abord le même sort que la première : vivre dans l'ombre de Sa Majesté Antoinette de Maignelais. Belle, discrète, timide et prudente, elle prend son humiliation en patience. Et s'en voit enfin récompensée. En 1475, à la mort d'Antoinette, François se rappelle son existence et retrouve le chemin de sa couche. La débauche l'a un peu fatigué mais il reste vaillant et le miracle survient. Le 25 janvier 1477, juste trois semaines après la mort du Téméraire, la duchesse donne un héritier officiel à la Bretagne. C'est une héritière : Anne.

Louis est fou de rage. Les textes fondamentaux prévoient que le duché reviendra à un garçon mais il a lui-même assez interprété les documents qui le gênaient pour savoir que cette gamine suffira aux Bretons pour échapper à ses griffes. Il voit déjà François promettre sa fille au roi d'Angleterre, à l'empereur d'Autriche, au Grand Turc, au pape, à qui lui assurera un bon, vrai et solide parapluie contre les orages d'acier venus de France. En quelques mois, la crise dégénère. Et François choisit définitivement son camp. Le 5 octobre 1477, il destitue le chancelier Guillaume Chauvin, son Premier ministre, chancelier depuis vingt et un ans, un aristocrate prudent, temporisateur, diplomate et effacé qui, depuis 1459, cherchait toujours la voie de l'accommodement avec la France.

Auprès de lui, reste seul en scène Pierre Landais, le dernier grand champion de l'indépendance bretonne. En quinze ans, il a gravi tous les échelons de la puissance. Fils d'un riche drapier de Vitré, il s'est glissé dans les bonnes grâces du duc et s'est mis à collectionner les postes lucratifs. À présent, il dirige le Trésor, contrôle la Recette générale et s'est même approprié les revenus de l'amirauté de Bretagne. Sa cupidité ne connaît pas de bornes. Sa famille accumule les richesses, ses neveux confisquent un à un les meilleurs évêchés, lui-même étale son luxe et collectionne les propriétés somptueuses. C'est le genre de poisson qui transpire sous l'eau, il n'en a jamais assez. L'aristocratie bretonne hait ce parvenu mais ne sait comment l'éloigner du duc. Car Landais, habile, trouve toujours l'argent qui manque à François et, plus politique encore, a réussi à personnifier la résistance bretonne face aux intrigues de Louis XI. À la mort du Téméraire, il a placé le duc au pied du mur : qu'il choisisse entre Chauvin et lui. Un chien peut bien avoir quatre pattes, il ne prend pas deux chemins à la fois. Ou on pactise avec la France et alors, Chauvin sera l'homme de la situation. Ou on voit la vérité en face, on décide de résister et ce sera lui, Pierre Landais, mais lui seul. François cède et Chauvin est démis de ses fonctions.

Quand on a un bon dossier, la pire maladresse consiste à choisir un mauvais avocat. Landais va se révéler catastrophique. Avec lui, en effet, le duché se dote d'un cœur nouveau qui bat plus fort mais sa passion va mettre le feu à la raison, à la prudence, au calcul, à la négociation – et même à l'humanité. Il ne se borne pas, par exemple, à éloigner Guillaume Chauvin. En 1481, il confisque tous ses biens, l'enferme au château de l'Hermine à Vannes et le soumet à un régime inhumain, sans lit, sans feu, sans linge et presque sans nourriture. Le jour où il avait obtenu sa disgrâce, il avait promis qu'il abandonnerait son ennemi aux poux. Il l'a fait ! Le 5 avril 1484, trois ans plus tard, quand sa famille viendra récupérer le corps de l'ancien chancelier mort au cachot, elle découvrira les reliefs d'un vagabond squelettique, vêtu de haillons, couvert de crasse et dévoré par les insectes. L'indignation ne connaîtra pas de bornes. Et finira par balayer Landais. Lui-même, entre-temps, se sera fait mille ennemis supplémentaires. Il se croit tout permis. Quand un de ses assistants est surpris à communiquer avec le roi, il le fait coudre dans un sac et le noie dans les douves d'une forteresse.

Sa maladresse est d'autant plus navrante que son énergie, elle, fascine. Il est sur tous les fronts, tranche de tout, mobilise en permanence son camp. C'est lui qui prend en main la formation de la petite Anne et la confie à Françoise de Dinan, comtesse de Laval, une femme ambitieuse, cultivée, pieuse et très riche. C'est encore lui, en 1481, qui négocie le futur mariage d'Anne avec Édouard, le prince de Galles, âgé de 11 ans, fils aîné d'Édouard IV – qui, trois ans plus tard, à la mort de son père, sera assassiné, avec son frère, à la Tour de Londres, par leur oncle, Richard de Gloucester. Lui aussi qui fait incarcérer Jean de Rohan, le plus grand seigneur de Bretagne, qu'il soupçonne de menées profrançaises et qu'il accuse du meurtre de son propre beau-frère. Lui toujours qui, pour financer le réarmement du duché, se met à vendre tous les offices gouvernementaux. Lui également qui tente de créer une flotte puissante et donne l'exemple en armant pour son propre négoce deux très gros navires, la Grande Nef et la Marguerite. Et c'est toujours lui qui gère avec efficacité le duché dont la prospérité ne se dément pas malgré la crise au sommet de l'État. Mais, surtout, c'est lui qui va déclencher la guerre avec la France.

En 1483, à la mort de Louis XI, il pousse un rugissement de soulagement. L'araignée est morte, elle ne nous prendra pas dans sa toile. Et, pour que la page soit définitivement tournée, il monte une coalition contre Anne de Beaujeu, la fille aînée de Louis XI, désignée comme régente du royaume en attendant la majorité du dauphin Charles, le nouveau Charles VIII. Comme c'est simple : il décide de reconstituer la Ligue du bien public qui avait assuré une génération de tranquillité au duché. Ayant assisté en observateur aux États généraux de Tours, il a vu la colère folle du duc d'Orléans quand la régence lui a échappé au profit d'Anne de Beaujeu. Jouant sur la haine du prétendant rejeté et sachant que plusieurs princes veulent sauter sur la parenthèse Beaujeu pour affaiblir la monarchie, il monte une coalition des grands du royaume derrière cet ambitieux duc d'Orléans, le futur Louis XII, et derrière le roi de Navarre. Tous les noms les plus anciens du royaume apparaissent mais l'âme du complot, c'est lui, Landais.

Malheureusement, il commet une grave erreur d'analyse. On dit en Afrique que chaque colline a son léopard et la France, malgré la disparition de Louis XI, en a toujours un. Anne de Beaujeu reprend avec la même douceur inflexible la politique de son père. Anne porte les fleurs de lys sur son blason mais c'est un félin. Elle va gouverner pendant huit ans et elle va nous rayer de la carte. Avec d'autant moins de mal que, si notre adversaire est redoutable, notre allié est inconséquent. Louis d'Orléans hait Anne de Beaujeu car, cousin du nouveau roi, son plus proche parent, il a été obstinément ostracisé par Louis XI qui l'a même contraint à épouser sa fille infirme, Jeanne de France, pour être certain qu'il n'aurait pas d'enfant. Pauvre Jeanne, dotée d'un pied-bot, d'une épaule plus basse que l'autre, de jambes rachitiques et d'une bosse proéminente au thorax. C'est un monstre. Son mari ne supporte même pas sa vue. À vingt-deux ans, c'est un débauché à peu près inculte qui a eu la petite vérole mais, au moins, il est sincère : il est prêt à épouser la petite Anne de Bretagne. Connaissant ce calcul et pariant sur sa jeunesse, Landais pense qu'à défaut du Téméraire qui insufflait une énergie sans répit à la Ligue du bien public, il aura avec Louis d'Orléans un nom indiscutable pour animer son complot. Les grands seigneurs français se rallieront facilement à une aussi prestigieuse bannière. Or, Landais a désespérément besoin d'alliés dans l'aristocratie.

Car crise, il y a. Si Landais suscite l'étonnement, l'admiration et la crainte par son dynamisme et son énergie, il alimente aussi en permanence la haine contre lui. Autant la bourgeoisie et les négociants se réjouissent de voir un des leurs aux manettes, autant la noblesse le voue aux gémonies. Pour écarter l'aristocratie bretonne du pouvoir, il n'a cessé d'insinuer qu'elle était vendue aux intrigues françaises et, à force de le dire, il l'a réduite à lui donner raison. À l'heure où le duché devrait être soudé, il apparaît plus désuni que jamais. La noblesse de l'Est breton a les yeux de Chimène pour Anne de Beaujeu qui la couvre de pensions et de flatteries. Quand Tanguy du Chastel, le compagnon préféré de François II s'était fâché avec lui, Louis XI l'avait accueilli à sa cour et fait chevalier de Saint-Michel. Sa fille poursuit cette politique. Peu à peu vont la rejoindre une cohorte de seigneurs dépités de se voir dédaignés par le duc qui leur préfère Landais et ses grands commis bourgeois. Même les cousins de François II désertent son camp. Les Rohan tendent l'oreille à la petite musique des Valois et il faut que le duc saisisse ses terres et prenne sa femme et son fils en otages pour que le chef de la famille revienne vivre chez lui, à Josselin. Toutes les grands clans pestent. Les Rieux, les Quintin, les Penthièvre, les Laval, les Coëtmen ne se cachent même pas d'être « pensionnaires » de la cour française. Et, lorsqu'un prétexte avouable se présente, ils sautent sur l'occasion pour se débarrasser de Landais. Nous sommes le 7 avril 1484.

Deux jours plus tôt, à Auray, le chancelier Chauvin a rendu l'âme. La découverte de son supplice sort ses partisans de leurs gonds. À la tombée de la nuit, le prince d'Orange, neveu de François II, le maréchal de Rieux, Louis de Rohan-Guéméné, Jean de Coëtmen et une quarantaine d'hommes s'invitent en armes dans la chambre du duc où ils croient que Landais se cache. Ils comptent le tuer sans autre forme de procès. Par chance pour lui, il est à la campagne. Prévenu à temps, il réunit une troupe, appelle au secours le duc d'Orléans de passage en Bretagne et rentre au palais. Les conjurés s'enfuient en France et, soulagé, Landais leur présente une note salée. Jugés pour félonie, rébellion, désobéissance et déloyauté, ils voient tous leurs biens confisqués. Landais reste fidèle à lui-même. À l'aiguille qui recoud, il préfère le couteau qui tranche et il jure que sa vengeance n'en est qu'à ses débuts. Face aux premiers pairs du duché, ses invectives sont surtout des rodomontades mais elles creusent un fossé infranchissable entre la haute noblesse bretonne et les meilleurs défenseurs de notre indépendance : on referme les trous d'un vêtement ou d'une muraille mais pas ceux d'une bouche. Quand les menaces de l'homme fort du duché leur parviennent, les rebelles bretons réfugiés en France franchissent le Rubicon. Ils comprennent qu'il n'y a plus de place pour eux à la cour du duc où deux clans règnent : celui de Landais et celui des grands seigneurs français réfugiés à Nantes en attendant de renverser Anne de Beaujeu. Le 28 octobre 1484, ils signent avec la régente le traité de Montargis. Ce qu'on ne peut pas bouillir, on le grille. Puisque Landais est inexpugnable en Bretagne, ils passent au service de la France. Nos jours sont comptés.

Informé de la teneur du traité de Montargis, Landais réagit. Il sent que le vent tourne contre lui mais les tonneaux vides sont les plus bruyants et il entend faire savoir *urbi et orbi* que la Bretagne ne se laissera pas avaler sans lutter. Le 23 novembre 1484, un traité unit François II à Louis d'Orléans (le futur Louis XII), au comte de Dunois, au duc d'Alençon, aux Bourbon, aux Albret et au duc de Lorraine pour mener une coalition contre Anne de Beaujeu. Les dés sont jetés, les troupes se mettent en mouvement et les escarmouches commencent à la frontière franco-bretonne. Pourtant, il est encore temps de calmer le jeu et un homme le sent : Jean II de Rohan, l'ennemi public numéro 1 selon Pierre Landais mais aussi le plus breton de tous les grands seigneurs français. Or, Jean II ne veut pas de la guerre. Qu'elle ait lieu et, il en est sûr, la Bretagne vaincue deviendra une province française. Alors, son espoir de régner sera mort et enterré. Or, ce rêve, il le cultive avec d'autant plus de foi que, non seulement François II n'a pas de fils, mais il semble bien incapable d'en faire un. En dix ans, la débauche l'a anéanti physiquement. À cinquante ans, cette ruine ambulante est hagarde un jour sur deux et parfois ses jambes semblent à peine le porter. Tantôt il réfléchit, tantôt il parle, jamais au même moment. C'est une marionnette dont Landais agite les fils. Malgré son mépris pour eux, Jean de Rohan fait donc une proposition au duc et à son exécuteur des basses œuvres : il s'engage à faire reconnaître Anne pour duchesse par toute la noblesse bretonne à condition qu'elle épouse son fils aîné François et qu'Isabeau, la fille cadette du duc, épouse son fils Jean. Ainsi les droits des Montfort et des Rohan sur le trône breton seront liés et le duché ira uni à la guerre si celle-ci devait éclater malgré tout. Une hypothèse à laquelle, d'ailleurs, il ne croit pas. Cette Beaujeu est bien la fille de son père : elle économise ses troupes comme ses écus et, comme son père a détruit le Téméraire en fomentant sans cesse des troubles contre lui sans jamais s'engager en personne, elle compte sur les Bretons eux-mêmes pour détruire le duché.

Dans ce cadre, la proposition de Rohan est une aubaine. Landais en est conscient. Mais il sent d'emblée qu'un tel accord signerait sa perte. Or, Landais a une très haute opinion de lui-même : il se croit du marbre dont on fait les statues, pas de celui dont on tapisse les marches. Pas question de paver la voie aux Rohan qui, à peine au pouvoir, l'expédieront aux oubliettes. Au lieu d'examiner l'offre, il donne l'ordre à Dunois et aux troupes bretonnes commandées par François d'Avaugour, fils de François II et d'Antoinette de Maignelais, de marcher sur les rebelles et leurs contingents français. Les deux armées se rencontrent donc à Ancenis. Et pactisent. Anne de Beaujeu a horreur du sang et les chefs des deux troupes sont tous amis d'enfance. Avant d'engager le fer, ils préfèrent discuter une dernière fois et là, tous tombent d'accord : rien de ce quiproquo sanglant n'aurait eu lieu sans les manigances de Landais. Résultat : on démobilise sur-le-champ, on enfourche les chevaux et les deux états-majors au complet, breton et français, cravachent vers Nantes où Landais, prévenu, rédige déjà les lettres patentes qui déclarent traîtresse toute la noblesse bretonne et, au passage, à toutes fins utiles, confisque les derniers biens qu'il n'avait pas saisis.

Trop tard. Le vent a tourné. Personne n'accepte d'enregistrer ces actes désespérés, toutes les portes se ferment et Landais n'a plus qu'un refuge : la chambre du duc lui-même. C'est pathétique. Quand ses appartements sont envahis par les rebelles,

François II, sans ressort, abattu, inconsistant et presque absent, va en chancelant prendre Landais par la main pour le remettre à ses bourreaux. Quinze jours plus tard, le dernier champion intraitable de l'indépendance est pendu après un procès truqué. François, qui a annoncé qu'il accordait par avance sa grâce, n'en est même pas informé. Duc en apparence, il est déjà sorti de l'histoire. Le choc, toutefois, le bouleverse tant qu'il décide d'y rentrer. Puisqu'il ne peut pas compter sur sa noblesse pour défendre son État, il va se trouver un allié bien plus puissant à l'étranger. Anne, sa chère fille, boite et rien dans son visage n'offre de quoi hanter les rêves d'un homme mais elle est appelée à régner. Donc, il va lui trouver un prétendant à même de calmer les ardeurs envahissantes de la France.

En dix ans, François aura fiancé sa fille à treize prétendants différents. Tout est bon pour échapper à l'emprise des Valois. Car, même si on brise l'os du récalcitrant, son défaut demeure. Landais éliminé, l'idée d'indépendance survit. La bourgeoisie marchande de Saint-Malo, de Rennes, de Vitré ou de Nantes ne veut à aucun prix tomber sous la coupe des ministres parisiens. Ne parlons pas de l'ouest du duché viscéralement attaché à la dynastie des Montfort et allergique à ces maudits Français qui n'ont rien à faire entre Manche et Atlantique. François, du coup, cultive plus que jamais les bonnes grâces de Maximilien d'Autriche, un Habsbourg, toujours prêt à chicaner la France et qui, en premières noces, avait déjà épousé Marie de Bourgogne, la fille du Téméraire, et récupéré la Franche-Comté.

Devenu veuf, il ne demande pas mieux que de glisser la Bretagne parmi ses protégés. François II la lui offre sur un plateau.

Le coup diplomatique est habile, mais il est trop tard. Autant colmater une hémorragie artérielle avec une alliance. Anne de Beaujeu mobilise ses troupes. En mai 1487, une armée française forte de 15 000 hommes envahit le duché où de nombreux nobles et leurs milices les accueillent. Les trahisons s'enchaînent. Châteaubriant, Vitré, Ancenis, Clisson, toutes les forteresses du parti français s'ouvrent sans résistance. François II comprend qu'il va boire sa ciguë tout seul. Pourtant, il ne cède pas. Lui aussi bat le rappel de ses troupes et le duc d'Orléans se révèle un chef dynamique, efficace et mobilisateur. Si Ploërmel tombe, sa mise à sac galvanise les Bretons et Nantes résiste. L'artillerie, enfant chérie du duc, fait des merveilles et Maximilien, fidèle à son engagement, envoie de Hollande des mercenaires allemands. Le siège dure des semaines et des contingents arrivent de Quimper et du Léon. En Cornouaille, le peuple se soulève contre les garnisons françaises. François II se raccroche à ses illusions, comme le naufragé à la dernière bouée, et le miracle survient : le 6 août, les assiégeants plient bagages. Nantes reste libre. D'Auray à Dol, un peu partout, des villes demeurent entre les mains de l'envahisseur mais l'invasion joyeuse et facile a échoué. La noblesse elle-même est troublée. Le maréchal Jean de Rieux, le plus riche seigneur de la Bretagne du Sud, véritable maître des lieux du golfe du Morbihan à la presqu'île de Guérande, passe dans le camp du duc avec ses ressources et sa science du combat.

Nul, malheureusement, n'a encore inventé le cercueil à deux places. La lutte finale est engagée, la mort rode et la Bretagne est seule. L'Angleterre, l'Espagne, l'Empire veulent bien lui envoyer quelques hommes (facturés au prix fort) ou quelques coffres d'or mais ne s'engagent pas dans une guerre avec la France. François II passe l'hiver à racler les fonds de tiroirs et met en gages les bijoux de la couronne mais n'a pas les moyens de monter une armée puissante. Depuis vingt ans, Landais a pressuré le pays et donné tous les tours de vis possibles et imaginables ; il est impossible d'augmenter encore les impôts. Quand les hostilités reprennent, au printemps 1488, le duc ne peut aligner que 12 000 hommes dont un bon tiers est composé de mercenaires anglais, espagnols ou allemands. Son état moral affole ses proches. On dirait qu'il a des rides au cerveau. Certains jours, son esprit tourne au ralenti. Phases d'exaltation et de dépression se succèdent. Avec lui, on passe d'une heure à l'autre de Corneille à Racine. Au lever, il a l'énergie du Cid clamant ses stances ; au déjeuner, on baigne dans les larmes de Bérénice. En mars, le maréchal de Rieux libère Vannes et l'espoir renaît au palais du duc. Mais l'Atlantique lui-même ne remplirait pas un vase fêlé et François est lézardé. Il apprend avec désespoir que la France envoie de nouveaux et nombreux contingents tandis que lui se ruine à financer ses dernières troupes. Une à une, ses villes tombent. Son ultime espoir réside dans une intervention divine.

Le 28 juillet 1487, réunissant toute son armée commandée par des Français, il affronte celle du roi sous les ordres de Louis de la Trémoille entouré de Bretons. Sainte Anne et son armée d'anges ne suffiraient pas à changer le sort des armes. La bataille de Saint-Aubin-du-Cormier est un désastre. Le soir tombé, le duc d'Orléans est fait prisonnier et part en forteresse. On relève six mille corps sans vie dans le camp breton. C'est une hécatombe.

Moins d'un mois plus tard, au Verger, un château d'Anjou, François II abandonne Saint-Malo, Dinan, Fougères, s'engage à demander le consentement du roi de France au mariage de ses filles, reconnaît que le parlement de Paris aura le dernier mot dans les affaires juridiques du duché. Et ainsi de suite. Le roi retire ses troupes mais conserve cinq places fortes, dont Brest. L'indépendance n'est plus. Le gros poisson a mangé le petit. Ce n'est même plus de la politique, c'est la chaîne alimentaire. Soudain, François s'aperçoit que son incompétence a assassiné la liberté de son peuple. Le désespoir s'empare de lui et le chagrin, gourmand, dévore tout ce qui le fortifie. En quelques semaines, il sombre. Le 9 septembre 1488, le dernier duc rend l'âme.

Il n'y en aura plus d'autre.

Chapitre 11

Les larmes amères
de la duchesse Anne

Une rivière a beau être à sec, elle garde son nom. De même la Bretagne a perdu la guerre mais elle conserve son âme : la duchesse vit toujours. Évidemment, c'est une fille. Cela semble un handicap ; en vérité, c'est son principal atout. Un garçon aurait eu des droits trop flagrants. Jamais la France n'aurait attendu un jour de plus devant la porte. Là, elle se contente de réaffirmer manu militari sa suzeraineté et elle patiente. Qu'Anne grandisse un peu et on lui dira qui épouser. C'est prévu par le traité du Verger. Inutile de brusquer ces irascibles Bretons.

À Nantes et à Rennes, on respire. On voit les choses à travers nos propres verres correcteurs. Qui a sauvé la Bretagne, cent vingt ans plus tôt ? Jeanne de Penthièvre. Qui a déclenché la guerre de Cent Ans ? Isabelle de France. Qui a bel et bien failli nous éliminer au XIIIe siècle ? Aliénor d'Aquitaine. Qui a ressuscité la France ? Jeanne d'Arc. Qui achève la croisade en Andalousie ? Isabelle la Catholique. Qui nous fait tant de mal ? Anne de Beaujeu. Qui agite les couloirs du Vatican ? Lucrèce Borgia. Les temps changent, le statut des femmes évolue et, à l'époque, les reines ont rendez-vous avec le pouvoir. La quenouille de ces dames frappe aussi fort que l'épée de leurs frères, maris ou fils. En Bretagne, pays de l'Hermine, plus encore qu'ailleurs. Le soleil, du reste, n'oublie aucun village. Il reviendra vite par l'Atlantique. Souffrir le martyre n'est pas mourir. Le duché survivra. Tout repose sur cette petite fille.

Évidemment, c'est une bambine. Née le 25 janvier 1477, elle a onze ans et demi. Petite et frêle, elle n'est pas très belle. Comme des milliers de ses compatriotes affligés de la hanche bretonne, elle boite légèrement. Sa bouche est trop grande, son front trop haut et son nez trop court. Mais elle a déjà été promise douze ou treize fois en mariage. L'oiseau, même petit, a des plumes. On oublie ses yeux quand on voit la Bretagne. De toute manière, à cette époque, en ces sphères, choisir une femme pour sa beauté, c'eût été comme manger un oiseau parce qu'il chante bien ! Là n'est pas la question. Il ne s'agit plus de défendre l'indépendance mais de la négocier. Malgré son jeune âge, Anne va se battre toute seule. Son père était un fossile et ses derniers conseillers des girouettes. Elle le sait, elle est déjà méfiante, elle n'accorde sa confiance que du bord de l'âme et, rancunière, elle n'oubliera jamais ses inimitiés. La providence veille : la cigale François II a donné le jour à une fourmi. Qui va vite prouver son caractère !

Par testament, François II avait confié sa fille au maréchal de Rieux et à Françoise de Dinan. Ils ont un projet : en finir avec les divisions internes de la

Bretagne, marier Anne à un grand seigneur du pays, la couronner, souder le duché et, ensuite, résister à la France. Pour cela, ils ont également un homme : Alain d'Albret. Imaginez le prince charmant et vous aurez son parfait négatif. Il a 48 ans, déjà huit enfants, des manières de soudard et une démarche de bûcheron. Il boite, le vin lui sort par les yeux et, envahi par la couperose, son visage écarlate est raviné par les rides. Il a la sensualité de Quasimodo. Mais c'est un Rohan, sa première femme et ses enfants sont des Blois-Penthièvre, il est cousin des Rieux, Louis XI lui faisait confiance et Anne de Beaujeu lui attribue ses missions délicates. Pour unir le duché et négocier sereinement avec la France, il présente de gros atouts. D'ailleurs, il a des amis partout. Bientôt, une de ses filles épousera même César Borgia, le fils du pape. Quand il pose sa demande, il ne doute pas une seconde de son succès. Malheureusement pour lui et pour tout le monde, ce sont les yeux qui choisissent, par la bouche. Sa simple vue provoque des haut-le-cœur chez la petite duchesse. Elle refuse. Une fois pour toutes. Malgré des mois de pression permanente, elle ne reviendra jamais sur son dégoût. À douze ans, il faut déjà compter avec elle.

C'est rassurant pour l'avenir mais désolant pour l'heure. La guerre reprend. Le maréchal de Rieux s'empare de Nantes, destitue le chancelier Philippe de Montauban et établit un gouvernement parallèle. Il y a urgence. Anne a eu ses premières règles. On peut la marier pour de vrai. Mais on ne peut pas la contraindre et, pour que chacun le sache, elle réplique en se réfugiant à Rennes où elle se fait couronner duchesse – ce que la France avait expressément interdit. Pire : elle le fait avec éclat. Tous les fonds de tiroirs ont été raclés. Entrée solennelle dans la ville, nuit de veillée en prière dans la cathédrale Saint-Pierre, sacre en présence des États de Bretagne et prestation du serment habituel des ducs. Anne de Beaujeu est folle de rage : tant de sang versé pour en revenir au point de départ. C'est plus qu'elle n'en peut supporter. Ses troupes reprennent le combat, parcourent le duché, mettent le siège devant les forteresses, s'emparent des villes...

Mauvaise surprise : on résiste partout et l'aide étrangère se manifeste. Anne a appelé au secours de tous côtés et on l'entend enfin. Henri VII d'Angleterre envoie mille hommes à Guérande et six mille à Morlaix. Ferdinand d'Aragon annonce son intention de marcher sur le Roussillon et confie la défense de Rennes et de la duchesse à deux mille arquebusiers sous les ordres de deux capitaines castillans. Maximilien d'Autriche dépêche mille cinq cents lansquenets allemands pour tenir la région de Dinan. À peine conquise, la Bretagne échappe à la France. Charles VIII doit envoyer de nouveaux contingents. La guerre n'en finit pas.

Et c'est une ruine. Surtout pour les Bretons. Les villes sont prises puis reprises et, à chaque fois, la victoire s'accompagne d'un pillage en règle. Le peuple n'en peut plus. Il est accablé d'impôts. Ces mercenaires étrangers coûtent la peau du dos. Et, quand ils ne touchent pas leur solde, ils se payent sur la bête, dévastant les manoirs, rançonnant les fermiers.

Le gouvernement d'Anne est dépassé par les événements. Les grandes villes sont contraintes d'accepter des emprunts forcés, les collecteurs d'impôts doivent avancer les recettes futures s'ils veulent conserver leur charge. Quand une paroisse se montre récalcitrante, on envoie la troupe et on fait « cracher » le montant des taxes par les dix plus riches familles – à charge pour elles de rentrer dans leurs frais avec leurs voisins. En quelques mois, la colère monte et, finalement, explose. Face au duché en pleine banqueroute, des jacqueries surviennent un peu partout. Les paysans n'en peuvent plus des réquisitions, se réunissent en bandes et, à leur tour, ravagent la campagne. Équipée de fourches et de bâtons, une armée en sabots s'empare de Quimper et y met le feu. Anne confie aux Espagnols et aux Anglais le soin de massacrer ces manants. La réaction ne tarde par : on se met à acclamer les Français quand ils entrent dans une ville. Et Anne de Beaujeu en joue. Ses caisses à elle sont pleines, le reste du royaume travaille en paix, elle donne consigne de baisser massivement les impôts dans les villes conquises. La régente est bien la fille de son père : elle obtient par l'argent ce que les armes ne lui offrent pas sur un plateau. La Bretagne voit soudain tout ce qu'elle aurait à gagner à ne plus repousser l'amitié française.

Anne le sent. Ses conseillers le savent. À moins d'un coup de théâtre, la partie est jouée. Donc, ils tentent l'impossible. À nouveau, ils offrent la main d'Anne à Maximilien d'Autriche. Il a trente-trois ans, il est veuf, il règne déjà sur l'Allemagne, sera bientôt empereur, passe pour un érudit, adore l'horticulture, compose de la poésie, protège les humanistes et pensionnera bientôt Dürer. Il règne sur la moitié de l'Europe et, en plus, il est beau. Dernier atout : les fiefs des Habsbourg sont bien lointains ; la géographie aidera fatalement le duché à rester indépendant. Le cœur d'Anne et sa raison approuvent le projet. Dans le plus grand secret, les négociations sont menées et le contrat rédigé. À peine l'encre sèche, Anne convoque les États de Bretagne à Vannes et, le 16 décembre 1490, leur fait ratifier son mariage. Sur quoi, ventre à terre, elle rentre à Rennes et se précipite à la cathédrale où l'attend le beau, le très beau Wolfgang de Polheim, maréchal de l'empire et ami intime de Maximilien, le grand uhlan au regard de glace dont rêvent les bergères. Mieux encore : après la bénédiction nuptiale, la noce rentre au château, banquette puis monte dans la chambre où Anne se met au lit et observe Wolfgang ôter une botte, desserrer ses justaucorps, retrousser son pantalon et glisser un appétissant mollet duveté de blond sous la couverture où son petit pied l'attend. L'accouplement s'arrêtera là et l'autre botte ne quittera pas terre mais le mariage est symboliquement consommé. Anne triomphe. La petite hirondelle enfermée dans sa cage vient de s'octroyer une prise de faucon. Elle s'endort tout sourire. Ce sourire, malheureusement, s'il a donné des fleurs, ne donnera pas de fruit. Charles VIII et Anne de Beaujeu veillent.

Elle est folle de rage. Depuis des années, elle élève Marguerite de Habsbourg, la propre fille de

Maximilien, promise de longue date au roi de France. Voilà que, par cette comédie, Anne devient la belle-mère de Charles, son aîné de sept ans. Ces Bretons sont débaptisés. Cela ne tiendrait-il qu'à elle, le contrat serait rompu sur-le-champ et Anne serait précipitée de force dans le lit de son petit frère. Seulement voilà, Charles a son mot à dire. Et, s'il convoite naturellement le duché, il est amoureux de Marguerite. Ils sont fiancés depuis sept ans et, comme tout le monde, il est tombé sous le charme de la « petite reine », une gamine ravissante, une enfant sensible, une brillante écolière et un ange de dévotion devant son promis. Dès que Charles s'éloigne, elle pleure. C'est très embêtant mais il se fait une joie de bientôt l'épouser. Anne de Beaujeu met alors ses dernières forces à déjouer ce projet.

D'abord, elle envoie des troupes en renfort en Bretagne. Ensuite, elle se fait livrer Nantes par Alain d'Albret, devenu l'ennemi juré de la duchesse. Enfin, elle met le siège devant « Rennes et la fille qui s'y cache ». Et là, Louis de La Trémoille, son général en chef, patiente. Au lieu de se livrer à des assauts, il affame les assiégés. Le peuple souffre et les mercenaires allemands et anglais se mutinent. Le duché n'en peut plus. Si Anne en doutait, les États de Bretagne, réunis à Vannes en son absence, lui ouvrent les yeux : le 8 novembre 1491, ils lui envoient une supplique l'implorant d'épouser le roi afin d'en finir avec toutes ces misères. Elle pourrait s'enfuir. Maximilien a des hommes à Saint-Malo qui s'engagent à l'emmener en Flandre. Mais elle cède. Le 12 novembre, elle ouvre les portes de la ville et se soumet, entièrement nue, à l'examen de trois hommes et d'une femme envoyés par le roi. Ne reste plus qu'à convaincre Charles. Le testament de son père, les reproches de sa sœur et son sens de l'État lui disent la même chose : va voir cette fameuse Anne. Le 15 novembre, il est à Rennes. Et il est déçu. Elle ne lui plait pas. Mais il est roi. Et ce mariage amènerait enfin une victoire définitive dans cette guerre sans fin. Il lui annonce qu'il l'épousera. Quand ? Dès qu'il aura prévenu en personne Marguerite. C'est fait le 25 novembre dans un flot de larmes chez l'un et chez l'autre. Puis, Anne est priée de rejoindre la cour sur-le-champ. Elle arrive le 5 décembre à Langeais. Charles la rejoint le lendemain à l'aube et l'épouse dans l'heure. À midi, la messe est dite. Le soir venu, Anne perd son pucelage et toute la compagnie, nobles, bourgeois et laquais, est conviée à observer l'état des draps. C'est fait : Anne a abandonné Maximilien, Charles a trahi Marguerite et le gendre de vingt et un ans a enfin convolé avec la belle-mère de quinze ans. Anne de Beaujeu triomphe.

Deux mois plus tard, la duchesse devenue reine se venge. Le 8 février 1492, quinze jours après son quinzième anniversaire, dans la basilique de Saint-Denis, pour la première fois de l'histoire de France, la souveraine a droit à un sacre personnel et solennel. Il s'agit de signifier clairement à l'Europe que seul le mariage avec Charles est valide. Et la petite fille en satin blanc a la joie perverse de voir sa traîne portée par la Beaujeu elle-même. Pauvre régente : elle n'a que trente et un ans et cette péronnelle haute comme trois pommes lui indique déjà la porte de sortie. Dès le premier coup d'œil, elles se détestent. Mais la nouvelle Première dame se moque de tels états d'âme. La souris n'a pas à téter les mamelles de la chatte et Madame de Beaujeu n'aura qu'à regagner ses terres. Anne est altière et ne laisse personne piétiner ses plates-bandes. De toute manière, elle voit l'avenir en rose. D'autant qu'à sa propre surprise, Charles ne lui déplaît pas tant que ça. Il n'est pas beau, il n'est pas grand, il n'est pas cultivé mais, enfin, il n'est pas laid non plus, il est très costaud et, tout compte fait, il est assez tendre. Les premiers mois, ils dorment ensemble presque chaque nuit. Ces collisions réchauffent agréablement et, mieux encore, tiennent leurs promesses. À l'automne, elle s'installe au Plessis-les-Tours, un château magnifique de style gothique flamboyant que Charles met à sa disposition. Elle y mène son monde, déjà nombreux, dans un lieu majestueux où une galerie à arcades finement sculptées fait le tour d'une vaste cour d'honneur. L'endroit est magique, c'est là qu'elle doit accoucher. Et, en effet, le 10 octobre 1492, le dauphin naît. Un bébé superbe, bien potelé, plein de vie, déjà vigoureux. Étrangement, Charles exige qu'on le baptise Orlando, un prénom italien en harmonie avec ses projets de conquêtes du côté de Naples et un hommage à Roland, son héros préféré de la saga carolingienne. La cour n'en revient pas. Le prochain roi s'appellera Orlando Ier ! Est-ce que Charles VIII serait aussi cinglé que son arrière-grand-père Charles VI ? Pendant trois jours, les conseillers luttent contre cette lubie et retardent le baptême. Finalement, on se met d'accord sur un compromis : le premier bébé d'Anne s'appellera Charles-Orland !

La vie est belle. Anne préfigure Marie-Antoinette. Une adolescente qui s'offre tous les caprices. Oubliez le mythe extravagant de la « duchesse en sabots ». Elle n'aime que les robes, l'or et le luxe. Sa liste civile fait dresser les cheveux sur la tête de la Cour des comptes. Les visons, les loutres et les hermines la haïssent. Elle voue un culte à la fourrure. Un jour, elle fait coudre sept cents peaux sur un habit de velours cramoisi. Elle dort dans des draps de soie et collectionne les souliers. N'évoquons pas ses bijoux : elle amasse les diamants et les rubis. Quand elle part s'installer à Amboise, sa résidence principale, ils croient voir arriver le convoi de Nabuchodonosor. Des diamants, des perles et des rubis bordent le bénitier de sa chambre à coucher !

Pendant ce temps, la Bretagne est exsangue et son sort s'annonce sombre. Engloutie sous les cadeaux, Anne signe un contrat de mariage déshonorant. Elle cède « irrévocablement » tous ses droits sur le duché à son mari. Plus précis encore : si Charles venait à mourir dans sa jeunesse à elle, elle ne pourrait épouser que son successeur. Sur quoi, cette formalité expédiée, on la sépare du dauphin qu'on confie aux bons soins d'une gouvernante et de François de Paule, un ermite calabrais invité en France par Louis XI et devenu l'âme damnée de son fils. Il passe sa vie entre jeûnes et veilles mais ses ennemis, excédés par sa courtisanerie de chattemite, corrigent : « Entre jeunes et vieilles ». Ils mentent, c'est un saint et nul n'en doute, mais trop habile pour éviter une escale au purgatoire. En attendant, il met la main sur le plus précieux trésor du royaume : son héritier. Anne est désespérée. Le jour où on le lui enlève, elle le perd pour seize mois ! Et les humiliations, soudain, se multiplient. À Lyon, où la cour s'est transportée pour préparer la grande razzia militaire au-delà des Alpes, Charles se roule dans la débauche. Ivre mort tous les soirs, il fait connaissance intime avec toutes les courtisanes de la ville. Une fois dans la péninsule, ce sera pire et, faites confiance aux bonnes âmes de la haute noblesse : Anne sera informée de tous les détails. Ne comptez pas ensuite sur Charles pour faire amende honorable. Pas plus qu'on n'avale la salive qu'on a crachée, il ne songe à s'excuser. Au mieux, il lutine sa femme entre deux infidélités. Passée l'année 1492, elle sombre dans la mélancolie. Son mari court la gueuse et le duché lui échappe complètement. Comme on ne coupe pas un doigt sale, elle se contente d'encaisser les affronts.

On ne mentionne plus son titre de duchesse dans aucun acte de la chancellerie. Pour l'effacer des mémoires, Charles remet généreusement les arriérés d'impôts et diminue le montant des taxes. Elle n'a aucun droit de regard sur les affaires de son apanage. La parole donnée est comme l'eau, elle ne se ramasse pas. Son contrat de mariage est un cadenas sans clé. Ses chers Bretons sont d'ailleurs éliminés de la gestion du duché. La chancellerie a été supprimée et, sur les neuf collecteurs de l'impôt, un par diocèse, sept sont remplacés par des Français.

Anne est réduite au rôle de mère porteuse et de dévote chargée de prier pour le succès des entreprises guerrières de son époux. Comble de la disgrâce : en l'absence du roi, la capitale se transporte à Moulins, capitale du Bourbonnais, où Anne de Beaujeu, duchesse de Bourbon, exerce la régence effective derrière la silhouette de son mari nommé lieutenant général du royaume. Le roi l'a priée d'être aimable avec sa femme. La Beaujeu en rit encore.

Tout va mal : Anne se borne à distribuer des aumônes, à brûler des cierges et à égrener son chapelet. Pire encore : à chaque passage de Charles en France, il l'engrosse mais tous les enfants succombent. Le malheur ne la quitte plus. Et même, il s'acharne. Le 16 décembre 1495, une épidémie de rougeole emporte Charles-Orland. Le bonhomme était grand et débordant de vie. Le ciel tombe sur la tête d'Anne. Elle sombre dans la bigoterie. Sa vie se passe à pleurer. À chaque fois qu'elle donne le jour, le bébé meurt en quelques semaines. La petite reine est un spectre. À son cinquième accouchement, en 1498, elle perd du sang pendant des semaines. On la voit bientôt morte. Erreur : le malheur ne prend pas rendez-vous. C'est Charles qui se tue.

Revenu d'Italie où ses batailles l'ont mené jusqu'à une entrée triomphale à Naples, il enrage d'avoir ensuite tout perdu. Il a vingt-huit ans, il n'a toujours pas d'enfant et ses conquêtes lui ont fondu entre les mains. S'il se prenait pour Alexandre le Grand, tout reste à faire. Mais il ne le fera pas. Le 7 avril 1498, à Amboise, partant assister à une partie de jeu de paume, il heurte violemment du front le linteau de pierre d'une porte basse. D'abord simplement étourdi, il poursuit sa marche. Puis tombe bientôt évanoui. Neuf heures plus tard, l'hémorragie interne est fatale. Il meurt en appelant la Vierge Marie au secours.

Anne a vingt et un ans et semble à bout de souffle. C'est mal la connaître : cette mort la ressuscite. La voilà redevenue duchesse. C'est inespéré. On dit que personne ne se ressert de sauce au piment. Anne le prouve : la leçon du premier mariage a payé. On ne l'y prendra plus. Dès le surlendemain, le lundi 9 avril, elle rétablit la chancellerie de Bretagne au profit de Philippe de Montauban en souvenir de l'époque où il avait pris fait et cause pour elle contre le mariage avec Alain d'Albret. Dans le même temps, elle porte le deuil en noir comme le veut la tradition bretonne et non en blanc comme l'édicte le protocole royal. Puis, sans attendre les obsèques auxquelles elle n'assiste même pas, elle fait ses adieux à la cour et, au lieu de prendre la route de Nantes, elle entame une tournée de toutes les villes où elle possédait des appartements. Et elle fait le vide. Tissus, vêtements, tableaux, meubles, livres, tapis et tapisseries, vaisselle, tout est mis dans des malles, chargé sur des carrosses et repart pour la Bretagne. Madame reprend ses biens, ses cliques et ses claques. Enfin, le 3 octobre 1498, la jeune duchesse de vingt et un ans, radieuse, fait son entrée solennelle à Nantes. Retour au point de départ.

Sauf que, cette fois-ci, elle entend gouverner. Elle fait battre un écu d'or à son effigie couronnée et vêtue d'un manteau d'hermine. À son tour, elle fait cadeau du deuxième terme de l'impôt. Elle se constitue une garde de cent gentilshommes et, surtout, elle dirige en personne le conseil. Tenue informée de la moindre décision, elle veille à ce que soient dédommagés tous ceux qui ont souffert de la guerre avec la France et renvoie les huit contrôleurs des impôts nommés par Charles. Seuls les Bretons s'occuperont des affaires de Bretagne. En quelques semaines, elle devient une idole.

La France, pourtant, ne désarme pas. Pendant qu'elle s'agite, Louis XII, le nouveau roi, active ses propres réseaux. Malgré les obstacles, il compte bien se glisser là où Charles l'a précédé. D'abord, il entreprend de faire annuler son mariage avec l'affreuse Jeanne, la fille aînée de Louis XI. Pas de problème du côté du pape. C'est Alexandre VI Borgia. Les dévergondages conjugaux de la cour de France ne lui inspirent que la moue amusée du bambocheur revenu de tout. Le comté de Vermandois offert en cadeau et quelques coffres de livres tournoi en prime emportent l'affaire. Mais Jeanne, elle, se cabre. Hors de question de se soumettre nue à l'examen des envoyés de la curie. Au contraire, elle fait enregistrer les témoignages de tous ceux qui ont vu Louis quand il n'était que duc d'Orléans sortir de sa chambre. Même les plus humiliants sont consignés, tel le matin où, devant témoins, il a déclaré bien mériter une carafe de vin après une telle épreuve. Vaine résistance : le 17 décembre, le tribunal ecclésiastique annule le mariage. Jeanne, humiliée comme jamais – et ce n'est pas facile –, se retire à Bourges où elle fonde le couvent des Annonciades, enfile un cilice, porte une croix à clous qui lui griffe la poitrine et se fouette chaque jour jusqu'au sang ! Inutile de préciser qu'elle sera béatifiée. Louis, lui, jubile.

Cette petite Anne, il ne connaît qu'elle ! Il l'a vue grandir. Encore duc d'Orléans, quand il dirigeait les troupes de François II, il la faisait sauter sur ses genoux. Il a toujours bien aimé cette bambine. Et c'est réciproque. Leurs rapports politiques mais aussi personnels, leurs pensées et leurs arrière-pensées, leur penchant l'un pour l'autre et leur méfiance l'un à l'égard de l'autre, tout s'emboîte à merveille comme deux pièces de menuiserie. Tant qu'à épouser à nouveau un roi de France, autant que ce soit lui. Surtout qu'Anne a une très haute opinion d'elle-même. Reine elle fut, elle n'épousera qu'un roi. Cela réduit ses choix car elle est également pressée. À vingt et un ans, elle ne se voit pas du tout réduite à un rôle de veuve éternelle. La petite tête de Louis est pointue tout comme son menton, ses yeux ont l'air de pousser hors de leurs orbites, il n'est pas bien haut et ses épaules ne sont pas bien larges mais, au fond, elle pourrait tomber plus mal. Quand on est reine, chercher l'amour, c'est chercher un métier. L'employeur a un certain charme. Il n'est certainement pas plus bête, ni plus mufle, que Charles. Elle se fera très bien à lui. D'autant qu'il a déjà trente-six ans. L'usure fait son chemin. À cet âge, le devoir conjugal commence à suffire aux besoins physiologiques de ces messieurs. Il ne la trompera pas trop.

Seulement voilà, le temps a passé et, avec l'âge, Anne aussi a mûri. On fait plier le bois vert, pas le bois sec. Pas question de se rendre pieds et poings liés à Louis comme elle s'est abandonnée à Charles. Dès le premier instant, elle dicte d'autres conditions. D'abord en organisant leur mariage à Nantes, chez elle, en terre bretonne. Ensuite, en obtenant l'évacuation de toutes les villes du duché occupées par des garnisons françaises à l'exception de la capitale. Enfin, en exigeant par contrat que la terre de ses pères jouisse à jamais d'un statut autonome. Il cède sur tout. Depuis le temps, il sait ce que valent les contrats de mariage. Et il connaît les vraies urgences. Mariée le 9 janvier 1499, Anne est déjà enceinte en février. Ça, c'est de la bonne politique capétienne. En outre, Louis est gentil. Anne de Beaujeu, qu'il déteste également, a définitivement disparu du paysage et Anne, en revanche, joue vraiment son rôle de reine. Elle reçoit les ambassadeurs et elle a son mot à dire sur les nominations. Quand son mari passe les Alpes, c'est elle qui exerce la régence effective. Elle entretient toute une correspondance diplomatique. Enfin, et surtout, elle a le droit de dépenser sans compter. Or, Anne n'est jamais comblée.

La légende a fait de la bonne duchesse une brave dame proche de son peuple et à son écoute. On nage en plein roman. En vingt-trois ans de règne, elle n'aura pas passé six mois en Bretagne et, jamais, de mémoire royale, aucune souveraine n'aura été aussi dépensière. Sa cour personnelle est pléthorique. Elle a des dizaines de dames de compagnie. Ses robes occupent des appartements entiers. Elle s'est constitué une seconde garde particulière entièrement composée de Bretons, une bonne centaine. Passionnée par la vénerie, habile à la chasse au faucon, elle entretient des équipages de chevaux, de chiens et d'oiseaux de proie. Sa folie des bijoux ne l'abandonnera jamais. Elle entasse aussi la vaisselle d'or et d'argent. Et elle possède une collection unique d'armes prestigieuses : la hache de Clovis, l'épée de Dagobert, l'armure de Jeanne d'Arc, des dagues, des heaumes… Elle couvre de cadeaux ceux qu'elle protège – et qu'elle tyrannise car c'est une maîtresse exigeante, capricieuse et toujours pressée. Heureusement, elle a des qualités à la démesure de ses défauts. En architecture, elle en tient pour le gothique flamboyant et finance des chapelles et des enclos paroissiaux démodés et magnifiques en Bretagne mais, pour le reste, c'est déjà une princesse Renaissance. Très soucieuse d'hygiène, elle prend constamment des bains dans une cour qui continue de réduire la toilette à l'aspersion de parfums. Comme son père, elle adore l'odeur de la violette, en emplit ses armoires de sachets et elle sent délicieusement bon. Cultivée, elle aime la musique, commande des tableaux et des tapisseries, constitue une vaste bibliothèque et fait rédiger plusieurs ouvrages historiques sur le duché. Bigote, elle est assez superstitieuse et tentée par l'astrologie mais elle ne tranche pas de tout dans les sujets qui la dépassent et protège les humanistes. Ce n'est pas une chrétienne à œillères. Du moment qu'on la laisse agir à sa fantaisie, elle ne vous affronte pas. Avec Louis, elle est servie et elle a de la chance car il a un caractère absolument opposé au sien. Lui déteste jeter l'argent par les fenêtres et, bien plus humain qu'elle, souhaite toujours diminuer les impôts et assurer le bonheur de ses sujets. Même ses guerres en Italie ne coûtent guère car il en rapporte des butins énormes et en tire des revenus considérables. Et elles suffisent amplement à son caractère guerrier. Jamais il n'ouvrira un second front face à sa femme. Il connaît sa devise : *Non Mudera* « Je ne changerai pas ». Il s'y plie. Du moins en matière d'argent.

Dans d'autres domaines, en revanche, la merveilleuse harmonie des premiers mois se grippe assez vite. Bientôt, à nouveau, elle pleure. Le 15 octobre 1499, sa fille Claude est née mais, ensuite, obstinément, elle multiplie les fausses couches et les enfants qui viennent à terme meurent immédiatement. Elle n'aura qu'une autre fille, Renée, en 1510. Mais c'est Claude qui cause son désespoir. Grâce à elle, elle espère renouer avec les Habsbourg et mettre à nouveau le duché à l'abri. À cette fin, elle mène une infatigable campagne afin de la promettre en mariage à Charles de Luxembourg, un bambin du même âge. Un jour, ce petit garçon sera Charles Quint, le roi le plus puissant de tout l'univers, mais c'est déjà le petit-fils de son cher Maximilien. Vingt ans après, les négociations reprennent. Et Louis XII fait mine d'y souscrire. Il a besoin de l'accord de l'Autriche pour faire main basse sur le duché de Milan, terre d'empire. Quand les parents de Charles, Philippe le Beau et Jeanne la Folle, la fille d'Isabelle la Catholique, passent en France accompagnés de six cents personnes, il les reçoit fastueusement et signe à Blois le traité secret de 1504. Anne défaille de bonheur. Mais Louis, en réalité, n'a aucune intention d'autoriser un tel mariage qui le priverait de la Bretagne et de la Bourgogne, mettant à bas un siècle de politique des Valois. Or, catastrophe, en avril 1505, Louis prend froid et son état de santé sombre inexorablement. Bientôt, il n'a plus que de rares moments de lucidité. Le plus souvent, il halète sur son lit et divague. Le 10 mai, muni des sacrements, il dicte son testament. Et là, horreur, il arrête irrévocablement que sa fille unique, Claude, épousera François d'Angoulême. La mort est là, plus question de jouer au plus fin, personne après lui ne démantèlera son héritage. Il l'a assez dit : « Je souhaite unir les souris et les chats du royaume. »

Ce petit François, âgé de onze ans, est un lointain neveu de Louis mais il descend en ligne directe de Charles V et c'est le seul héritier mâle des Valois. Dans cette famille d'avortons malingres, c'est déjà un géant fort comme un Turc. Tous les adolescents de la cour le surnomment « César » et le roi l'adore depuis qu'à la mort du père de François, il en avait été nommé tuteur. Ultime précaution : d'une voix d'outre-tombe, Louis fait apporter un morceau de la vraie croix et fait jurer à Anne qu'elle célébrera un mariage au plus tôt. Sur le moment, elle croit défaillir. Tous ses rêves de retour à l'indépendance bretonne s'effondrent. Elle n'arrivera jamais à séparer l'ongle du doigt. De fureur, elle part bouder des semaines dans ses appartements. Et là, que se passe-t-il ? Le roi se rétablit. Complètement ! Au point qu'elle se demande s'il ne s'est pas joué d'elle. Elle croyait régner, elle découvre que les doigts n'ont pas la même longueur. Un roi, c'est le majeur. Une reine, ce n'est que l'annulaire !

De chagrin, de dépit, de rage, de haine contre Louise de Savoie, la mère de François, elle quitte alors la cour. En juin 1505, elle part enfin pour cette fameuse Bretagne où elle ne connaît que Nantes, Rennes et Vannes. Et là, elle entreprend une visite de l'ensemble de son cher pays. Nantes, Vannes, Hennebont, Quimper, Locronan… elle ne se hâte pas. À Notre-Dame du-Folgoët, sanctuaire connu pour rendre les femmes fécondes et favoriser la naissance des garçons, elle se recueille. À Saint-Pol-de-Léon, elle fait appliquer un prétendu doigt de Jean-Baptiste sur la fluxion de son œil. Et la tournée reprend. Tréguier, Guingamp, Saint-Brieuc, Lamballe, Dinan… On est parti le 8 juillet. Le 15 septembre, le roi n'en peut plus. Les ambassadeurs jasent. Ils se demandent si Anne, telle une reine du Portugal luttant jusqu'à la mort avec l'Espagne, ne va pas mobiliser la Bretagne et reprendre le combat pour l'indépendance. Déjà l'Angleterre et l'Espagne sollicitent des audiences auprès d'elle. Mais, Louis, cette fois encore, va être habile. Aucune proclamation guerrière. Juste une tendresse de père. Pour hâter le retour d'Anne, il annonce qu'il va fiancer officiellement Claude et François. La reine, aux cent coups, rentre à bride abattue. Et met fin à cette lubie. Pour un temps seulement. Quelques mois plus tard, Louis met à exécution sa menace. Le 21 mai 1506, Claude est fiancée à François d'Angoulême. Les jeux sont faits. Il n'y aura plus de duchesse de Bretagne authentique. Claude n'en portera que le titre.

Pour Anne, c'est la fin. Jusqu'à sa mort, elle s'opposera à ce mariage qui aura lieu dès le lendemain de ses obsèques. Mais, elle le sait inévitable et elle ne se relèvera pas de ce coup. Si, en 1510, elle a une seconde fille, Renée, son dixième accouchement, en 1512, celui d'un fils, tourne mal. Le bébé meurt et elle manque de l'accompagner. À 35 ans, c'est une femme épuisée dont aucun des projets n'a abouti. Enfant, elle avait souffert de voir son père manipulé et humilié, toute sa vie elle a lutté pour imposer son rang et le résultat est le même : sa personne et son pays sont priés de s'effacer. Quand elle meurt, le 9 janvier 1514, à Blois, elle le sait : la Bretagne meurt avec elle.

Chapitre 12

Pavane pour une reine défunte

En 1532, souriant jusqu'aux cheveux, François Ier ratifie l'union définitive de la Bretagne et de la France demandée par les États en session, à Vannes. Pourtant, cette malédiction est aussi, malgré tout, une bénédiction. L'indépendance est morte mais le duché entre dans l'orbite de Paris à l'heure où cette ville va régner sur l'intelligence pendant trois siècles. La Renaissance a franchi les Alpes, l'étoile italienne s'éteint et les Capétiens inventent une autre façon de régner. Comme les Espagnols, les Anglais ou les Autrichiens, ils soignent leur armes mais ils n'ont pas choisi un léopard, un aigle ou un lion pour emblème. Leur fleur de lys n'a pas l'odeur de la poudre. Les forces de la France sont redoutables mais ce que ses ennemis observent avec le plus d'attention, c'est l'« esprit français ». Un idéal « classique » apparaît sur les bords de la Seine et plane sur le reste de l'Europe. Tous les arts prospèrent à l'ombre du premier de tous : l'art de vivre. Des générations plus tard, au lendemain de la Révolution, de Nantes à Saint-Pétersbourg, ils diront que « qui n'a pas connu la France avant 1789 ignore ce qu'est la douceur de vivre ». La Bretagne s'éteint au mauvais moment. Quand elle rouvre les yeux, elle se croit au paradis. Son nouveau pays entre dans son âge d'or. Peu importe alors qu'on sache bien qu'au moment de partager, les envahisseurs dévorent comme des éléphants et digèrent comme des souris. Ce n'est plus le moment de quitter les Valois. On n'a pas le sentiment de se courber devant leur botte mais de se pencher sur les livres qu'ils tendent. Paris envoie plus de peintres, d'architectes et de musiciens que de régiments. Ses troupes théâtrales sont plus nombreuses que ses garnisons. Et ce malentendu va durer cinq cents ans. Au point que chacun va oublier que le duché s'était proclamé souverain au soir de la bataille de Ballon, en novembre 845 : six cent cinquante ans plus tôt !

Cette amnésie n'est pas propre à la Bretagne. L'histoire n'est pas coulée dans le bronze. On la dirait plutôt sculptée en pâte à modeler. Chacun lui donne la forme qu'il souhaite. Le fameux « devoir de mémoire » n'empêche pas les souvenirs d'être sélectifs. Le passé est un miroir parsemé de petites tâches opaques. L'ignorance, cela dit, n'autorise pas à dire n'importe quoi. Il ne suffit pas de se rappeler que nous fûmes plus longtemps bretons que français pour enfourcher le dada régionaliste, sauter sur sa croupe et s'en aller hennir un peu partout : « Vive la Bretagne libre ». Mieux vaut savoir pourquoi cette liberté n'est plus qu'un rêve et se rappeler comment la réalité s'est transformée en oubli. Se battre la coulpe ne servirait à rien. Au contraire, même. Le repentir est souvent une seconde faute.

Mais s'il n'est pas nécessaire d'espérer pour entreprendre, mieux vaut se rappeler avant de rêver. L'interprétation du passé succède à la redécouverte. Tel est évidemment l'objet de ce livre : comprendre pourquoi l'histoire a effacé les plans qu'avait tirés la géographie.

Sur les cartes, au premier coup d'œil, on voit la Bretagne, isolée, à l'écart, chez elle dans l'Atlantique. Des îles, des péninsules, des continents ont attendu en vain qu'elle les rejoigne et qu'elle y bâtisse outre-mer les fondements de son indépendance et de sa puissance. Regardez les Provinces-Unies. Posées sur des marais envahis par la mer, soumises à des courants froids et à toutes les tempêtes, ouvertes aux invasions venues des grandes plaines de Flandre, elles n'ont jamais cédé à la France, à l'Espagne ou à l'Empire. Ce poussin avait le cœur d'un ogre. La Bretagne, elle, bien à l'abri derrière ses côtes infernales, ses forteresses en fond de golfes et ses forêts impénétrables, n'a presque pas lutté – comptant toujours plus sur les faiblesses de ses ennemis que sur ses propres forces. Nos chênes avaient des nerfs de roseau, les yeux de nos ancêtres ne savaient pas voir et, aujourd'hui encore, on refuse d'écrire que la duchesse Anne fut un véritable fléau. Le manque de volonté, de courage et de lucidité furent trois dons naturels dont elle abusa sans vergogne.

Si elle était plus chère à acquérir qu'un tableau, elle ne fut pas plus difficile. Plus hautaine que haute, elle disait « Nous » mais pensait « Moi ». Ses maris successifs l'ont achetée sans se ruiner. Louis XII n'a pas inventé l'eau chaude mais il connaissait les faiblesses de sa femme comme le fond de ses trousses. Il savait que Madame refuserait toujours de souffrir comme tout le monde. La liberté se paye mais elle ne voulait pas y être de sa poche. Elle a refusé d'admettre que le coût de l'indépendance peut être élevé mais n'est jamais inaccessible. Inapte aux grandes révoltes, elle s'est cantonnée aux petits caprices. Que la caisse royale restât ouverte pour ses fantaisies lui importait plus que le sort de ses chers Bretons qui ne lui servaient que de carte de visite prestigieuse. Avec sa sotte légèreté, elle n'a pas vu que, dès qu'elle quitterait sa terre natale, elle ne serait plus qu'une tortue sans sa carapace. Et elle n'a plus fait le poids.

Attention pourtant. La responsabilité de la catastrophe ne revient pas entière à une seule femme. *Non numeratur, sed ponderatur*, disaient les Romains – « Les responsabilités ne se comptent pas mais s'évaluent ». Bien d'autres que la duchesse ont failli. Sans doute le secret de l'invulnérabilité des Provinces-Unies fut-il justement leur union. La Bretagne a affronté son sort en ordre dispersé. La raison profonde de sa disparition fut son absence de cohésion. La haute noblesse rêvait de remplacer les Montfort sur le trône ducal. La petite noblesse, fidèle au duc, surtout à l'Ouest, considérait néanmoins le monde féodal comme un ordre définitif et ne voyait pas pourquoi lutter contre un roi qui ne changerait rien à son statut. La bourgeoisie marchande, excédée par les impôts levés dans un duché sur la défensive, ne jurait que par les exemptions de taxes promises par la France. Quant au peuple, nul ne songeait à consulter cette marionnette qui se moquait bien de savoir si on tirait ses ficelles de Paris ou de Rennes. Personne, nulle part, ne s'est dressé pour défendre une Bretagne que tout le monde, partout, adorait – mais comme un dieu, lointain, idéal et trop puissant pour remettre son sort aux faibles mains de ses fidèles. Il fallait des drames pour que la Bretagne se soulève. La barbarie viking, la folie Plantagenêt, la brutalité de Charles V avaient armé tous les bras. Charles VIII, Louis XII et François Ier furent bien plus subtils. Une fois la guerre achevée, ils ont agi en douceur. On ne secoue pas un chêne à la force de ses bras mais le vent, invisible, le tourmente et le plie à son gré. Les Valois n'ont pas posé au torrent qui ravage. Ils savaient que l'eau calme noie tout autant. Ils ont bercé la Bretagne. Cinq siècles plus tard, la Belle au bois dormant ne s'est toujours pas réveillée.

Pour autant, elle n'est pas morte. La France n'est pas un appartement sans cloisons. Abattre les murs entre la pièce rouge et la verte n'en crée par une nouvelle, bleue. Et la mémoire des Bretons, pour être pleine de trous, n'en est pas moins tenace. La rivière peut bien se jeter dans un fleuve, elle conserve sa source. La Bretagne hiberne et s'éloigne de son destin mais respire toujours. Sa frontière avec la France s'est effacée mais la cicatrice qui l'a remplacée n'a pas disparu. Et, dans les siècles qui viennent, à plusieurs reprises, cette trace va devenir douloureuse. C'est pourquoi ce livre n'est pas fini. Pour rendre à nos ancêtres les hommages qui leur sont dus et leur signifier les reproches qu'ils méritent, d'autres chapitres doivent suivre. Et d'autres désastres méritent d'être rappelés. Il n'y a pas que le tourisme et le folklore qui témoignent de notre existence. Notre passé le fait bien mieux. Et s'il ne faut ni camper dans la mémoire, ni rêver à reculons, il ne faut pas non plus désespérer d'une Terre promise qui respire toujours.

En 1532, la Bretagne n'est plus. La France l'a engloutie. Mais elle ne l'a pas digérée. Dans le ventre du cachalot, Jonas vit toujours. Parfois, le futur décide d'attendre dans des maisons très anciennes.

Chapitre 13

Dans le chaos des guerres de Religion, le duc de Mercœur tente de ressusciter la Bretagne

C'est ainsi : le soleil et la lune ne brillent pas ensemble. Paris au zénith, Rennes doit se contenter de l'obscurité. Au début, ce n'est pas trop grave. Les guerres en Italie ne troublent en rien le commerce traditionnel des industriels de la toile et des armateurs, les deux piliers de la prospérité bretonne. D'autant que la France ménage sa nouvelle proie. Le lion en chasse ne rugit pas et les représentants de la couronne royale se gardent d'empiéter sur les privilèges de la province. Mais bien entendu, cela ne dure pas. Bientôt, l'Espagne de Charles Quint devient l'ennemi public numéro un des Valois. Qui dit Espagne dit aussi à cette époque Pays-Bas. Soudain les principaux clients du duché et les ports où ses armateurs ont leurs habitudes deviennent hostiles. C'est la première alerte. Les Bretons, qui s'étaient toujours gardés comme de la peste de se mêler des affaires des voisins, se retrouvent englués dans les guerres françaises fatalement préjudiciables au commerce. Par chance, leurs terres demeurent un vrai grenier à blé. Dans le reste du royaume, on parle de l'ancien duché atlantique comme d'un

« petit Pérou ». L'élevage est répandu partout, le froment, le seigle et l'orge poussent en abondance et, grâce au sarrasin (ou blé noir) qui se broie sans le recours aux moulins des meuniers, les paysans ne connaissent jamais la famine répandue ailleurs. L'agriculture prospère fait la fortune de foires innombrables. De surcroît d'autres ressources apparaissent. Terre-Neuve se transforme en mer de cocagne. Des dizaines de milliers de tonnes de morues, une fois séchées, alimentent l'Europe où l'Église catholique impose désormais cent cinquante jours de maigre par an, pour ne pas sembler moins pure et ascétique que la religion réformée de Luther et de Calvin. Par chance également, l'Espagne ne souhaite pas heurter les consciences en Bretagne – ni les portefeuilles. Elle y a eu trop d'amis et y conserve trop de contacts pour se fâcher avec cet immense promontoire où, demain, « l'Invincible Armada » pourra débarquer ses troupes sur le flanc des Français. Morlaix continue donc d'exporter des milliers de toiles de lin fin vers Bilbao et Séville. La côte reste riche. À la fin du XVIe siècle, Penmarc'h est même quelque temps le premier port d'armement européen ! L'étoile de la Bretagne pourtant scintille avec moins d'éclat. Rennes ne choisit plus les cartes de son sort et se contente de jouer avec celles que Paris lui tend. Et si certaines formes sont préservées, d'autres passent très vite aux oubliettes. Dès François Ier, les pièces de monnaie bretonnes disparaissent et, en 1547, quand Henri II, son fils, devient roi, aucun acte ne mentionne plus son titre de duc de Bretagne. Cette province a beau compter deux millions d'habitants, soit le dixième de la population du royaume, on ne la traite pas comme son fleuron. Le processus de disparition pure et simple est engagé. Pourtant, si certains yeux avertis versent quelques larmes, le nez ne coule pas encore. La prospérité générale de l'ancien duché modèle efface le malaise moral. La Bretagne se glisse en France tel un affluent dans son fleuve. Comme d'habitude dans son histoire, il faudrait un drame pour qu'elle songe à reprendre son destin en mains. Le palmier ne fait du bruit que s'il y a du vent. Or, justement, la tempête se lève. À présent s'ouvre l'ère des guerres de Religion.

Entre 1562 et 1598, il va y en avoir huit. La première débute en Lorraine, à Wassy, où le duc de Guise massacre soixante réformés. La dernière s'achèvera à Nantes par la signature du traité de tolérance en présence d'Henri IV. Tout le royaume va être mis à feu et à sang pendant quarante ans et le duché échappera aux bains de sang mais sera rattrapé par ce qu'on appelle ici non les guerres de Religion mais « la guerre de la Ligue ». Il faut dire que les protestants n'y seront jamais très nombreux même si, au début, ils pèsent d'un poids bien plus lourd que leur simple présence numérique. Pourquoi donc ? Parce qu'ils comptent dans leurs rangs les plus grandes familles.

Qui régnait sur le parti protestant ? Gaspard de Coligny, amiral de France. Et qui avait converti ce dernier à la nouvelle religion ? Son frère François qui, en 1558, revient s'installer sur ses terres, à deux pas de la Roche-Bernard. Marié à une fille de

Rieux, clan tout-puissant qui prétend descendre de Conan Meriadec et de Salomon de Bretagne, François de Coligny est lié à tous les seigneurs les plus influents du pays. Or, c'est dans ce milieu que se répand le protestantisme fondé sur la lecture des textes sacrés – loisir réservé à une poignée de privilégiés dans un pays encore presque entièrement analphabète. Peu après les Coligny et les Rieux, les Rohan embrassent les idées luthériennes. Puis Renée de France elle-même, la dernière fille de la duchesse Anne, qui invite auprès d'elle, à Ferrare, Calvin en personne. Bientôt au parlement de Rennes, plusieurs conseillers ne cachent plus qu'ils ont adopté la nouvelle foi. Et le nombre donnant de l'assurance, le parti réformé ne songe plus à se cacher. Isabeau, la douairière de Rohan, fait même de Blain, à trente kilomètres à l'ouest de Nantes, la capitale d'une petite principauté huguenote. On n'y va plus à la messe, on bâtit des temples, on consolide les fortifications et on recueille les adhésions des grandes familles vassales voisines. Bientôt, dans le duché, une centaine de clans de vieille noblesse s'avouent réformés. Le mouvement semble irrésistible. Erreur : passé ce premier et puissant souffle, il s'arrête. Le peuple, très croyant et bien encadré par son clergé, ne suit pas. Pour une raison simple : contrairement à l'aristocratie, il ne parle pas le français et les réformés, eux, ne prêchent pas en breton. Ensuite, parce qu'entre lui et les seigneurs, les bourgeois se gardent bien de céder aux sirènes protestantes. Dès la fin de la deuxième guerre, le traité de Longjumeau, en 1568, exclut les réformés de tous les emplois de justice et de finances. Les petits notables qui rêvent de s'anoblir par leurs charges, choisissent massivement de rester catholiques. Quant aux négociants et aux armateurs, pas question pour eux d'indisposer leur principal partenaire, l'Espagne, hystériquement catholique. Enfin, dernier détail, anodin mais essentiel, les réformés détestent les danses, les chansons – et, surtout, les excès de boisson. Une vertu, une tempérance et une sagesse qui passent très mal dans les villages où la vie est bien assez dure pour qu'on ne l'agrémente pas de mortifications volontaires. De-ci, de-là, de braves polissons chassent les pasteurs en mal d'évangélisation à coups de cailloux. Quand la troisième guerre s'achève en 1570 sans avoir effleuré la Bretagne, le duché accorde comme convenu par le traité de Saint-Germain deux villes de libre exercice de leur religion aux réformés : Carhaix et Bécherel – des cités où, comme par hasard, il n'y a aucun huguenot ! Et personne n'y trouve rien à redire. L'austérité méticuleuse, dogmatique et livresque de la « religion prétendue réformée » n'a pris dans ses filets que de rares et très gros poissons. À la fin de la quatrième guerre déclenchée par le massacre de la Saint-Barthélemy, en 1573, la Bretagne ne s'est mêlée de rien.

En fait, pour elle, tout commence au terme des cinquième et sixième guerres, quand le traité de Bergerac garantit en 1577 la liberté de culte aux protestants et leur accorde des places fortes de sécurité dans tout le royaume. Cette fois-ci, la donne a changé : les réformés forment légalement un État dans l'État. Pour les ultracatholiques, c'en est trop. Ils abandonnent le roi, Henri III, et forment la fameuse Sainte Ligue animée par le duc de Guise. En quelques années, Paris et toute la France vont se joindre à elle. D'abord pour des raisons religieuses, bien sûr. Mais surtout, bientôt, pour des raisons politiques. Henri III n'a pas de fils, ses mignons exaspèrent, le pays le rejette et son dauphin désigné, Henri de Navarre, est huguenot. Le trône est à saisir et un tel chaos autorise tous les songes. Dans cette atmosphère de guerre civile et de déliquescence du pouvoir royal, provinces et grandes familles nobles commencent à faire des rêves sans la France, ni les Valois. Le meilleur remède pour oublier les vieilles blessures est d'en ouvrir d'autres. La Ligue est là pour ça, bien plus prodigue en certitudes politiques qu'en convictions religieuses. Soyez-en sûr : si un souffle de passion pieuse l'anime parfois, c'est sans ivresse. Elle réserve ses véritables fièvres aux intrigues de cabinet.

En Bretagne, depuis 1582, le gouverneur s'appelle Philippe-Emmanuel de Lorraine, duc de Mercœur. Sa femme, Marie de Penthièvre, descend directement des ducs tandis que lui-même est beau-frère d'Henri III qui a épousé sa sœur, Louise de Lorraine. C'est dire qu'il est tout-puissant, très légitime en Bretagne et parfaitement conscient que, s'il veut un jour monter sur un trône, il n'a qu'à relever celui des Montfort. La France n'est plus en situation de l'en empêcher. Or, ce membre de la famille royale est un aventurier. Du coup, sachant qu'il est plus facile d'obtenir un pardon qu'une permission, il tente sa chance, ouvre les hostilités et arrache la Bretagne au camp de son beau-frère.

Apparemment, il lutte pour la Ligue. Bon soldat, il participe avec bonheur aux écrasantes victoires catholiques du Poitou. Son lustre grandit. Et avec lui son audace. Décidé à « nettoyer » sa province, il s'empare de Blain, la seule place forte protestante menaçante du duché, et il la pille. La chasse aux huguenots est ouverte. Beaucoup s'enfuient. Jersey, Guernesey et les îles anglo-normandes recueillent des dizaines de familles. Sur quoi, Mercœur déchire la lettre de destitution qu'a envoyée Henri III et prépare la sécession bretonne en installant à Nantes un « Conseil d'État et des Finances ». Les dés sont jetés et, toujours plus audacieux, agissant comme s'il était déjà souverain, il sollicite officiellement l'alliance de Philippe II, le roi d'Espagne. S'il reste français, c'est une trahison pure et simple. Mais s'il est breton, il ne fait que renouer une vieille alliance. Toujours vivace, du reste : loin de se faire prier, Philippe II envoie sur-le-champ trois cents hommes en avant-garde. Le retour à l'indépendance, but inavoué de Mercœur, prend forme. Sauf qu'il commet à cet instant une grave erreur : il garde son projet secret pour ne pas nuire à la Ligue dont il a besoin pour maintenir le reste du royaume en désordre. Résultat : au lieu de mobiliser les Bretons qui rêveraient toujours d'indépendance, il se contente de galvaniser leur catholicisme et de crier « Mort à Henri IV ». Double méprise ! D'abord, la Bretagne de 1593 n'a rien à voir avec celle de 1793 ; elle n'est pas dévote et l'hystérie religieuse la laisse de marbre. Ensuite, elle n'arrive pas à haïr ce nouveau roi qui désarme habilement les préventions que sa foi huguenote avait d'abord fait naître. La timidité politique de Mercœur va coûter très cher à son génie militaire. Malgré des victoires répétées contre les troupes royales, il n'arrivera jamais à unir le duché derrière lui. En 1592, à Craon, avec l'aide des Espagnols, il culbute les dix mille hommes de l'armée royale et accroche les vingt-quatre étendards qu'il leur a confisqués dans la cathédrale de Nantes mais, chaque année, des villes refusent d'adhérer à la Ligue ou la quittent. Face à Nantes, jusqu'au bout, Rennes tiendra lieu de capitale légitimiste.

La crise va durer dix ans. Paradoxalement, les combats n'opposent que des catholiques, mais ils ravagent la province. Les sièges se succèdent. Et les dégâts ne cessent de croître. Pour contrer l'aide espagnole, l'Angleterre protestante envoie à son tour des troupes et un corps expéditionnaire jette l'ancre à Paimpol pour assister les forces fidèles au roi. Rennes ne cède jamais à Mercœur. Saint-Malo s'érige en république indépendante. Crozon devient une place forte espagnole. La misère est partout. On revoit des loups rodant à la lisière des villages. Et la conséquence survient, fatale : une à une, même les villes ligueuses excédées par le coût du conflit, exaspérées par l'intransigeance des ultracatholiques et caressées dans le sens du poil par Henri IV qui a abjuré le protestantisme, abandonnent le camp rebelle. Bon guerrier, Mercœur reste invaincu sur le champ de bataille mais son pré carré ne cesse de rétrécir. Ses illusions tombent peu à peu comme un coucher de soleil au mois de juin, sans hâte mais inexorable. À part lui, plus personne ne songe à l'indépendance. Mercœur et ses rêves sont seuls. En mars 1598, invaincu mais brisé, il signe la paix avec le roi qui a vaincu l'armée espagnole à Amiens et s'achemine à petites étapes vers la Bretagne qu'il compte bien ramener dans son giron. Le soulagement est général. Quinze ans après le début de la sédition, les eaux du duché regagnent leur lit et vont gonfler à nouveau le fleuve France.

La dernière tentative sérieuse, politique, militaire et populaire de sécession bretonne s'achève. Pour clore une fois pour toutes le bec de ce grand seigneur turbulent mais habile et puissant, Henri IV le couvre d'or et offre un de ses bâtards, le duc Vendôme, à sa fille. Puis, il incite fermement le rebelle à chercher aventure ailleurs. Mercœur obtempère. Tel Pierre Mauclerc, redevenu simple chevalier après avoir régné un quart de siècle sur le duché, il part à son tour sans esclandre pour de nouveaux combats lointains. Il va gagner l'Autriche et mener la lutte contre les Turcs.

Le dernier champion crédible de son indépendance déserte la Bretagne. Il n'y en aura plus d'autre.

Chapitre 14

Triste Ancien Régime

S'il y avait une leçon à tirer de la Ligue pour les Bretons, c'est que se mettre en travers du soleil ne l'empêche pas d'aller se coucher. La cruche ne verse que ce qu'elle contient et, en l'occurrence, Paris n'avait qu'une amitié distante et intéressée à offrir. Le titre de duc de Bretagne était tombé en déshérence, le duché avait un gouverneur et une administration comme toutes les autres provinces, on consultait ses États pour la forme et, au Louvre, les yeux et les mains qui veillaient sur Rennes s'appelaient silence et indifférence. En 1631, sous le règne de Louis XIII, Richelieu alla jusqu'à se nommer lui-même gouverneur. Non qu'il éprouvât un quelconque sentiment pour cette province où il ne mit pas le pied mais par intérêt bien compris : elle rapportait gros à celui qui en avait la charge et ne lui causait aucun souci. À l'occasion, on lui promettait monts et merveilles et, dans l'ordinaire des jours, on la laissait travailler en sabots.

Pourquoi, du reste, agir autrement ? L'ordre règne et l'économie prospère. L'agriculture est féconde, l'élevage diversifié, le beurre abondant, l'engrais inépuisable et, grâce au sarrasin, semé en mai et récolté en septembre, la disette est rare en nos parages. Mieux encore, l'industrie du textile demeure florissante. Non seulement l'Espagne, ennemie jurée du royaume, n'a pas fermé ses frontières mais le lin et le chanvre font vivre des dizaines de milliers d'artisans qui écoulent également leurs toiles fines, leurs voiles et leurs « bretagnes » en Angleterre et en Hollande. Sans gros investissements, finançant de petits navires, des centaines d'armateurs acheminent vers le duché le vin de Bordeaux, les graines de lin de Pologne, le sucre de Madère, les draperies anglaises, la morue de Terre-Neuve, l'alun de Civitavecchia indispensable aux teintures, l'huile de Provence... Dans l'autre sens, ils exportent le blé et l'orge, revendent jusqu'en Baltique ce qu'ils ont acheté au Sud et fournissent jusqu'à Venise ce qu'ils ont embarqué au Nord. Deux siècles après la mort de Jean V en 1442, son duché continue de s'enrichir selon les voies qu'il avait tracées.

Jamais la Bretagne ne s'était couverte et ne se couvrira ensuite d'autant de bâtiments somptueux qu'à l'époque de Richelieu et de Mazarin. Les enclos paroissiaux fleurissent. Les églises rivalisent. Dès que l'une bâtit un clocher superbe, sa voisine en élève un autre plus haut encore ; qu'une île se dote d'un calvaire ornementé et sa rivale offrira à sa chapelle un porche de basilique. Comme toujours en Bretagne, des sommes folles – que l'industrie et la marine attendront jusqu'à la fin des temps – filent dans les goussets du clergé. Des jubés, des retables, des statues, des chaires, des balustrades sculptées... Le gothique exubérant s'en donne à cœur joie. Du reste, pourquoi pas ? Dieu nous garde. Des dizaines de capitaines se font construire leurs fameuses « maisons », les campagnes se remplissent de manoirs, les villes embellissent à défaut de vraiment grandir. À Rennes, la façade du nouveau et somptueux Parlement de Bretagne est dessinée par Salomon de Brosse, l'architecte de Marie de Médicis, le maître d'œuvre du palais du Luxembourg. Tout va bien. Au fond, personne ne regrette le temps lointain de la bonne duchesse Anne. S'il y avait un mot d'ordre, ce serait : « Que rien ne change. »

Tout, malheureusement, va changer. Bientôt, enchaînant les guerres comme ses maîtresses répétaient les maternités, Louis XIV dresse toute l'Europe contre lui – et, d'abord, l'Angleterre. L'histoire n'a retenu qu'une guerre de Cent Ans, celle qui commença à la mort de Philippe le Bel et s'acheva par les victoires de Jeanne d'Arc et le rétablissement de l'autorité de Charles VII. Il y en eut une autre, plus ruineuse et plus longue encore, qui s'ouvrit en 1672 avec la guerre de Hollande, s'acheva en 1815 à Waterloo, nous coûta des milliards, nous priva de notre premier empire et, accessoirement, ruina le duché. Pendant cent cinquante ans, sur terre et sur mer, les deux nations vont s'affronter. Qui sera en première ligne ? La Bretagne, naturellement. Sa prospérité ancestrale n'y survivra pas. Ni même le simple bon sens de ses habitants. La preuve : en 1917, trois longues années après le déclenchement du conflit avec l'Allemagne, alors que mon grand-père, en tenue d'aspirant médecin, allait dire adieu à sa mère, notre voisine, rôtissant au soleil sur un banc du port de l'Île-aux-Moines où les vieilles tiennent assemblée de toute éternité, l'interpella ainsi : « Bon courage, Monsieur Louis, et tuez-en un maximum de ces salauds d'English. »

Deux siècles après, le souvenir des effroyables pontons de Brighton, véritable bagne flottant, restait plus vivace dans l'inconscient collectif breton que la boucherie toute récente de Verdun. L'ennemi héréditaire, dans le Morbihan, comme dans le Finistère ou les Côtes d'Armor, c'était l'Anglais. Et le fait est que l'interminable rivalité franco-britannique étalée de Louis XIV à Napoléon a provoqué le naufrage complet de la richesse bretonne.

Imaginez que, du jour au lendemain, l'Arabie Saoudite ne puisse plus exporter son pétrole. Les larmes des émirs feraient fleurir le désert. Eh bien, c'est ce que Louis XIV et Colbert ont imposé, sans même y songer, à la Bretagne. Le textile était son « or blanc ». Tout à coup, l'État décréta de facto son embargo en déclarant la guerre à la Hollande. Déclenchée en 1672, celle-ci s'annonçait comme une promenade. Fleur au fusil, un raid éclair mènerait la haute noblesse française à culbuter les gras marchands bataves, très bons pour compter leurs florins mais certainement pas pour tenir des mousquets. Bien entendu, rien ne se passa selon les prévisions du haut état-major français, vaniteux, cassant et péremptoire comme à l'accoutumée. Les Hollandais ouvrirent leurs écluses, sacrifièrent leurs prairies, transformèrent Amsterdam en île, noyèrent les régiments français et firent comprendre que la lutte serait longue. D'autant que, très vite, les Anglais se rangèrent à leurs côtés. La guerre, dès lors, fut totale, militaire et commerciale. Et sans fin car, à la guerre de Hollande, succéda celle de la Succession d'Augsbourg (1688-1697). Puis les suivantes. D'abord Colbert augmenta massivement les droits d'importation des biens anglais ; sur quoi, Londres multiplia par trois les taxes d'entrée des textiles français ; enfin, on coupa toute relation commerciale maritime. Puis terrestre. Les échanges (sel, bétail, vins…) avec l'Est et le Nord se tarirent. Et faites confiance au goût de Louis XIV pour la guerre : cela dura. Des années. Puis des décennies.

Le duché s'y fracassa. En une décision, Louis XIV avait détruit l'héritage des ducs Jean comme il aurait renversé un château de sable. Au moment où les impôts accablaient la province pour financer le conflit, ses industriels perdaient du jour au lendemain tous leurs débouchés. En quelques mois, dès 1672, la Bretagne comprit le gouffre où la France la menait. Depuis des siècles, une politique prudente et un emplacement géographique idéal l'avaient imposée comme partenaire incontournable de l'Espagne, de l'Angleterre et de la Hollande. Soudain, elle en faisait une proie et une ennemie juste là, sous leurs yeux, sur le trajet inévitable de leurs flottes. Tout ce qui faisait la richesse de la province était frappé d'interdiction sur ses marchés traditionnels et, dès qu'elle chercherait d'autres débouchés, ses navires deviendraient des cibles de choix pour les escadres des trois premières nations maritimes de leur temps.

Une fois ces données acquises, inutile de faire des discours, ils n'ajouteraient pas une goutte à la pluie.

Il n'y avait pas de presse à l'époque, on ignore comment l'information circulait mais le fait est là, en six mois, le duché sut ce qui l'attendait. D'autant que l'État royal ouvrit au rasoir les yeux de ceux qui ne voulaient pas voir. Pour faire face aux frais de la guerre, un déluge de prélèvements s'abattit sur la province. Désormais, tous les actes judiciaires ou notariaux seraient rédigés sur papier timbré aux fleurs de lys, facturé à la feuille. De surcroît, le tabac devenait monopole d'État et se voyait surtaxé. Comme si cela ne suffisait pas : un édit décréta que chaque objet en étain devait être marqué par un poinçon qui coûtait un sol. En prime, on soutirait une somme supplémentaire inattendue aux roturiers exploitant des terres nobles – et il y en avait dans tous les villages. Survenant à l'heure où le cadre habituel de l'économie s'effondrait, ces coups de massue tétanisèrent le peuple. En quelques semaines, la colère emporta tout. De Brest à Rennes, tout le monde l'avait compris : les grands commis administratifs se souciaient d'eux comme de l'an 40. Les privilèges de la Bretagne les laissaient de marbre. Ils ne songeaient même pas à consulter les États du duché. Pourquoi du reste perdre son temps à les écouter se plaindre ? Les oreilles ont beau pousser, elles ne dépasseront pas la tête. Et la tête, c'étaient eux, les hommes de Colbert. Ils avaient besoin d'argent, ils raclaient les fonds de tiroir. Tant pis s'ils allumaient la mèche par les deux bouts. Cela ne manqua pas.

Tout commença à Rennes, le 18 avril 1675, par le pillage des bureaux chargés de distribuer le tabac et le papier timbré. L'idée plut à Saint-Malo et à Nantes qui en firent autant. Les émeutes ne cessèrent plus. Début juin, à Rennes, la foule encercla et menaça d'incendier le palais épiscopal où s'était réfugié le duc de Chaulnes, gouverneur de la province. C'était inquiétant mais cela affola bien moins que l'explosion de colère qui mettait le feu à la Basse-Bretagne, de Vannes à Quimper et de Châteaulin à Pontivy. Là-bas le tocsin sonnait, on sortait les fourches, on agitait les bâtons, on armait même quelques mousquets et on attaquait les châteaux. La panique s'empara des nobles. Des dizaines de paroisses s'insurgeaient, on parlait de 20 000 paysans en furie, la nouvelle remonta jusqu'à Paris ; on appelait ces barbares qui ne comprenaient pas un mot de français les « Torreben », c'est-à-dire les casse-tête. Mais apprendre un mot de breton était au-dessus des forces de l'administration et on parla de la révolte des « Bonnets rouges ». Des seigneurs étaient bastonnés, quelques-uns tués. Les bureaux du papier timbré flambaient. On brisait les meubles des châteaux attaqués. Soudain, l'aristocratie voyait se dresser face à elle tous les manants auxquels, hier, elle n'attachait pas plus de prix qu'à ses chevaux. Un siècle avant la Révolution, la campagne hurlait sa haine du joug, des corvées, des privilèges, du mépris et de l'ignoble injustice régnant dans le royaume.

Terreur et confusion marchèrent de pair pendant trois mois. Un tourbillon emportait le Finistère.

Pourtant, miracle, tel une tornade, il disparut aussi vite qu'il était apparu. Il suffit que Sébastien Le Balp, un notaire qui avait pris la tête de la révolte, fut abattu près de Carhaix lors de l'attaque d'un château et le feu de brousse s'éteignit comme une allumette soufflée. L'agneau devrait encore attendre avant de passer une muselière à la panthère. Le silence retomba sur les campagnes, si lourd qu'on entendait glisser les nuages. Dans ce calme sépulcral, le duc de Chaulnes et ses troupes fauchèrent les fortes têtes comme de la mauvaise herbe. Même les églises furent punies dans les communes les plus excitées et la légende veut que les bigoudènes aient adopté leur coiffe en forme de cheminée pour défier le gouverneur et porter sur leurs têtes les clochers qu'il avait abattus. Au passage, afin de bien marquer l'esprit ombrageux de Versailles où jamais le soleil de la bonté gratuite ne pénétrait, on exila le parlement de Bretagne à Vannes, pour le punir d'une prétendue complaisance à l'égard des émeutiers. C'était d'autant plus absurde que les membres de cette institution, tous privilégiés, se réjouirent publiquement de voir ceux qui les avaient fait trembler être pendus et roués en tel nombre qu'ils redevinrent « souples comme des gants », selon le mot de la Marquise de Sévigné – qui recueillait les nouvelles de la répression avec la soif d'une feuille pour la rosée.

La Bretagne avait rué dans les brancards, on avait pourchassé ses paysans comme des loups et, en prime, on l'avait ruinée. Il fallut attendre la Révolution pour qu'elle osât à nouveau se faire entendre. Dans l'intervalle, inexorablement, tout alla de mal en pis. La flotte française n'avait pas fait le poids face à l'alliance des marines anglaise et hollandaise. Désormais, des escadres ennemies, embusquées entre Jersey et Guernesey, patrouillaient dans la Manche et harcelaient les Bretons. Même livrer en Normandie devenait hasardeux. Ne parlons pas des vieux clients d'Europe du Nord, le duché avait fait une croix sur eux. Renonçant au chanvre, les industriels du textile se reconvertirent dans l'agriculture et virent fondre leurs revenus. Le duché dévala la pente de la ruine.

Seules les côtes gardaient une apparence de vie. Saint-Malo et ses corsaires menaient avec génie la guerre de course et Duguay-Trouin alla jusqu'à piller de fond en comble Rio de Janeiro avec le sang-froid et l'efficacité d'un raider boursier ; Nantes tirait des millions du commerce triangulaire – euphémisme « marketing » pour désigner l'inavouable traite négrière ; Lorient embellissait chaque jour grâce au monopole du commerce avec la Chine et l'Inde ; Brest enfin se couvrait de forteresses, d'arsenaux, de voileries et se peuplait de bagnards et de garnisons. L'armée, de toute manière, était partout. Qu'il s'agisse de contrecarrer les « descentes » anglaises qui venaient semer la panique à coups de raids dévastateurs, qu'il soit question de préparer un débarquement en Angleterre ou en Écosse, qu'on prépare notre intervention aux côtés des « Insurgents » américains, le duché semblait une caserne en état d'alerte perpétuelle. Il fallait loger la troupe, la fournir en montures, lui déléguer des gardes-côtes et, pire que tout, entretenir des centaines de voies capables de supporter le passage des canons. Et encore, ces servitudes et ces corvées étaient-elles presque bienvenues. Au moins, ce branle-bas de combat agitait-il les villages. Ailleurs, on tirait la langue. C'est l'époque où, à Paris, on comparait la Bretagne au crâne tonsuré d'un moine, nu comme un caillou au sommet et planté de quelques poils sur les côtés. Les rivages de la province bordaient un désert pauvre et stérile peuplé de Bas-Bretons que les salons prenaient pour le résultat d'un croisement entre l'homme et l'ours. Déplaisait-on à la cour qu'on était envoyé en pénitence à Quimper, comme on vous aurait relégué en Sibérie. Songer qu'un siècle plus tôt, observant le même décor, les observateurs étrangers écrivaient que la Bretagne avait la forme et la chance d'un fer à cheval !

Naturellement, comme toujours quand le malheur s'en mêle, on tombe d'une épreuve dans l'autre et on cascade dans les calamités. Dès que le mur se fend, les cancrelats s'y mettent. Les épidémies se répandirent bientôt. Le duché en avait connu comme toutes les autres provinces mais, au XVIIIe siècle, il eut les siennes bien à lui. Typhus et dysenterie s'établirent à demeure entre Vannes et Brest. Les retours d'escadres déclenchaient immanquablement des fléaux. Traités comme des esclaves, les matelots quittaient le bord en grelottant et ramenaient infailliblement leurs fièvres dans les villages où, les déplorables conditions d'hygiène aidant, la maladie se multipliait sans tarder. Tout à coup, le duché, qui continuait à ignorer les famines, connut des taux de mortalité bien supérieurs au reste du royaume. Pour la première fois de son histoire, la population se mit à stagner. Au lieu d'y voir l'empreinte de ses griffes, l'État royal y décela la preuve que cette pauvre province était vraiment sous-développée. Ce qui ne le gênait pas, cela dit, quand il s'agissait d'aller y pêcher des conscrits pour ses conflits terrestres. Lors de la guerre de Succession d'Espagne, une de plus qui n'apporterait rien au duché, à la fin du règne de Louis XIV, 22 000 hommes furent enrôlés. Un pour cent de la population ! Aucune autre région du royaume ne paya un écot si cher. Pas un instant, Paris ne s'en soucia. La répression féroce de la révolte du papier timbré semblait avoir tranché les nerfs du pays.

Une fois éteint le Roi-Soleil, tout le monde crut qu'on allait souffler. Le régent mit vite les choses au point. Contre l'avis des États de Bretagne, il maintint les taxes sur les boissons – c'est-à-dire sur le vin et le cidre, les dernières potions du peuple pour ne pas s'abandonner au désespoir. La noblesse elle-même s'insurgea et soixante-deux gentilshommes signèrent une protestation rappelant que les privilèges du duché interdisaient de tels procédés. Sans doute se croyaient-ils encore en 1532. Ils furent exclus des États et priés de filer droit. Surprise : au lieu de ça, ils rédigèrent une protestation solennelle qui, en quelques semaines, recueillit des centaines de signatures prestigieuses. Tous s'engageaient à lutter pour défendre les droits légitimes de la province et, plus inquiétant, ils promettaient d'indemniser eux-mêmes ceux que leur courage exposerait aux châtiments administratifs. « L'Association patriotique bretonne » était née. Selon Paris, le seul parti à prendre était de n'y prêter, comme d'habitude, aucune attention. Ces parlementaires adoraient s'agiter. On les connaissait : ils fuyaient le buffle à la seule vue de la poussière. Qu'on menace discrètement quelques-uns de ses membres, qu'on en achète une poignée d'autres, et tout rentrerait dans l'ordre. Sauf que les protestataires, ulcérés par ce mépris, se transformèrent vite en conjurés. La tension monta. Quand Guérande refusa de payer l'impôt, l'intendant envoya la troupe mais une cinquantaine d'aristocrates armés s'interposèrent et les forces royales durent rebrousser chemin. Paris comprit que l'affaire devenait grave. Et les Bretons s'en aperçurent aussi – ce qui incita la plupart d'entre eux à déserter l'Association devenue dangereuse. Restèrent les purs et les exaltés qui prirent pour chef Chrysostome de Guer, marquis de Pontcallec.

À trente-huit ans, ancien militaire, il vivait dans son château, une véritable forteresse nichée au fond d'une épaisse forêt, du côté de Pontivy. Ses voisins étaient pauvres à tondre les œufs, il voyait les épidémies tourner autour d'eux comme la Lune autour de la Terre et il n'en pouvait plus de la kleptomanie monarchique. Mais s'il était généreux, il n'avait pas plus de sens politique qu'un oiseau de nuit et commença, toutes affaires cessantes, par solliciter l'aide de Philippe V, le roi d'Espagne. Celui-ci, sur-le-champ, envoya des troupes à l'entrée du golfe du Morbihan. À cause des tempêtes, seul un navire sur six accosta et débarqua trois cents hommes. C'était insuffisant et on les renvoya. Mais ce fut bien assez pour que Paris réagisse. Pontcallec, déguisé en paysan, prit le maquis mais fut bientôt arrêté et ses principaux camarades, rassurés par de solennelles promesses de clémence, se livrèrent. Le régent, fatigué de passer pour un fêtard étourdi d'amusements, voulut rétablir son autorité et, tel Richelieu, convoqua une chambre ardente. De Pontcallec, ce maladroit qui n'aurait même pas pu attraper la grippe, on fit un Catilina prêt à enflammer les marais celtes et on lui trancha la tête. Il l'avait bien faite car, au moment de s'agenouiller sur le billot, très calme, très noble, il toisa le bourreau et lui dit : « J'ai fait mon devoir, fais ton métier. » Sept mots à peine, mais suffisants pour entrer dans le cœur des Bretons qui firent un héros de ce marquis dont ils n'avaient jamais entendu parler. Dans la foulée, on exécuta ses trois principaux complices. Puis, on se rendit compte du côté branquignol de toute l'opération ; une telle bagatelle ne justifiait pas un massacre. Bientôt, on relâcha les autres conjurés. Le régent, ce rossignol, ne se nourrissait pas de cadavres comme un corbeau. Il fit simplement des Bretons et de leurs révoltes un sujet de plaisanterie de plus. Le pire, c'est qu'il n'avait pas tort. Le duché pouvait tout endurer et, quand il ruait dans les brancards, ses rebellions tournaient à la mascarade.

Les décennies se suivirent, accablantes pour la province qui végétait dans la pauvreté et la maladie mais n'ouvrait pas le bec. Jusqu'à l'apparition sur la scène, en 1760, de Louis-François de La Chalotais.

Procureur général au parlement de Rennes, il s'était rendu populaire auprès des cercles éclairés du pays par ses diatribes contre les Jésuites. Efficace et entêté, il les fit expulser de Bretagne. Puis, il rédigea un essai sur les études de la jeunesse qui mettait l'éducation au pinacle des valeurs d'une société tout en déplorant que les curés, dans les villages, perdent leur temps à enseigner l'alphabet à des paysans auxquels on ferait mieux d'apprendre l'usage de la serpe. Cette hypocrisie faussement bienveillante enchanta Voltaire et les salons parisiens. La Chalotais qui, jusque-là, dans sa province, rêvait de considération comme la chaisière rêve d'épouser l'évêque, se sentit pousser des ailes. Plus il relisait les lettres admiratives des uns et des autres, plus il savourait chacun de ses propres paragraphes comme un fruit confit et plus il se persuadait qu'un grand destin politique l'attendait. Il décida de se dresser contre le duc d'Aiguillon, commandant en chef de la province, chargé de lever quelques taxes inédites pour financer une nouvelle guerre – celle de Sept Ans, cette fois-ci. Mobiliser le parlement fut facile. Frondeurs à leurs heures, courtisans à d'autres, ses membres regardaient le peuple sans le voir mais prétendaient toujours parler en son nom. La Chalotais provoqua leur démission en masse, le 22 mai 1765. Versailles, en vérité, se retint de ne pas fêter au champagne cette soi-disant catastrophe. Louis XV savait parfaitement que les parlements provinciaux ne résoudraient jamais les problèmes du royaume pour la bonne raison que le problème majeur, c'était eux – repaires de privilégiés qui, sous prétexte de défendre les libertés ancestrales, s'opposaient à toute réforme. Choiseul, non plus, n'était pas dupe des arrière-pensées de La Chalotais qui, opposant en apparence, n'était qu'avide de prendre sa place pour servir humblement le monarque. L'un et l'autre firent semblant de s'inquiéter, embastillèrent quelques mois La Chalotais et son fils, puis les envoyèrent en exil à Saintes. Pour une petite dizaine d'années. Et ce fut tout. « L'affaire de Bretagne » s'éteignit d'elle-même, le parlement de Rennes fut rétabli et plus personne ne songea à La Chalotais.

Pourtant, bientôt, l'heure ne serait plus aux protestations théâtrales de rebelles en dentelles, avides de reconnaissance mondaine. La Révolution approchait et là, enfin, la Bretagne allait se réveiller. En menant l'avant-garde politique puis en incarnant son arrière-garde poétique. Après trois siècles de léthargie, le duché allait revenir jouer un rôle dans l'histoire.

Chapitre 15

Isaac Le Chapelier, maître de cérémonie de la Révolution

Qui songe à 1789 se dit que la Bretagne, à force de rouiller au bord de l'océan, s'était transformée en une sorte de mammifère gothique somnolant sous l'œil de la calotte et des vieux parchemins. C'est faux : nulle part ailleurs, les années 1789 et 1790 n'ont suscité autant d'enthousiasme. La noblesse était la plus archaïque du royaume, parfois la plus odieuse et la misère la plus criante. Si une province n'avait rien à perdre dans un chambardement général, c'était bien l'ancien duché. Sur place, tout le monde en était conscient. Sauf les aristocrates ! Occupant depuis des lustres la meilleure place, ils comptaient y camper pour l'éternité. Évoquer la morale ou la justice en leur présence, voire la simple humanité, c'était faire l'appel dans un cimetière. Rien ne devait changer. La devise des Jésuites leur allait comme un gant : *Sint ut sunt, aut non sint* – « Que les choses soient comme elles sont, ou qu'elles ne soient plus ».

Malheureusement pour eux, Versailles était pris à la gorge. Depuis trente ans, le gouvernement glissait sur les chiffres comme un patineur mais, désormais, la banqueroute était là. En 1788, dans le budget de la France, les dépenses atteignaient 620 millions de livres. Ne pensez pas que la cour et les privilégiés s'offraient la part du lion : ils ne comptaient que pour 35 millions de livres, à peine 6 % du total. L'armée pesait beaucoup plus lourd : 165 millions de livres. Et pas question, là, de dégraisser le mammouth. Louis XVI, on l'a bien oublié, était le premier roi qui avait enfin donné une vraie leçon à l'Angleterre. La Royale, son enfant chéri, était l'objet de tous ses soins – pour le plus grand bénéfice de Cherbourg et de Brest et, au passage, des Bretons. L'amiral de Grasse avait vaincu la Royal Navy à Chesapeake et, aux côtés des Insurgents américains, la France avait triomphé à Yorktown. Ce poste était sacré. De toute façon, là n'était pas le gouffre. Le règlement annuel de la dette coûtait 310 millions de livres : 50 % du total. La moitié des dépenses passait à apurer le passif. Or, celui-ci était sans fin car, chaque année, on lançait de nouveaux emprunts pour boucler les comptes. Les recettes, en effet, n'atteignaient en 1788 que 503 millions de livres. Le constat sautait aux yeux : cela ne pouvait plus durer.

Aux grands maux, les grands remèdes. Le roi et ses ministres, Étienne de Loménie de Brienne, contrôleur général des Finances, et le chancelier Guillaume de Lamoignon, garde des Sceaux, résolurent d'en finir une fois pour toutes avec les parlements régionaux qui bloquaient toute réforme. Toute loi promulguée à Paris devait être enregistrée par les treize provinces avant d'être appliquée.

Chaque impôt était négocié. Dès que Versailles parlait d'écraser un puceron, il fallait soulever une dizaine de massues. Et endurer des cris d'orfraie car, accrochés à leurs prébendes comme le bigorneau à son rocher, les parlementaires prétendaient défendre les droits immémoriaux de leurs provinces. Ceux de Rennes n'avaient que les « privilèges de la Bretagne » à la bouche – en vérité, leurs privilèges.

Depuis des générations, chacun faisait mine de croire à cette mystification. L'aristocratie en était arrivée à se voir sincèrement comme le parti antiabsolutiste. Six ans plus tôt, en 1781, elle avait imposé un nouveau règlement qui excluait des grades d'officiers quiconque n'avait pas quatre quartiers de noblesse mais, dans ses assemblées, elle se voulait néanmoins la porte-parole des libertés enracinées dans la nuit des temps. Drapée dans les lois fondamentales du royaume, elle se posa d'emblée en martyr et, face à un rapiéçage aussi brutal des institutions, elle exigea la convocation des États généraux pour en finir avec la tyrannie ministérielle. Et elle l'obtint. Louis XVI décida de les réunir en mai 1789, à Versailles. Le but de l'aristocratie était atteint : elle allait « débourbonnailler la France ». Elle pavoisa et commença à se soucier des tenues qu'elle arborerait à Versailles. Elle aurait mieux fait de trembler. Pour que rien ne change vraiment, mieux valait que tout change en apparence. Mais la noblesse ne voulut rien entendre. Et, en son sein, plus sourde qu'aucune autre, celle de Bretagne se montra aussi intransigeante qu'aveugle – incapable de sentir que les concessions étaient inévitables car les hommes marchent mieux dans vos vues s'ils croient courir en même temps après les leurs.

Dès la réunion des États de Bretagne, le 29 décembre 1788, étape indispensable pour désigner la délégation qui ira dans la capitale, les choses sont claires : la noblesse bretonne ne cédera sur rien. Dans l'ancien réfectoire du couvent des Cordeliers, ils sont plus de mille : 950 nobles, 35 évêques ou abbés et 43 roturiers ! Et les premiers sont formels : les États généraux devront se dérouler comme en 1614, la dernière fois qu'ils se sont réunis. Pas question d'augmenter la représentation du tiers état et pas question d'accorder le vote par tête. On votera par ordre. Autrement dit, tout sera bloqué. À chaque projet égalitaire, la noblesse et le clergé mettront leur veto et, par deux voix contre une, on enterrera la réforme. Tout cela n'est même pas présenté diplomatiquement. Des dizaines de hobereaux crient, grimpent sur les tables, se montent la tête et lancent mille idées farfelues et provocatrices sans jamais la pensée ou le calcul qui classe, coordonne et assouplit. Ces gens s'enivrent de lubies déjà dépassées. Tout ce qui leur manque en jugement passe en énergie vociférante. La parole remplace la réflexion, la formule tient lieu de programme. Des dadais emphatiques prennent des tons de prophètes pour déclamer des âneries. Le seul esprit qui pétille est l'esprit de corps mais nul n'en semble conscient et, le soir venu, les uns et les autres ripaillent, enchantés, chez le président de la noblesse, chez celui du clergé, chez celui du parlement, chez le gouverneur…

Le reste de la province les regarde, consterné mais pas résigné. Les temps ont changé. Si la noblesse s'imagine qu'à Versailles, elle donnera une bonne gifle en gants blancs à Louis XVI puis que tout repartira comme hier, d'autres voient l'avenir autrement. Montesquieu, Voltaire, Rousseau et l'Encyclopédie sont passés par là. Partout, les Lumières ont ouvert les yeux sur l'organisation sociale du royaume issue, littéralement, des ténèbres de l'histoire. Et à Rennes autant qu'ailleurs. Le duché a beau être la seule grande province dépourvue de son Académie, il regorge de bibliothèques, de salons de lecture ou de loges maçonniques. La Bretagne est parfaitement au fait de l'état de la société. Et, à Rennes même, la presse est apparue. Depuis un mois, un titre, en particulier, fait l'opinion : *La Sentinelle du Peuple* rédigée par « Volney », pseudonyme de François Chassebœuf, un bourgeois subtil et frotté de philosophie qui signe d'un nom mariant Voltaire et Ferney, son dieu et son paradis. Son esprit, son ironie, sa vigueur, sa facilité et, surtout, son sens de la justice et de l'injustice mettent le feu aux poudres. Les patriotes rennais et le tiers breton se cabrent face aux foucades mérovingiennes de la noblesse locale. On se bagarre dans la capitale des ducs. À tel point que le roi, imploré par l'intendant de la province, ajourne les États de Bretagne. Mieux encore, montrant de quel côté penche sa bienveillance, Louis XVI annonce, le 27 janvier 1789, le doublement du nombre de députés du tiers. Ils seront aussi nombreux que les deux premiers ordres. La noblesse est effondrée.

Dans son malheur, cependant, elle réfléchit enfin et se dit que, pour contrer ces odieux bourgeois, elle n'a qu'à dresser contre eux les campagnes. C'est habile. Les paysans pressentent déjà qu'ils seront les dindons de la farce. Quand ils rédigent des cahiers de doléances dans les paroisses, ils ne parlent que des droits seigneuriaux, des redevances féodales, des champarts, des colombiers, des corvées, des dîmes, des permis de chasse et autres fléaux réservés à ceux qui travaillent la terre. Simplement ils s'expriment en patois, maltraitent le français et ne savent par l'écrire. Dans les sénéchaussées, quand des gens du tiers venus des villes rendent présentable ce charabia colérique, le mécontentement prend une toute autre tournure et adopte d'abord les réclamations de la bourgeoisie, traitant à la marge les éternelles rancœurs paysannes. Comme par hasard, le besoin partout exprimé de réglementer le marché des grains en faveur des petits producteurs ne transparaît plus qu'allusivement pour ne pas contrarier les gros propriétaires. Plus révélateur encore, la corvée, supprimée partout en France par Turgot, sauf en Bretagne où les États l'avaient refusée, est inlassablement dénoncée dans les paroisses mais à peine évoquée dans les rapports finaux de sénéchaussée ! Du coup, à Rennes, les nobles publient à 10 000 exemplaires (dont 3 000 en breton) un pamphlet ingénieux expliquant que tous les malheurs de la campagne viennent, non des seigneurs qui vivent sur leurs terres et en connaissent les soucis, mais des villes et de ses bourgeois du tiers. Si, comme on le dit, il n'y a que la vérité qui blesse, alors ce devait être frappé au coin du bon sens. À Rennes, la bourgeoisie explose de colère. Et bientôt, elle le manifeste.

Enchantée de son « coup », en effet, la noblesse va plus loin et organise, toujours à Rennes, une grande manifestation pour protester contre le prix du pain fixé par la municipalité. Du fait d'un hiver terrible, la Vilaine est prise dans les glaces, effectivement les grains sont chers et les États n'ont distribué aucune aide. La foule est nombreuse, soigneusement encadrée par les valets, les laquais, les cochers, les porteurs, les lingères, les secrétaires et les domestiques de la noblesse. Et ce que chacun espère arrive : les étudiants de droit se jettent sur eux. La bagarre est générale. Pire : le lendemain, elle dégénère devant les Cordeliers où la noblesse continue de tenir séance malgré l'ordre royal. Une rixe extrêmement violente survient entre des aristocrates épée au poing et une masse d'ouvriers qui, venant de piller un arsenal de la milice, se trouvent armés de fusils, de sabres et de baïonnettes. Résultat : des dizaines de blessés graves et trois morts, un garçon boucher et deux jeunes nobles, messieurs de Boishué et de Saint-Riveul. Comme l'a écrit Chateaubriand : « Lecteur, je t'arrête : regarde couler les premières gouttes de sang que la Révolution devait répandre... » Sur quoi, l'armée survient, ramène l'ordre et renvoie chacun chez soi. Et là, la noblesse, plus écervelée que jamais, au lieu de reprendre son calme et d'affûter ses arguments, se drape dans sa dignité bafouée. Additionnant leurs pedigrees, tous ces paons s'aperçoivent qu'ils remontent au jurassique et décident qu'ils n'obtempéreront pas aux ordres d'un banal petit Bourbon. Résultat : la noblesse et le haut clergé bretons annoncent qu'ils ne participeront pas aux États généraux. Ils imaginent, par cet éclat, paralyser la réunion. Mauvaise pioche : personne n'y songe. Tout se poursuit sans eux. Et, fatalement, au plus mal pour eux car cette foucade d'enfants gâtés a immédiatement des conséquences énormes.

Le 5 mai 1789, à l'ouverture des États généraux, les trois ordres sont au complet. Comptez bien : 330 députés pour le clergé, 322 pour la noblesse et 663 pour le tiers. Soit 652 en faveur d'un statu quo qui les arrange et 663 favorables au changement. Les 44 Bretons du tiers sont là, pas les autres. Il manque 50 voix au camp conservateur qui se retrouve aussi utile qu'une valise sans sa poignée restée à Rennes. Avec les voix bretonnes, tout aurait pu se négocier. D'autant que le tiers de 1789 n'est pas la convention de 1792 enflammée par Marat, Hébert, Danton, Robespierre et les autres. À l'ouverture, les grands noms sont bien plus modérés : Mirabeau, La Fayette, Sieyès, Duport, Lameth, Barnave, Philippe d'Orléans, Cazalès veulent des réformes mais ne songent pas une seconde à éliminer la monarchie. Et, parmi les anonymes, beaucoup sont des juges prospères, des commerçants riches et des bourgeois paisibles prêts à passer des accommodements avec les deux premiers ordres. Seulement voilà, l'absence des nobles bretons et la présence dans les rangs du clergé de nombreux curés modestes et sensibles aux revendications du tiers changent d'emblée la donne :

dès que le vote par tête est accordé – et Louis XVI y consent au mois de juin –, le camp réformateur est majoritaire, le sait et en joue. Avec énergie et, là encore, sous la poussée des Bretons. Car si la noblesse du duché a été au-dessous de tout, son tiers va se révéler à la hauteur de l'histoire. Réduire aujourd'hui la Bretagne à un inépuisable réservoir de chouans sortis des presbytères de la préhistoire est un énorme contresens. En 1789, c'est elle qui allume la mèche des États généraux.

Du reste, la première vedette, au premier jour, est d'emblée un Breton. À Versailles, dans la grande salle des Menus-Plaisirs, alors que des centaines de députés en tenue d'apparat se pressent au pied de l'estrade royale surmontée d'un dais en velours violet semé de fleurs de lys dorées, tous les regards se dirigent vers un homme en veste de paysan qui a gardé ses guêtres et ses gros souliers. Même Louis XVI a l'œil attiré et le salue affectueusement : « Bonjour mon bonhomme. » C'est Michel Gérard, un agriculteur de trente-deux ans venu de Rennes, qui passe immédiatement à la légende sous le nom du « Père Gérard ». Il frappe d'ailleurs tant les imaginations que, quelques mois plus tard, dans son fameux *Serment du Jeu de paume*, David le représentera au premier rang, l'air recueilli, comme en prières, juste à côté de Mirabeau.

Si le Père Bernard a donné le ton, reste à écrire la chanson. Pourquoi pas en breton ? Le reste de la délégation, moins folklorique, ne compte pas, en effet, se contenter de faire le spectacle. Au contraire, elle prétend bien en dicter l'argument. À l'ouverture des États généraux, les Bretons sont de loin les plus aguerris. Et les plus confiants. Ayant vaincu leur propre noblesse, ils savent que la vie est une partie d'échecs et qu'un pion peut très bien éliminer un roi. De surcroît, ils sont les plus ardents. Le mur de la haine se bâtit avec les pierres du mépris et, à Rennes, les nobles leur en ont déversé pendant des mois. Si les députés du tiers avaient encore des illusions sur une coopération tranquille avec les nobles et avec le clergé, elles sont tombées depuis janvier avec la brutalité d'un volet qu'on abat. Ils viennent pour que tout change et, à cette fin, la réforme, comme le boulet de canon, ne doit pas s'arrêter en chemin. Donc, ils prennent eux-mêmes en main les opérations.

Première étape : ils créent le Club breton qui, plus tard – pour ceux qui résument la Bretagne à sa glorieuse chouannerie – deviendra le Club des Jacobins ! En font d'office partie les élus du duché : dix-sept avocats, treize juges, neuf négociants, un médecin, deux gros laboureurs et deux paysans. Il ne s'agit pas, le soir venu, de ripailler comme dans les rangs nobles. Une salle a été louée, avenue de Saint-Cloud, tout près de la salle des Menus-Plaisirs et, chaque jour, on se réunit pour discuter de la séance écoulée, préparer la suivante et vérifier qu'on agit au mieux du mandat que les électeurs ont confié. Cette rigueur a vite fait de séduire les autres membres du tiers. Jean-Joseph Mounier, un des leaders du Dauphiné, l'autre province à l'avant-garde des réformes, Mirabeau, des dizaines d'autres adhèrent. Bientôt le Club breton regroupe cent cinquante membres et dicte la manœuvre. C'est assez simple : au fond, comme les sauterelles qui n'ont pas de reine mais filent en bandes dans la même direction, tous les élus de France ont les mêmes griefs et les mêmes espoirs. Logiquement, c'est donc un Breton, Isaac Le Chapelier, un avocat de trente-cinq ans, qui propose dès le mois de mai, de franchir le Rubicon.

Les Bretons le connaissent bien. Il a présidé le barreau de Rennes. Son honnêteté intransigeante lui a souvent fait refuser des causes parce qu'il soupçonnait des traces de fraude chez le plaideur. C'est un incorruptible. Les événements du début de l'année en ont fait une vedette. Il signe des articles dans le journal de Condorcet. Son style est brillant. Il parle mieux encore. Doué d'une éloquence innée, encore étendue par une étonnante faculté d'improvisation, il monte à la tribune et annonce que si la noblesse et le clergé refusent de se joindre au tiers, alors, peu importe, le troisième ordre se considérera comme l'Assemblée nationale et entreprendra, seul avec le roi, l'immense œuvre de rénovation de la monarchie française. C'est l'annonce du prochain serment du Jeu de paume, survenu le 20 juin. Et ce n'est pas fini. Jean-Denis Lanjuinais, un professeur de droit canon de Rennes, y va aussi de sa mitraille et lacère le clergé qui « pour soulager les malheureux du royaume n'a qu'à vendre ses carrosses et sa vaisselle d'argent pour aller à pied comme tout un chacun ». Les eunuques bretons du tiers se sont transformés en Huns résolus à défendre la Déclaration des droits de l'homme, face aux chartes généalogiques des ducs et des marquis. Si la cour en doutait, les événements du 13 juillet lui ouvriraient les yeux. Alors que le roi a massé vingt mille hommes autour de Versailles et qu'aux Tuileries, le régiment du Royal allemand a chargé la foule et semé les cadavres, Le Chapelier s'empare de la parole et contraint l'Assemblée à créer une milice bourgeoise à Paris. Le tiers va armer ses troupes. Le Club breton mène l'offensive.

Heureusement, contrairement aux nobles du duché, il ne s'enferme pas dans une attitude. Au moment même où il exhibe sa force, il négocie. Et le 3 août, quand Le Chapelier est élu président de l'Assemblée constituante, son plan est prêt. Dès le premier jour, il institue des séances de nuit pour faire face à l'énormité du chantier et à l'urgence des événements, puis il sort de sa poche ses deux cartes fatales : le vicomte de Noailles et le duc d'Aiguillon, deux aristocrates éclairés, lucides et humains. Il s'agit de désamorcer le feu qui a pris dans les campagnes, arme les villages, soulève les paysans, incendie les châteaux où l'on détruit les archives et, même, éclabousse les églises dont on brise les bancs seigneuriaux. Les autorités sont dépassées, les intendants se cachent, tout le monde tremble et la « grande peur » se répand dans plusieurs provinces.

Ainsi, dès l'ouverture de la séance de la nuit du 4 août, au lieu de condamner rituellement les brigands qui trahissent les espoirs du peuple, Le Chapelier donne la parole aux deux seigneurs avec lesquels il a préparé son coup de théâtre. Et, en quelques heures, le miracle s'accomplit. Les corvées, les droits de chasse, les redevances féodales, la justice par catégorie, la vénalité des offices, les privilèges des villes et des provinces... tout est aboli, jusqu'à la noblesse héréditaire. On offre même la possibilité de racheter les droits seigneuriaux qui n'ont pas été supprimés. L'égalité fiscale entre les ordres est établie. Et Le Chapelier, qui a tout organisé, passe ensuite la parole à Le Guen de Kerangal, député de Bretagne, qui monte à la tribune en tenue de paysan pour lire un discours déchirant. C'est d'autant plus théâtral que Le Chapelier sait qu'il lit mal et que son texte en sera d'autant plus touchant. Le triomphe est acquis : à l'aube, les Bretons ont obtenu en six heures ce qu'on espérait atteindre en un siècle. Le Chapelier rédige lui-même le décret portant abolition de la noblesse et des titres féodaux. En prime, il impose le principe d'égalité dans les successions. L'Ancien Régime n'est plus.

Et bientôt, blasphème suprême, toujours avec l'assentiment et l'élan des Bretons, les dîmes sont supprimées, le clergé cesse d'être le premier ordre de France et l'Assemblée refuse que le catholicisme soit reconnu comme religion officielle. Plus expéditif encore, le 2 novembre 1789, tous les biens de l'Église sont saisis et remis à l'État pour enfin résorber le déficit. Dans le même mouvement, on annonce aux évêques que la réorganisation du territoire et la création des 83 départements entraîne la suppression de dizaines de sièges épiscopaux. Plus mortifiant encore, dernier coup de l'âne des législateurs, les prêtres seront désormais des fonctionnaires et ils seront élus par des assemblées électorales de districts ! Même chose pour les évêques soudain soumis aux choix d'assemblées où votent aussi les protestants, les juifs, les athées et, offense suprême, les libres-penseurs.

Le pire, c'est qu'à Paris, ces sacrilèges en rafales passent à merveille. En province, en revanche, on est stupéfait. Et, bientôt, en Bretagne, on sera indignés. En s'emparant de l'encensoir, la Révolution commence à creuser sa tombe. Et les Bretons, jusque-là enthousiastes dans leur ensemble, vont voir leur unité se fracasser. Jusqu'à réveiller une seconde fois leur esprit de rébellion. Dans l'autre sens, à présent. Mais alors, la Révolution sera devenue folle. Jusqu'à dévorer ses idoles. Dont la première, Le Chapelier. Devenu membre du Club des feuillants, la société formé par l'aile modérée des jacobins, il a vu son influence décroître à partir de 1792. Avec Sieyès, Barnave, La Fayette, Bailly ou Dupont, il a même dû se cacher. Mais, passé en Angleterre, il en est revenu pour empêcher le séquestre de ses biens bretons. Arrêté, il a été guillotiné le 22 avril 1794. Le même jour que Guillaume de Lamoignon de Malesherbes, l'ancien garde des Sceaux, qui lui avait involontairement ouvert la voie de la politique révolutionnaire en proposant la suppression des parlements provinciaux. Un homme d'honneur, lui aussi – le dernier qui eut le courage de répondre présent quand Louis XVI dut choisir un avocat pour son procès.

Chapitre 16

La Rouërie et Cadoudal, le premier et le dernier des chouans

À Paris, la Révolution suivait son cours. On dressait des statues à la Justice, à la Science, à la Liberté, au Peuple… Barricadés dans leur vertu idéologique, les chefs de la Constituante continuaient de battre la paille des grands mots. En Bretagne, au loin, cependant, les paysans ne voyaient guère arriver le grain à moudre. Ce n'étaient pas des cannibales mais on ne les rassasiait pas avec de vagues promesses. Or, rien ne changeait. Les députés louaient fort la fraternité mais ne la recevaient guère à demeure. Le domaine congéable, en particulier, véritable cauchemar des exploitants pauvres enchaînés à leur propriétaire, restait légal. Pire, c'était un député de Morlaix, un avocat, Baudoin de Maisonblanche, qui l'avait sauvé en expliquant que c'était le meilleur moyen d'entretenir la terre et qu'il convenait même de l'étendre à tout le pays. Dans les paroisses reculées, on commençait à saisir que, Révolution ou pas, il neigerait en enfer avant que le sort des habitants ne s'améliore. Si Paris se prélassait dans les salons du nouvel État, l'île d'Arz et Merdrignac continuaient à n'en voir que la cave. Une certaine rancœur se fit jour.

La création des bataillons de la garde nationale, les fameux « bleus », n'arrangea rien : les laboureurs en furent exclus et on n'engagea que les bourgeois des villes et des bourgs. Passés les premiers mois d'exaltation universelle, les fermiers étaient clairement priés de regagner leurs étables et de travailler aux moissons en silence. De plus en plus, ils eurent le sentiment d'avoir été dupés, comme si la rédaction des cahiers de doléances n'avait servi qu'à voler leurs montres pour ensuite leur indiquer l'heure. La vente des biens du clergé accentua l'amertume. À nouveau, elle se déroula à leur insu. La bourgeoisie urbaine fit main basse sur à peu près tout. Et renouvela le hold-up quand furent mises aux enchères les terres et les châteaux des émigrés. Résultat : au lieu de payer son écot au recteur ou au châtelain voisin qui, les mauvaises années, réduisait sa ponction, la campagne se retrouva avec des propriétaires d'autant plus inflexibles qu'on ne risquait pas de les croiser sur la place du village. Décidément les biens nationaux n'étaient pas pour tous. Si certains en doutaient, le système électoral se chargea de mettre les points sur les i : pas question d'établir le suffrage universel. Le vote serait censitaire – en clair : seuls les bourgeois qui acquittaient un impôt conséquent auraient le droit de s'exprimer. Les bretonnants illettrés et les forçats attachés à la terre n'avaient plus qu'à circuler. Leur présence n'était plus nécessaire.

Dire que la déception fut amère est un euphémisme. La colère couvait. D'autant qu'après une récolte catastrophique en 1789, celle de 1790 fut très décevante. Et réglée en assignats ! Pourtant le calme régnait. Encouragé par les recteurs eux-mêmes. Première victime des réformes, le clergé jouait quand même le jeu. En cette année 1790, un élu municipal breton sur cinq fut un prêtre. Dans le Morbihan, quarante-deux d'entre eux passèrent l'écharpe tricolore par-dessus la soutane. Le ressentiment montait mais ne s'exprimait toujours pas au grand jour. On attendait le bon prétexte. Ce fut l'obligation pour les prêtres de prêter serment de fidélité à la Constitution. Si 57 % des curés français s'y résignèrent, 65 % des Bretons s'y refusèrent. À Redon, ce fut carrément 100 %. Et, dans le Morbihan hier ouvert aux réformes, seuls 15 % des recteurs se plièrent à l'oukase révolutionnaire. Le sursaut prenait tournure.

Le premier déclic vint de Rome. Enfin, le 13 avril 1791, le pape se décida à parler. Et le bref de Pie VI fut sans appel. Il déclarait invalides toutes les élections épiscopales et donnait quarante jours aux prêtres assermentés pour se rétracter sous peine d'excommunication. La guerre pouvait s'ouvrir. D'autant qu'à la révolte religieuse et à la déception générale, s'ajoutait une déconvenue purement financière propre à la Bretagne. Dans le découpage de la France en 83 départements, il était arrêté qu'il y aurait un évêché par préfecture. Réduit à cinq départements, le duché perdait quatre sièges épiscopaux. D'un trait de plume, la Constituante avait rayé ceux de Dol, de Saint-Malo, de Tréguier et de Saint-Pol-de-Léon. Au même moment, elle autorisait le divorce. Le ciel tombait sur la tête des chrétiens bretons.

Un peu de diplomatie aurait suffi à arranger les choses. C'était compter sans la fureur des « patriotes ». Ils se seraient mouchés dans un voile de communiante. Évoquer devant eux les malheurs du clergé, c'était comme décrire aux antilopes les affres des lions. Ils jubilaient. Et ils en rajoutèrent. On confisqua les cloches des églises, on détruisit les horloges des clochers, on mura les porches, on déporta des prêtres réfractaires au bagne, on en exila en Espagne, on alla jusqu'à en marier de force avec des religieuses. Tout ce qu'il ne fallait surtout pas faire fut accompli. Avec une conséquence inévitable dans un pays déçu par la Révolution et profondément croyant : on rendit le peuple dévot. Et, furieux, il résolut, dans sa colère, qu'il ne se contenterait plus d'allumer des cierges. Le laïus sentimental des patriotes, soudain, se mit à exaspérer les campagnes. La révolution vertueuse, l'État purifié, les lois morales, la société fraternelle, le mot « citoyen » prononcé du matin au soir… toutes ces grandes résolutions gravées dans le marbre à Paris semblaient, dans le bocage, écrits sur la boue. Dans les bourgs, on traquait des suspects, on jugeait, on prenait sa revanche ; le soupçon régnait, la guerre civile mitonnait. On ne parlait que de liberté mais on ne cessait d'en priver les uns ou les autres. Chacun se demandait qui provoquerait l'étincelle.

Comme en 1788, les prémices de la Révolution avaient vu le jour à Rennes, l'entrée en matière de la Contre-Révolution se déroula à l'Ouest, à Vannes. La ville, très majoritairement républicaine, éprouvait néanmoins une profonde tendresse à l'égard de son évêque, monseigneur Amelot, un homme âgé et débonnaire qui, fatalement, remplissant son rôle, avait condamné (sans en rajouter) la Constitution civile du clergé. Au lieu de le laisser parler et d'écouter ailleurs, la municipalité monta sur ses grands chevaux, le cita à comparaître, le harcela. Ce fut si maladroit que de sincères partisans de la Révolution, choqués par ces malveillances, adressèrent une pétition à la Constituante. Comme la paranoïa y régnait déjà en maître, la protestation déclencha l'effet inverse de celui escompté. Dans la nuit du 9 février 1791, dépêchés de Lorient, des gardes nationaux forcèrent la porte du palais épiscopal pour contraindre l'évêque à prêter, sur-le-champ, le serment constitutionnel. Providence divine : monseigneur Amelot était absent. Toute la ville, en revanche, fut informée dès l'aube de l'agression. Et la rumeur enfla : « Monseigneur a été interpellé… Monseigneur a été frappé… Monseigneur est emprisonné… Monseigneur a été assommé… Monseigneur agonise… » Il ne s'était rien passé mais le fait est là : dans la nuit du 12 au 13 février, le tocsin sonna dans les paroisses du Vannetais. À l'aube, armés de fourches et de bâtons, 3 000 paysans – mais aussi des commerçants, des artisans, des élèves de l'école de marine et autres sujets favorables aux idées nouvelles – marchèrent sur la ville où ils furent accueillis par le feu de la garde nationale : quatre morts, des dizaines de blessés, une grosse poignée d'estropiés. Sur quoi, on arrêta monseigneur Amelot, coupable d'avoir fomenté l'émeute, et on procéda à l'élection de son remplaçant. Vannes la bleue, elle-même, était indignée.

Cela ne se passa pas mieux à Saint-Pol-de-Léon et à Tréguier, deux évêchés rayés de la carte. La première ville était désespérée de perdre sa principale source de revenus, le seconde avait beaucoup de tendresse pour son prélat. Le jour où les autorités vinrent arrêter monseigneur de la Marche et monseigneur le Mintier, ils trouvèrent place nette. Les deux hommes s'étaient enfuis et, bientôt, envoyèrent des messages à leurs ouailles. Le premier de Cornouailles britannique, le second de Jersey. Les autorités s'aperçurent qu'à leur insu s'étaient mises en place des filières d'évasion. Des maisons relais et des refuges existaient. Les royalistes ne s'en mêlaient pas encore mais, déjà, les catholiques organisaient leurs réseaux. Et, dans les mois qui suivirent, des centaines de prêtres en profitèrent. Sur les drapeaux des premiers chouans bretons, on brodera : « Mon Pays et Mon Dieu » – nuance révélatrice par rapport aux étendards vendéens frappés du cœur sanglant et siglés « Mon Dieu et Mon Roi ».

Cela dit, ce sont bel et bien les royalistes qui déclenchèrent l'insurrection. Un homme, à lui seul, prépara, prévit, organisa, coordonna et unit celle de la Bretagne ! Il s'appelait Armand de La Rouërie. En 1771, à 21 ans, il s'était embarqué pour l'Amérique, avait combattu aux côtés des Insurgents, était devenu l'ami de Washington et avait rapporté des États-Unis le surnom de « Colonel Armand » et la croix de Cincinnatus – ainsi, c'est essentiel, qu'une formation exceptionnelle au combat de partisans qu'aucune école militaire européenne n'enseignait encore. En 1788, il avait également fait partie de la délégation bretonne partie pour Versailles, afin de protester contre la suppression des parlements et, consécration suprême, il s'était retrouvé incarcéré un mois et demi à la Bastille. À son retour, triomphal, ce dandy romantique avait reçu des brassées de lettres de félicitations de toute la noblesse régionale. Dans ses archives dormaient les bases de son réseau. Au printemps 1791, il commença à recruter pour son armée secrète, « l'Association bretonne ». En quelques mois, il identifia des centaines de sympathisants prêts à prendre les armes, organisa des dizaines de caches, prévit un peu partout des relais et, surtout, se choisit des lieutenants. Le plus glorieux, qui lui succèdera à la tête de l'Association, était le prince de Talmont, Antoine-Philippe de La Trémoille, cousin des Bourbon et de la famille royale d'Angleterre. Le plus célèbre, qui prendra leur suite, reste Jean Cottereau, connu sous le nom de Jean Chouan, un contrebandier qui trafiquait le sel depuis l'enfance, remontait les yeux fermés tous les chemins de la Mayenne et d'Ille-et-Vilaine et, pour communiquer la nuit avec ses complices, imitait le cri du hibou. Le plus acharné aura été Georges Cadoudal, le fils d'un riche laboureur d'Auray, un colosse aux mains capables d'assommer un bœuf et aux épaules d'ours que surmontait, directement posée sur elles, sautant l'étape du cou, une tête de lutteur aux cheveux ras et crépus. Il faisait peur et ce génie de la guérilla n'abandonnera jamais, jusqu'à sa mort en 1804. Mais il y en avait beaucoup d'autres.

La Rouërie comptait faire exploser en un jour toute la Bretagne. Pour lever les fonds énormes exigés par l'insurrection, non seulement il faisait les poches de tous les nobles qui l'encensaient hier mais il avait établi des contacts avec le comte d'Artois à Coblence et le comte de Toulouse à Londres. Il s'apprêtait à entrer dans l'histoire. L'organigramme de l'Association bretonne couvrait tout le duché, de Brest à Fougères, Laval et Vitré. Dans chaque ville de Bretagne, ses comités secrets attendaient son ordre. Restait à saisir l'occasion. Elles ne manquaient pas. À la veille de Pâques en 1792, on avait décidé d'interner tous les prêtres réfractaires bretons en attendant de les déporter. Le 10 août de la même année, on avait emprisonné Louis XVI au Temple. Le 21 septembre, enfin, on abolit la monarchie et on proclama la République. Les moissons étaient faites et, dans les communes, on tentait d'enrôler des volontaires pour aller aux frontières défendre la Nation. Or, cela se passait mal. Les paysans hurlaient : « Si la République a besoin d'hommes, qu'elle enrôle donc les acheteurs de biens nationaux. » La Rouërie aurait dû se lancer. En fait, Coblence le pria d'attendre. L'Ouest devrait prendre feu au moment précis où les forces du maréchal de Brunswick et l'armée des princes marcheraient sur Paris. Pas avant. Surtout pas avant. Or, pour La Rouërie, pas question de désobéir. Trois ans plus tôt, pendant l'épisode du parlement de Bretagne, il vouait le roi aux gémonies. À présent, il idolâtrait ses frères.

Valmy contraria les plans. L'invasion par l'Est et, donc, l'insurrection à l'Ouest étaient remises. Ce qui, paradoxalement, exigea encore plus d'efforts de La Rouërie. Pour maintenir en alerte un réseau que l'inaction menaçait de désintégration, il passa des mois à se cacher, à galoper sous la pluie dans le froid et, la nuit, à dormir à la belle étoile. Pourchassé par tous les bleus de Bretagne, d'Anjou et de Mayenne, cette existence de gibier traqué le tua. En janvier 1793, la fièvre s'empara de lui. Puis, après quelques jours, le délire. L'exécution de Louis XVI, le 21 janvier, l'acheva. Le 30 janvier, il rendit l'âme et fut sur-le-champ inhumé en grand secret dans un bosquet, au fond du parc d'une demeure amie. Il ne verrait pas l'insurrection qui lui devait tout. Et, heureusement pour lui, il ne se verrait pas doublé par d'autres.

Car, soudain, à l'heure où il disparaissait, toute la France se cabra. Le 23 février, la Convention décréta la levée de 300 000 hommes. Plus de volontaires, cette fois-ci. On tirait les noms au sort. À cette nuance près que les bourgeois pouvaient payer des remplaçants si leurs fils étaient désignés. En province, le peuple gronda. Paris réagit en créant le tribunal criminel extraordinaire dont les jugements sans appel étaient exécutoires sous 24 heures. La Terreur prenait forme. Ce fut l'explosion. Du 10 au 25 mars, partout en Bretagne, trois années de rancœur, de jalousies et d'injustices jetèrent les paysans sur les bourgs. Bureaux de recrutement saccagés, mairies dévastées, gardes nationaux passés par les fenêtres, maisons de républicains pillées, arbres de la Liberté abattus, patriotes molestés, parfois fusillés sans cérémonie… Des cris « Vive le roi » fusèrent sur tous les marchés, des drapeaux blancs fleurirent. Et cela s'arrêta là. Les gardes nationaux firent feu sans pitié, le sang blanc coula à flots et tout rentra dans l'ordre. À Saint-Pol-de-Léon, pour que les choses soient bien claires dans l'esprit de tous, Jean-Baptiste de Canclaux, le général en chef républicain des armées de l'Ouest, fit massacrer à coups de sabre, devant toute la ville, le maire qu'il soupçonnait de « modérantisme ». Le message passa et la hantise de La Roüerie se concrétisa : cent œufs ne font pas une omelette, cent vers ne font pas un poème et mille allumettes ne firent pas un brasier. Pendant trois ans, il avait tout organisé pour que le soulèvement soit fatal. Mais il n'était plus là pour appuyer sur le bouton et tout se passa dans la confusion, sans chef, ni projet. Résultat : la Bretagne, pionnière de la révolte, laissa la place aux autres.

Car, ailleurs aussi, le ras-le-bol éclatait au grand jour. En avril, le Pays basque prit fait et cause pour l'Espagne dont les troupes, elles aussi, s'avançaient en territoire français. En mai, la Corse décréta sa sécession et forma un gouvernement provisoire autour de Pascal Paoli. En Vendée, surtout, une troupe puissante, nombreuse, équipée et dotée de chefs exceptionnels, surgit des marais. Et accomplit l'exploit dont avait rêvé La Roüerie. Alignant des effectifs pouvant atteindre 30 000 hommes sur le champ de bataille, l'armée royale et catholique se lança dans des combats frontaux et bouscula les généraux Westerman, Santerre, Ronsin et Rossignol. Le marquis de Bonchamps, celui de Lescure, Maurice d'Elbée, bientôt rejoints par Henri de la Rochejacquelein, Charrette, Cathelineau, un simple colporteur, ou Stofflet, hier garde-chasse, remportèrent victoire sur victoire.

Cela ne pouvait pas durer. La République choisit d'être impitoyable. La Vendée serait bientôt rasée de la carte. Les « colonnes infernales » du général Turreau adopteraient la stratégie de la dévastation totale. Fermes brûlées, arbres abattus, récoltes incendiées, otages exécutés, femmes et enfants déportés, prisonniers massacrés, villages rasés… Et les malheureux transférés à Nantes tomberaient entre les mains de Jean-Baptiste Carrier, envoyé extraordinaire de la Convention. À Cholet, au soir du désastre, fuyant le terrain, il avait inspiré au général Kléber ce mot : « Laissez passer le citoyen représentant du peuple, il tuera après la victoire. » En effet. Retranché dans la capitale des Ducs, il alimenta des bains de sang, noya des milliers de Vendéens dans la Loire en coulant les embarcations (judicieusement baptisées des « Marat ») où il les avait enchaînés, et en fusilla plus encore. Cela dit, malchance pour les chouans et bénédiction pour la République, Paris perçut vite que ce genre de cinglés aggravait la situation sous prétexte d'y remédier. Du coup, avant d'en arriver à cette barbarie, les bleus héritèrent de deux chefs exceptionnels, Kléber et Marceau. En décembre 1793, après six mois de combats héroïques, la Vendée était écrasée à Savenay.

Auparavant, cela dit, son armée avait franchi la Loire et gagné Granville où elle espérait s'emparer d'un port où les Anglais lui livreraient des armes. La cité normande, farouchement républicaine, ne se rendit pas et l'armée royale dut rebrousser chemin. Seulement, sur la route, elle avait partout réveillé les chouans bretons. Et quand la Vendée rendit l'âme, la Bretagne, elle, se révolta tout entière – c'est-à-dire que tous les blancs se soulevèrent dans une province où les villes, elles, restaient presque toutes bleues ! Et encore ! Une fois sur deux, quand un ou une rebelle était guillotiné, des citoyens venaient au vu et au su de tous tremper leur mouchoir dans le sang pour en faire des reliques. La Bretagne était en train de choisir son camp. Donc, plus question d'attendre. Les paysans cessèrent de tergiverser. Autant demander au Niagara de chuter moins fort : Cadoudal décida de son propre chef, de « chouanniser en grand ».

Comme il pleut toujours là où c'est mouillé, tous les cantons qui s'étaient soulevés six mois plus tôt se relancèrent dans le combat. Pour les gardes nationaux, la situation devint intenable. Les petites garnisons étaient massacrées, les gros villages conquis et pillés, les transports de troupes harcelés, les patriotes abattus, les entrepôts dévalisés. Pire : l'assignat ayant perdu toute valeur, les paysans ne livraient plus leurs récoltes ; on mourait de faim dans les villes bleues ; et, quand il s'agissait d'aller réquisitionner dans les fermes, il fallait équiper de vrais corps d'armée. Les arbres faisaient peur, les fourrés inquiétaient, les broussailles effrayaient, les taillis intimidaient. Au moindre craquement, les patrouilles se figeaient. Quand elles repartaient, la foudre frappait. Les chouans arrivaient en renards, attaquaient en lions et s'éparpillaient en moineaux. Ils avaient la vivacité du chat, l'agilité de la souris, la violence du guépard, le courage du chien, la fougue du cheval et la discrétion du serpent. Ils étaient dix, on les croyait cent. On ne les voyait pas, on ne les entendait pas et, à peine avaient-ils tiré, qu'ils avaient disparu. Où donc ? Devant, derrière, à gauche et à droite. Ils ne se battaient pas, il surgissaient, s'évanouissaient, revenaient, filaient, réapparaissaient et se dégageaient. Des mouettes insaisissables aux serres d'aigles et aux becs de vautours.

L'année 1794 fut une tragédie pour les patriotes. Même la chute de Robespierre, en juillet, ne remédia pas à la situation. Ses successeurs, Carnot en particulier, proposèrent de négocier et votèrent des décrets garantissant l'amnistie aux chouans qui se rendraient, mais il était trop tard. On ne ramasse pas l'eau renversée ; les blancs sentaient la victoire à portée de main, les malheureux qui se fiaient au décret étaient généralement abattus par les autorités locales bien moins bienveillantes que le pouvoir suprême et, surtout, surtout, les chouans savaient que, cette fois-ci, l'Angleterre allait venir à leur aide.

Un homme, en effet, avait succédé à La Rouërie et avait, d'une part réunifié le commandement rebelle et, d'autre part, bien plus précieux, renoué les liens avec le comte d'Artois et avec Londres. À cinquante ans, le comte Joseph de Puisaye, furieux anglophile, était une nullité militaire mais un génial négociateur. Autant il eut du mal à souder ses lieutenants qui souffraient des oreilles à chaque fois qu'il exprimait un avis militaire, autant il mit dans sa poche William Pitt, le Premier Ministre anglais qui n'aimait que son argent. Au point que tout le monde avait renoncé à lui faire financer l'armée qui viendrait, avec toute la haute noblesse française, prendre en Bretagne la tête de la reconquête. « Autant essayer d'allonger les pattes d'un canard », disaient, navrés, les immigrés qui attendaient d'embarquer. Joseph de Puisaye, à lui seul, y parvint.

Le 16 juin 1795, une semaine après l'annonce de la mort du petit Louis XVII dans la prison du Temple, lord Warren, amiral de la flotte, prit la mer pour Quiberon sur la Pomone, une frégate de quarante-quatre canons. Son escadre était magnifique. Trois énormes vaisseaux de ligne, cinq autres frégates, une corvette, deux lougres, dix chaloupes canonnières et quatre-vingt-dix transports de troupes. Au bord, six mille hommes, des milliers de fusils, de la poudre, des munitions, deux millions de livres or et des milliards en faux assignats. Autour de monseigneur de Hercé, ancien évêque de Dol, l'aumônerie à elle seule emmenait quarante prêtres réfractaires. Et on annonçait d'autres renforts, partis de Hambourg, avec les troupes émigrées françaises réfugiées en Allemagne.

Le 27 juin, quand l'armada jeta l'ancre face aux plages de Quiberon, tous les chefs chouans étaient là pour accueillir Joseph de Puisaye : Vincent de Tinténiac, dit le Loup blanc, chef des troupes chouannes du Morbihan, mais aussi Cadoudal, Pierre Mercier dit La Vendée, Jean Jan, Jean Rohu, Yves le Thiais dit l'abbé de Kerauffret. Avec eux, des centaines d'hommes. Et vingt mille étaient sur le pied de guerre à l'intérieur des terres. La « contre-Révolution » au grand complet ! Le rivage fut bientôt submergé. Des paroisses entières arrivaient, bannières au vent, chantant des cantiques à sainte Anne. Ils étaient des milliers en costume de fête. Cette fois, la victoire avait choisi son camp, le leur. Ils en étaient sûrs.

Tout alla de travers. Les émigrés supportèrent mal la familiarité des chouans qui ne leur donnaient plus du « Monsieur le marquis » après chaque virgule. Le lendemain, pour la messe solennelle d'avènement de Louis XVIII, les nobles et les chouans firent cérémonie à part. Puisaye, surtout, avait atteint son stade d'incompétence. Au lieu de lancer sur-le-champ l'offensive qui aurait pris les bleus au dépourvu, il tergiversa. Face à Hoche, le nouveau général en chef républicain, c'était la dernière chose à faire. Pendant trois semaines, le corps expéditionnaire royal se retrancha. Puisaye avait tranché. On allait bâtir le Gibraltar royaliste. Donc on attendit. Quoi ? Le déluge. De feu. Le 20 juillet, ayant battu le rappel des troupes de toute la Bretagne, Hoche lança l'assaut avec ses 12 000 soldats bien entraînés. Face aux nobles qui n'avaient jamais essuyé de tirs, ce fut un carnage. La résistance fut héroïque. Des jeunes gens se faisaient tuer l'un après l'autre pour ramasser les étendards aux fleurs de lys, on transportait sous la mitraille les femmes et les enfants vers les chaloupes, monseigneur de Hercé qui avait refusé d'évacuer célébrait un Te deum sur le sable, la panique s'en mêla. Des scènes ignobles survinrent pour monter sur les barques qui rejoignaient la flotte anglaise, des dizaines de noyés refluaient sur la plage... Le combat atroce dura tout le jour et toute la nuit. À l'aube, 500 émigrés et 3 500 chouans furent faits prisonniers. Le double finissait d'agoniser sur le terrain. L'armée royale bretonne était mort-née.

Emmenés à Auray, les survivants nobles furent purement et simplement abattus. Jusqu'au dernier. Un massacre révoltant : 800 hommes désarmés tués de sang-froid. Ce qui relança la chouannerie au moment où une politique clémente aurait pu exploiter son abattement moral complet. D'où la décision de Hoche, tardive mais politique, de pacifier les esprits. Les prêtres réfractaires furent à nouveau autorisés à célébrer des offices en public, les autorités militaires adoptèrent une attitude tolérante. Jusqu'au jour où, en avril 1797, on organisa les élections de l'an V. Triomphe royaliste dans l'Ouest. Sur-le-champ, les résultats furent cassés. Le Directoire se raidit. Et, dans la foulée, il vota la déportation des prêtres réfractaires, redevenus maudits. La Bretagne explosa à nouveau.

Sauf que, cette fois-ci, face à elle, elle ne trouvait plus les purs et durs de 1793. À Robespierre, Saint-Just ou Couthon avaient succédé Tallien, Barras et toute une troupe de « munitionnaires » qui gagnaient des millions en équipant de bottes trouées et de fusils défectueux les armées françaises engagées sur toutes les frontières. La corruption s'étalait partout. La gangrène avait envahi la patrie en danger. La haine était universelle contre les pourris. On mourait de faim dans les rues. Les médicaments étaient vendus au prix de l'or. Le « chouannage » fit tâche d'huile. Et, à nouveau, il avait un chef, un seul, Georges Cadoudal. Le comte d'Artois lui avait adressé une lettre à lui, simple paysan : « Bravo, Georges ! C'est avec un véritable plaisir que je vous exprime les sentiments que m'inspire votre fidélité, votre confiance et votre courage. Continuez avec le même zèle. » Georges en avait fait un talisman. Puis, il avait reçu la croix de Saint-Louis, l'ordre le plus glorieux de l'Ancien Régime. Et Louis XVIII, lui-même, lui avait écrit. Avec, accompagnant son courrier, le cordon rouge et la plaque de grand croix de l'ordre dont les titulaires n'excédaient jamais quarante et dont l'attribution valait titre de noblesse. Toutes les tentatives de conciliation tentées par Paris tombèrent sur un mur. Et ses hommes suivirent, ulcérés par les réquisitions et les exécutions qui, sur le terrain, ne cessaient pas. Dans une France à peu près calme, la rébellion bretonne crépitait. Un jour, elle prenait Le Mans. Un autre, c'était Sarzeau. Ou Redon. Ou la Roche-Bernard. Pire encore, stupéfiant même, et follement symbolique : le 21 octobre 1799, les chouans s'emparèrent de Nantes qui, six ans plus tôt, avait repoussé les Vendéens. Une semaine plus tard, ils entraient à Saint-Brieuc.

C'en fut trop. Paris devait réagir. Un homme sauta sur l'occasion. Le 9 novembre, c'est-à-dire le 18 brumaire an VIII, Bonaparte prit le pouvoir. La donne changea. Le nouveau maître calma immédiatement le jeu avec le pape. Puis, il laissa insinuer qu'il ramenait le calme pour les Bourbon. Les églises furent rendues au clergé, la main tendue aux émigrés, l'amnistie offerte aux chouans. Des centaines d'hommes déposèrent les armes. Cadoudal, lui-même, signa la paix, le 14 février 1800, au château de Beauregard, près de Vannes. Il n'ajouta qu'une clause : que Bonaparte lui accorde une audience en personne dans un délai d'un mois. Et il l'obtint. Aux Tuileries, le 5 mars 1800, trois jours après l'amnistie générale offerte par le Premier consul.

Or, cela se passa très mal. D'abord parce que Georges fut reçu en compagnie de cinq ou six autres chefs de moindre envergure. Ensuite, parce que tous les autres étaient nobles et parce que Bonaparte, imbu de sa propre particule, fit mille grâces mondaines aux gentilshommes et ne lui accorda aucune considération. Aux premiers, il donnait du « Nous autres, nobles... » ; à lui, il concéda à peine un regard. Ce n'est pas le genre d'attitude à adopter avec un Breton susceptible que ses mérites, son audace, sa vision hissait dix coudées au-dessus des autres invités. À Londres, la cour en exil le traitait en pair et, à Paris, un jeune Corse sorti de nulle part le traitait en paria. Les jeux étaient faits : grâce à ses nerfs solides comme un cordage, Georges ne broncha pas mais, désormais, il haïrait le Premier consul. Et rien n'y fit. Averti par ses conseillers, Bonaparte le reçut à nouveau. En tête à tête, cette fois-ci. Impassible, froid, massif et fermé, le Breton observa le Corse petit, rapide, nerveux et violent. Deux arrogances s'affrontèrent. Le patient fit face à l'impatient, le paysan au courtisan, l'orgueilleux à l'ambitieux, le vaincu au vainqueur, Dieu à César. L'un et l'autre étaient vifs et lucides mais l'un cultivait la fidélité et l'autre imaginait l'avenir. Le passé et le futur ne surent parler au présent. Le dialogue tourna court. Malgré coups de main et brigandages, la guerre ne reprit pas car l'Ouest était exsangue. Mais Cadoudal ne renonça pas.

Au début, il songea à regrouper ses derniers fidèles et à s'emparer de Belle-Île ou de Brest, où il accueillerait la flotte anglaise et des troupes menées par le comte d'Artois. La cour française en exil ne tourna pas autour des mots : il n'en était pas question. Cela provoquerait un bain de sang sans aucun espoir de victoire. Alors, Georges décida d'agir seul. Puisque, désormais, tous les pouvoirs étaient confisqués par un seul homme, il allait débarrasser la France de cet usurpateur. Sans doute songea-t-il d'abord à l'abattre. Mais l'échec de l'attentat de la rue Saint-Nicaise, monté par certains de ses anciens lieutenants, servit de leçon. Si le Premier consul échappa à l'explosion de la machine infernale, le trottoir noyé de sang fut couvert des cadavres de passants et l'opinion, ulcérée se déchaîna contre les royalistes tueurs d'enfants. Même Louis XVIII et Pie VII, le nouveau pape, y allèrent de leur condamnation. Cadoudal, réfugié à Londres, imagina alors le « coup essentiel ».

Il viendrait à Paris avec une équipe d'hommes sûrs et, un soir, sur la route de la Malmaison où le Premier consul allait chaque soir retrouver Joséphine, ils l'enlèveraient. Puis, grâce à leurs passeurs, ils le transféreraient en Angleterre. À Paris, il comptait sur Pichegru pour mobiliser l'armée. Dans son esprit, en trois semaines, la France rappellerait Louis XVIII. En fait, ce fut le temps nécessaire à Fouché pour le repérer et s'emparer de lui. Le 9 mars 1804, au terme d'une poursuite folle en fiacre dans la capitale, Georges Cadoudal fut arrêté.

Un père de famille avait été tué dans l'opération. Le juge le reprocha violemment au chef chouan qui avait vu mourir des milliers d'hommes depuis douze ans. Il réplique : « Vous n'aviez qu'à me faire coffrer par des célibataires. » On l'enferma au Temple, dans une cellule ouvrant sur un vaste couloir, pour que tout Paris puisse l'observer enchaîné. Son procès s'ouvrit le 28 mai, joué d'avance. Le 25 juin, on le transféra à la Conciergerie et, le lendemain, sur la place de Grève bondée, dont les meilleures places avaient été réservées à prix d'or, on lui trancha la tête.

Le dernier des chouans avait vécu. Une certaine idée de la Bretagne aussi. Désormais, elle ne se soulèverait plus jamais contre Paris. Elle s'abandonnerait au courant comme une branche morte.

Épilogue
... provisoire

Pourquoi avoir écrit en 2008 un livre auquel je pense depuis quinze ans ? Parce que, soudain, j'ai eu l'intuition que la France mourrait avant nous. En vérité, elle est déjà sortie de l'histoire. Depuis juin 1940, elle se recroqueville. Autrefois, elle se dressait comme une muraille entre la Bretagne et le reste du monde. Aujourd'hui, c'est une palissade. On la franchira quand on le souhaitera. Sans drame, ni précipitation car, à force, la Bretagne et elle sont devenues un vieux couple. Et, de Rennes à Brest, personne ne songe à la traîner au banc des accusés. Nous nous sommes tant aimés et elle fut comme elle fut, méritant autant les louanges que les blâmes.

On y a cultivé comme nulle part ailleurs le goût de l'esprit, de la conversation, du discernement, de la concision, du scepticisme, de la raillerie et de la mesure. La grandeur, chez elle, s'accompagnait toujours de futilité. Paris pensait vite. Racine n'avait qu'une journée pour tuer ses reines. Le style se mêlait de tout et soumettait la passion à ses arrêts. Un air léger, des façons brillantes, un sens des proportions, une âme réticente au bavardage, une méfiance innée à l'égard de la dévotion et de la métaphysique, un talent pour l'insolence et le raccourci : dans la foule des nations, la France avait un port de tête charmant – celui qui destine à la guillotine quand, un jour, on n'en peut plus de certains airs hautains, mais aussi celui qui, à d'autres heures, a rendu humaine, paisible, plaisante même ce qui était purement et simplement une occupation, puis une annexion. Il y aura toujours chez nous des gens qui auront la nostalgie de cette France éprise d'ordre qui organisait comme personne d'extravagants désordres. Une certaine idée de la civilisation prospérait avec éclat. Leur allergie à la brutalité, au labeur, à l'érudition obscure, aux complications donnait aux Français un charme frivole incomparable. Chez eux, la mode, le parfum et les fleurs escortaient les livres, les toiles et les partitions. Les Allemands, les Russes et les Anglais entassaient les bûches ; eux, avec les Italiens, apportaient l'étincelle. Sur les bords de la Seine, la raison avait toujours un air ciselé de grâce et de fantaisie. On était heureux comme Dieu en France. Du temps de Louis XIV, plus encore à l'époque de Napoléon, la France pouvait se prétendre la mère des Arts, des Armes et des Lois. Le temps, malheureusement, est passé et, l'œil rivé au rétroviseur, elle en est devenue la mémère. À cet âge, on ne donne plus l'exemple et, si on a du bon sens, on évite de donner des leçons. La France n'a pas cette sagesse. Comme la vieille reine, elle continue de se croire la plus belle en son miroir. Mais ce qui, hier, semblait distillé à la perfection paraît délayé et sans saveur. La langue demeure musicale mais les mots sonnent creux. La France était aimable, charmante et puissante, elle est devenue péremptoire, vaniteuse et épuisée. Elle faisait un délice d'un rien, elle en fait une montagne. Elle montait une mèche et un ruban en chignon, aujourd'hui elle coupe les cheveux en quatre. Elle morigène, elle rouspète, elle agace et elle déçoit. Les défauts qui faisaient sa singularité achèvent de la rider. Et la morgue s'est parée de l'esprit de sérieux qu'elle fuyait jadis comme la peste. Le monde entier sait que le temps de la France est passé. Son histoire était celle d'un cheval fait pour le galop qui aime parader au carrousel. Comme il excellait dans les deux exercices, il s'est pris pour Bucéphale. Mais même le cheval d'Alexandre vieillit. Et, aujourd'hui, le peuple le plus achevé du monde a achevé de décevoir le monde.

En cours de route, sur la voie de son destin, la France a tué la Bretagne, la langue française a tué le breton et l'histoire de France a effacé celle de la Bretagne. Inutile de verser des larmes. Les grands peuples commettent de grands crimes. Nous n'avions qu'à résister. Nous n'en avons pas eu le courage. Mais peut-être demain en aurons-nous la force. C'est la raison de ce livre. Rappeler aux Bretons d'où ils viennent, ranimer les heures où ils furent libres, ressusciter les hommes et les femmes qui bâtirent leur pays. Pour l'instant, c'est le seul objet de ce travail. Je ne rêve pas de couler le paquebot France ; je souhaite seulement remettre à la mer le canot breton. Et, pour cela, montrer à leurs descendants les traits de ceux qui en tinrent la barre. Ce livre s'arrête donc en 1804. Non pas qu'il n'y ait plus eu de grands hommes en Bretagne après cette date. Chateaubriand, à mes yeux le plus grand de tous et le plus breton par son caractère solitaire, libre, fidèle, jouisseur et prodigue, méritait le chapitre qui, le mieux, aurait décrit notre personnalité. Mais, il n'a jamais songé à l'indépendance du duché et, après lui, tout au long du sombre XIXe siècle et du XXe siècle, nul n'a plus paru se la rappeler. Pire : lorsque quelques-uns ont tenté de souffler sur les braises du souvenir au temps de Breizh Atao, ce fut au prix de tant de compromissions avec la méchanceté, la haine et le racisme qu'ils ont étouffé, pour un siècle au moins, la flamme qu'ils espéraient ranimer. Plus exaspérant encore, ils ont fait oublier que la Bretagne fut la première région à se dresser contre l'occupation nazie. Les SS bretons du Bezen Perrot ne seront qu'une centaine alors qu'à l'été 1940, grâce aux pêcheurs de l'île de Sein, la France libre, c'était la Bretagne, elle d'abord et surtout elle. Et c'est encore chez elle, à Châteaubriant, qu'en octobre 1941, les Allemands jugèrent nécessaire de fusiller Guy Môquet et ses vingt-six camarades. Les envahisseurs et leurs valets vichyssois avaient bien compris où il fallait s'emparer d'otages : la Bretagne restait rebelle aux tyrans. Et la rancœur des collaborateurs ne s'arrêta pas à ces meurtres puisqu'elle punit notre histoire tout entière en nous privant de la capitale séculaire des ducs et en attribuant Nantes à des Pays-de-la-Loire surgis de nulle part, tel un patchwork administratif garni d'Anjou, de Touraine, de Bretagne et de Vendée. Un déni de l'histoire, une absurdité économique, une injustice mais, sans doute, comme souvent dans notre destin, une aubaine. C'est certainement sur le statut de Nantes, sur son retour dans le giron breton, que demain, bientôt, s'ouvrira la crise bretonne. Car crise bretonne, fatalement, il y aura. Non seulement l'Europe l'autorise, mais elle l'appelle.

Personne n'écrit l'histoire. Elle suit son cours sans auteur. Les peuples ne choisissent pas leurs ennemis. La géographie, le hasard, le génie de l'un, l'incompétence de l'autre déclenchent des actions, des réactions et des interactions que nul ne maîtrise. Mais dont chacun, peu à peu, tient compte. Six siècles d'union avec la France ne s'effaceront pas d'un trait de plume. La majorité des Bretons ne va pas, du jour au lendemain, élire pour adversaire un pays pour lequel nous vibrons depuis si longtemps. Cela dit, si on ne choisit pas ses ennemis, on peut adopter ses alliés et tel sera le rôle de Bruxelles. Les autorités européennes ont d'ores et déjà programmé la sécession bretonne. En donnant leur bénédiction à l'entité serbe de Bosnie et aux Albanais du Kosovo, ils ont gravé dans le marbre qu'en Europe, l'héritage ethnique et culturel était bel et bien le socle de la légitimité politique. Puisque les Albanais ont le droit de quitter la Serbie, pourquoi les Croates ne quitteraient-ils pas la Bosnie ? Et les Catalans, les Flamands, les Écossais… Hier la diversité au sein des peuples était un idéal. Désormais, grâce à un renversant tête-à-queue idéologique, elle se transforme en un menaçant facteur de tensions qu'il convient de circonvenir, de réduire, voire de supprimer. Rien d'étonnant d'ailleurs à ce parti pris bruxellois : plus les vieilles capitales européennes s'affaibliront, plus les autorités européennes se consolideront. Bruxelles pèsera plus face à Nantes, Ajaccio ou Bayonne que face à Paris. La multiplication des petits États est dans son intérêt. Il collera au nôtre et à celui des autres régions. Prenez le cas de la Corse. Pourquoi est-elle mariée à la Provence et à la France alors que ses intérêts coïncident avec ceux de la Sardaigne, de la Sicile et des Baléares ? Demain, au sein du continent, d'autres découpages s'imposeront. Et chacun verra que l'avocat de Brest doit être celui de Dublin, de Cardiff, de Glasgow plutôt que celui de Chambéry ou de Strasbourg.

Que dira alors la capitale française ? Beaucoup de choses, c'est sûr. Elle aura du mal, néanmoins, à défendre une ligne cohérente. L'Europe offre chaque jour à la France l'occasion d'étaler sa schizophrénie, de vouloir une monnaie sans en accepter les règles budgétaires, de créer une banque commune pour en critiquer sans cesse la rigueur, d'« associer les peuples » tout en refusant leurs votes, de fustiger la concurrence extérieure tout en bâtissant ses propres géants… Mais ce numéro d'équilibriste permanent relèvera de la virtuosité quand on abordera les sujets diplomatiques. Comment peut-on réclamer à la Chine qu'elle accorde un statut particulier, voire l'indépendance, au Tibet et ne pas se soumettre soi-même aux impératifs moraux qu'on exige des autres ? Peut-on vendre des armes de guerre à Taiwan décidée à ne pas rejoindre le giron chinois et dénier aux Bretons le souhait de retrouver leur indépendance ?

Le droit des peuples à disposer d'eux-mêmes a tellement servi aux proclamations messianiques des politiciens français qu'à chacune de leurs récusations, les Bretons pourront présenter une encyclopédie de leurs propres citations affirmant le contraire. Si la France veut rester indivisée, Paris ne peut compter que sur l'adhésion volontaire de son peuple. Que celui-ci change d'avis et tous les discours sur la portée universelle du rôle émancipateur de la France se retourneront contre elle. D'où l'utilité de ces pages : rappeler aux Bretons leur grandeur, leur prospérité et leur singularité. Hier, l'histoire a détruit ce que la Géographie avait inscrit sur les cartes. Demain, elle peut le rétablir. Si nous le souhaitons.

Pour qu'un songe prenne forme, encore faut-il d'abord l'avoir fait. Et la France, depuis des siècles, veille à nous empêcher de rêver. Quand l'école parle-t-elle aux jeunes Bretons des Vénètes, de Nominoé, de Jean III, de Pierre Landais ou du duc de Mercœur. Jamais. Absolument jamais. Notre passé s'est désarticulé. On nous présente Clovis, Philippe Auguste ou Louis XI comme nos chers rois alors qu'ils étaient nos ennemis acharnés. L'enseignement de l'histoire entre Brest et Vitré est une longue série de mensonges par calcul ou par omission. Qui a jamais entendu parler dans un livre adoubé par l'Éducation nationale de l'armée de Bretagne dont Gambetta laissa mourir de faim et de maladie les 60 000 hommes, par haine de la chouannerie qu'il leur prêtait – ignorant visiblement tout de l'engouement majoritaire de la Bretagne derrière les idées révolutionnaires de 1789 ? Personne, là encore. Et si l'on évoque les

150 000 morts de la Première Guerre mondiale, c'est toujours sur un ton paternaliste pour rappeler le courage de ces bons Bretons incapables de s'exprimer autrement qu'en baragouin. Qui écrit qu'ils représentaient 5 % de la population de la province et qu'à l'échelle contemporaine, cela ferait 3 millions de morts en France ? Presque personne – et, généralement, des historiens bretons, leurs homologues français regardant ailleurs, vers les mutins de 1917, les troupes coloniales et autres victimes plus « tendance ». Si la nation française a été grande et a soulevé notre enthousiasme, son État est mesquin et ne nous a jamais aimés. Même son culte pour la laïcité fait l'impasse sur notre rôle éminent dans cette glorieuse bataille. On parle aux élèves de Luther ou de Voltaire mais qui apprend à un écolier français que ce sont ses ancêtres bretons, Pelage, Abélard et Descartes qui, les premiers, ont prétendu confiner Dieu et ses ministres au domaine exclusif de la religion ? Là, toujours personne ! Et c'est pareil pour notre pauvre petite langue.

De quelles lamentations l'Académie et l'Université n'ont-elles pas accompagné le déclin du grec et du latin ? Je ne les en blâme pas. j'ai adoré mes sept ans de latin, je rêve d'écrire un roman sur Catulle, Cicéron et Clodius et, si je ne me rappelle pas un mot de grec, j'étais à l'époque assez bon pour représenter Saint-Jean de Passy au Concours général de la Catho. Mais quel favoritisme à leur égard ! Tout juste si on ne propose pas de graver leur instruction obligatoire dans le socle de la Constitution. Le breton, en revanche ! Dès qu'on parle d'en favoriser l'enseignement, vingt plumes prestigieuses y vont de leur chronique dans *Le Figaro* et *Le Monde* pour mettre la République en garde. À les entendre, il suffira que les écoles Diwan cessent d'être ostracisées pour que, demain, on ne puisse plus parler que le breton dans les agences France Télécom de Concarneau ! Du calme ! Moi-même je n'aurais jamais songé à inscrire mes enfants à Diwan. On apprend une langue pour communiquer avec les habitants qui la parlent ou pour profiter pleinement de sa littérature. Or, pourquoi un gamin de Port-Blanc irait-il s'épuiser à découvrir une langue extrêmement difficile pour jouer avec un bambin de Larmor-Baden, alors qu'ils s'amusent parfaitement en français ? Et quels trésors découvrirait-on dans les livres en breton alors que notre langue littéraire n'existe que depuis 1920 et que nos grands auteurs, de Madame de Sévigné à Yann Queffelec en passant par Chateaubriand, Renan, Charles Le Quintrec et cent autres ont presque tous uniquement écrit en français ? Peu importe aux ultrajacobins : la langue bretonne semble une menace. Que des passionnés de la Bretagne veuillent découvrir des poètes ou des romanciers régionaux contemporains fait peur. Ce serait risible si ce n'était pas méchant. En tout cas, c'est révélateur.

Il faut vite dénationaliser l'histoire de France. Les Bretons et les autres sont orphelins de leur passé. Car on le leur cache. Et la France, si fière de sa littérature, montre là son vrai visage : on juge une bibliothèque par les livres qu'elle héberge mais aussi par les ouvrages qu'on n'y trouve pas. Pourquoi veut-on dissimuler à Paris la puissance qu'incarnait la Bretagne au XIVe siècle ? Par habitude, parce que le gouvernement français ment, depuis toujours. Il y a eu un art de vivre à la française, une peinture française, des jardins à la française, une gastronomie française, tout ce que vous voulez, mais il n'y a jamais eu de morale publique française. Au contraire, le pouvoir, en France, n'a jamais considéré l'honnêteté et la franchise comme des armes et les a toujours prises pour des faiblesses. La civilisation française faisait rêver et la nation française laissait rêveuse, mais l'État français a toujours suscité la méfiance ou le mépris. En Angleterre, on respecte la loi ; en France, on sert le maître. Donc, on répète ses mensonges. Et on garde le silence sur ce qu'il entend cacher. L'histoire de Bretagne est, depuis 1532, un de ces secrets qu'il convient de ne jamais évoquer. Ainsi en décidèrent Versailles puis l'Élysée. Ainsi donc obtempérèrent les fameux hussards noirs de la République qui ont bien plus de défenseurs qu'ils ne le méritent et bien moins de procureurs que la vérité ne l'exigerait.

Les réinventeurs du passé ont donc façonné une Bretagne aseptisée, rabotée, blanchie et nettoyée qui montra patte blanche à la France. C'était « bien arranger la bossue », comme on disait autrefois. Avec eux, la mémoire se transformait en libre-service où l'on proposait au menu Du Guesclin, la duchesse Anne, la tour d'Auvergne et Guy Môquet mais où la carte ne mentionnait pas Alain le Grand, Jean IV, Pierre Landais ou Jean Chouan qui ne se battait ni pour la France, ni pour le roi mais pour la Bretagne et pour ses saints. Heureusement, quand la cité a disparu, les mots restent pour la rebâtir. Or, les mots et les noms, nous les avons. Et l'Europe a envie de les entendre.

J'ai écrit : « a envie ». Je ne rêve pas. Nous sommes à l'aube d'une ère nouvelle. En l'an 1000, la France naissait. En l'an 2000, c'est l'Europe. Et la France disparaîtra comme se sont évanouis les duchés de Bretagne ou de Bourgogne, les comtés de Toulouse ou de Provence. Pourtant, en 1100, vous auriez bien amusé les détenteurs de ses puissants apanages en leur annonçant que le petit roi de Paris finirait par tous les anéantir. Ils n'avaient pas lu l'histoire. Ils ne soupçonnaient pas qu'une fois admis le principe de suzeraineté, le processus de disparition des vassaux devient fatal. Nous, nous l'avons vu se dérouler inexorablement. Et nous savons que Paris, Lubjana, Varsovie, Berlin et Rome se rangeront infailliblement sous la bannière de Bruxelles. Ce n'est même pas de la politique, c'est la vie, cela s'appelle la chaîne alimentaire : les uns sont les prédateurs, même tout petits, les autres sont les proies, même énormes. Et, aujourd'hui, miracle, de captifs les Bretons sont devenus ravisseurs. Tôt ou tard, dans cinq ans ou dans cinquante, Rennes s'emparera à nouveau de son destin. Et là où Paris était un geôlier attentif, sévère et proche, Bruxelles, occupée à régenter les tramways de Sofia, les prises de morue à Valence et les pâturages de rennes lapons, tiendra la laisse bien moins serrée. Les alliés qu'on ne trouva jamais dans la France ultrajacobine seront ailleurs des dizaines pour nous aider à desserrer le joug européen.

Pourquoi faire preuve d'un tel optimisme alors que j'achève un livre qui accable les élites bretonnes du passé ? Juste avant la Sorbonne, Oxford est née en 1249 avec la fondation d'University College et Cambridge est apparue en 1284, mais Nantes n'a eu son université qu'en 1460. À cette époque, les Portugais et les Hollandais longeaient les côtes africaines et s'aventuraient dans l'Atlantique alors que nos ducs ne songeaient pas à fonder de grande compagnie commerciale de navigation. Nos ancêtres n'ont pas saisi les chances que le savoir et l'audace leur tendaient. Mais le passé, même accablant, est une arme. À condition d'en tirer les leçons. Michelet disait que celui qui ne connaît que l'actualité ne comprend rien à son propre temps. D'où le devoir, avant de reprendre notre liberté, de se replonger dans l'histoire, même lointaine. Si vous en doutez, rappelez-vous cette phrase de Marc Bloch, qui fonda l'École des Annales : « Comment jugeriez-vous un astronome qui attacherait plus d'importance à l'observation de la Lune qu'à l'étude du Soleil sous le drôle de prétexte que l'astre central de notre système planétaire est cinquante fois plus éloigné de nous que notre satellite. Je vous demande de prononcer le même avis sur l'historien qui, par principe, affirmerait qu'hier est plus important qu'avant-hier. »

Ce petit livre s'adresse à tous les Bretons avec l'espoir de leur donner envie d'en savoir plus. Nous avons créé, au Moyen Âge, un pays puissant dont l'existence dura bien plus longtemps que la plupart des États qui siègent aujourd'hui à l'ONU. Vous avez bien lu : la plupart. L'Égypte ou le Maroc ont des passés glorieux et sans bornes mais aucun autre pays africain ne peut se prévaloir de six cent quatre-vingt-sept ans d'existence prouvée, archivée et incarnée par des souverains. Du cap Horn au Labrador, les États américains les plus anciens apparaissent au XVIIIe siècle. La prétention de la Bretagne à rejoindre la communauté des États libres n'a rien d'outrecuidant.

Rien d'urgentissime, non plus, j'en conviens. Pour la plupart des Bretons, la mémoire de notre héritage est si légère, si mince, si pelliculaire même qu'on dirait à peine un léger voile placé entre aujourd'hui et l'avenir. Il n'est pas question de se lancer dans des conflits brutaux. De toute manière, ils seront inutiles. La marche du temps et le sens de l'histoire nous ramènent infailliblement à la liberté. Qui aurait cru que la gigantesque Ukraine, grande comme la France, berceau de l'alphabet, de la religion et de la nation russe, s'affranchirait de Moscou ? La France se divisera comme l'URSS s'est décomposée parce que la culture le veut. Et c'est elle qui, d'étape en étape, ramènera l'indépendance. Car elle rendra inexorable le retour dans le duché de son ancienne capitale confisquée par une administration soucieuse d'offrir des fiefs à ses barons gaullistes ou socialistes, qu'ils s'appellent Olivier Guichard ou Jean-Marc Ayrault. Parce qu'elle rendra odieux les mensonges dispensés aux élèves bretons par l'enseignement de l'histoire de France qui, chez nous, de l'an 500 à l'an 1500, se résume à une suite ininterrompue de silences commodes, d'approximations habiles et de purs mensonges. Parce que, redevenus maîtres de notre passé et de notre territoire, alors nous les ferons parler. Non à travers les habituelles commémorations folkloriques qui ne sont que du passé conservé dans la naphtaline. Mais à travers la mémoire qui, elle, est un arsenal. Et la vérité sautera aux yeux : les Bretons ne sont pas des Français mais des Armoricains logés en France et mécontents du bail léonin qu'on leur impose. Et ce qui se conçoit bien s'énonce clairement : l'indépendance s'imposera.

Pour que la petite Bretagne redevienne « cette pierre précieuse sertie dans une mer d'argent », comme l'a écrit de la Grande-Bretagne son meilleur historien, Shakespeare.

Chronologie

Vers l'an 4000 avant J.-C. : Érection des premiers monuments mégalithiques dans le Finistère.
Vers 3700 avant J.-C. : Début de l'alignement à Carnac des pierres, des dolmens et des tumulus de la métropole du néolithique.
56 avant J.-C. : Les Vénètes refusent de payer tribut à Jules César, gouverneur de la Gaule, et soulèvent les peuples d'Armorique.
20 avant J.-C. : Auguste intègre l'Armorique dans les territoires de la province lyonnaise. Début des trois siècles prospères de la « paix romaine ».
260 après J.-C. : L'Empire romain commence à se désagréger et des pirates francs et irlandais multiplient les raids sur les côtes d'Armorique.
300 : La décomposition impériale et les attaques maritimes provoquent la désintégration économique et déclenchent la fureur des bagaudes, troupes de miséreux semant la mort et la désolation.
306 : Parti de Gaule et de Bretagne, Constantin s'empare de l'Empire romain.
383 : Maxime, chef des troupes romaines en Bretagne, passe sur le continent pour s'emparer du pouvoir impérial. Il confie à Conan Meriadec la pacification

de l'Armorique. C'est le premier chef « mythique » de la future Bretagne.

Ve siècle : Ambrosius Aurelianus, un officier d'origine romaine, ramène l'ordre en Bretagne. Il aurait pour lieutenant un cavalier exceptionnel nommé Arthur.

517 : Après des années de lutte, Arthur écrase la coalition des Saxons à la bataille du mont Badon. Dix ans plus tard, il est tué à Camlann. La Bretagne antique meurt.

550 : Fuyant les envahisseurs scandinaves, des dizaines de milliers de Bretons se réfugient en Armorique et conquièrent l'ouest de la province. Ils créent trois royaumes, la Domnonée (autour de Tréguier), la Cornouaille (vers Quimper) et le Bro-Waroch (autour de Vannes). La Bretagne moderne prend forme.

600 – 750 : Les souverains mérovingiens revendiquent la suzeraineté nominale sur une Bretagne qu'ils ne contrôlent pas.

753 : Pépin le Bref, premier roi carolingien, ravage la Bretagne pour maintenir Rennes, Nantes et Vannes dans le giron franc. En 778, Roland, le preux tué à Roncevaux, est brièvement le préfet de Nantes.

800 : Alors que les Carolingiens multiplient les raids punitifs contre la province rebelle, on voit apparaître les premiers Vikings.

831 : Louis le Pieux, fils de Charlemagne, nomme le comte de Vannes, Nominoé, missus dominici en Bretagne.

844 : Nominoé entre en guerre contre Charles le Chauve, fils et héritier de Louis.

22 novembre 845 : Nominoé écrase les Francs dans le marais de Ballon, près de Redon.

849 : Nominoé élimine les évêques francs et les remplace par des bretons.

7 mars 851 : Mort de Nominoé.

21 – 23 août 851 : À Jengland, au nord-est de Redon, Erispoé, fils de Nominoé, écrase les troupes de Charles le Chauve.

857 : Assassinat d'Erispoé, premier roi de Bretagne, par son cousin Salomon.

857 – 874 : Règne de Salomon qui conquiert la Mayenne, la Sarthe et le Cotentin. Ses neveux l'assassinent en lui crevant les yeux.

874 – 888 : Première guerre civile bretonne.

888 – 907 : Règne d'Alain le Grand, neveu de Salomon, qui bat les Normands et débarrasse son royaume de la menace viking pour une génération.

910 – 935 : Les Vikings et les Normands ravagent la Bretagne.

935 – 953 : Alain Barbetorte, petit-fils d'Alain le Grand, réfugié en Angleterre, reconquiert la Bretagne, chasse les Vikings et se fait reconnaître duc. Lui succèderont son fils Drogon (952), Conan le Tors (979), Geoffroy Ier (992), Alain III (1008), Conan II (1040), Hoël V (1066).

1084 : Règne d'Alain IV Fergent. Il réunit les premiers États de Bretagne, participe à la prise de Jérusalem en 1099 et se retire dans un monastère de Redon en 1112.

1112 – 1148 : Règne de Conan III qui affermit l'autorité ducale mais déshérite son fils Hoël au profit de son petit-fils Conan IV.

1148 – 1154 : Régence du beau-père de Conan IV qui refuse de céder le trône quand le duc atteint 15 ans.

1154 : Conan IV se réfugie en Angleterre auprès d'Henri II Plantagenêt.

1156 : Conan IV reconquiert la Bretagne avec des troupes anglaises mais voit son pouvoir confisqué par Henri II.

1166 : Constance, la fille de Conan IV, est contrainte d'épouser Geoffroy, le fils aîné d'Henri II.

1171 : Mort de Conan IV. La Bretagne n'est plus qu'un fief Plantagenêt.

1181 : Geoffroy Plantagenêt devient duc de Bretagne.

1186 : Geoffroy est tué lors d'un tournoi à la cour de Philippe Auguste. Sa veuve, Constance, met bientôt au monde leur fils, Arthur.

1203 : Arthur, tout jeune duc de Bretagne, est assassiné à Rouen par son oncle, le roi d'Angleterre, Jean sans Terre.

1213 : Alix, demi-sœur d'Arthur, duchesse de Bretagne, épouse Pierre Mauclerc, un prince de la famille royale française.

1237 : Pierre Mauclerc cède le duché à son fils Jean Ier qui a atteint l'âge de vingt ans.

1237 – 1286 : Règne long, pacifique et prospère de Jean Ier.

1286 – 1305 : Règne de son fils Jean II.

1305 – 1312 : Règne d'Arthur II.

1312 – 1341 : Règne de Jean III, remarquable administrateur et souverain pacifique qui adopte pour armes l'hermine en robe blanche, symbole de pureté.

1341 : À la mort de Jean III, le 30 avril, début de la guerre de Succession entre Jean de Montfort, demi-frère de Jean III, et Charles de Blois, époux de Jeanne de Penthièvre, fille de l'autre frère de Jean III.

Les Anglais soutiennent Montfort, les Français choisissent Blois.

1345 : Jean de Montfort est tué devant Quimper. Son fils Jean passe en Angleterre où il est élevé par le roi Édouard III.

1351 : Le combat des Trente oppose 31 Bretons du camp de Blois à 31 partisans de Montfort – dont 21 Anglais. Victoire des Bretons.

1362 – 1365 : Grâce à la protection d'Édouard III, Jean de Montfort repasse sur le continent, remporte la bataille d'Auray où meurt Charles de Blois et se fait reconnaître par tous comme Jean IV.

1365 : Le premier traité de Guérande met fin à la guerre de Succession.

1373 : Soumis aux Anglais, Jean IV provoque le mécontentement général et, battu par Du Gesclin, doit se réfugier outre-Manche.

1378 : Le triomphalisme de Charles V l'amène à confisquer officiellement le duché. Le soulèvement général provoque le retour en « libérateur » de Jean IV.

1381 : Le second traité de Guérande reconnaît l'indépendance de la Bretagne – et sa neutralité. Jean IV fonde l'ordre de l'Hermine accessible aux hommes, comme aux femmes, de toutes conditions.

1399 : À la mort de Jean IV, son fils Pierre lui succède sous le nom de Jean V.

1399 – 1442 : Règne paisible et prospère de Jean V qui frappe monnaie d'or, réunit chaque année les États de Bretagne et enrichit le duché tandis que France et Angleterre se déchirent.

1442 – 1450 : Règne de son fils aîné François Ier.

1450 – 1457 : Règne du fils cadet de Jean V, Pierre II.

1457 – 1458 : Règne d'Arthur III, frère de Jean V, connétable de France sous le nom d'Arthur de Richemont.

1459 : Couronnement de François II, fils du plus jeune frère de Jean V.

1460 : Création de l'université de Nantes.

1465 : François II anime la « Ligue du bien public » qui dresse les grands féodaux de France contre Louis XI.

1477 : Naissance d'Anne de Bretagne.

1485 : Exécution de Pierre Landais, chancelier de Bretagne, animateur de la résistance aux menées françaises et à Anne de Beaujeu, fille de Louis XI et régente du royaume pendant l'enfance de Charles VIII.

1488 : Après plus d'un an de guerre, l'armée bretonne est anéantie à Saint-Aubin-du-Cormier, le 28 juillet. François II meurt de désespoir le 9 septembre.

1489 : Anne est couronnée duchesse de Bretagne malgré l'interdiction formelle de la France qui reprend la guerre.

1490 : Le duché est en ruines, les jacqueries se multiplient, les impôts sont écrasants, la résistance aux Français n'a plus d'appui populaire.

1491 : Anne de Bretagne épouse Charles VIII, le 6 décembre.

1492 : Anne est couronnée reine de France à Saint-Denis, le 8 février.

1498 : Mort de Charles VIII.

1499 : Anne épouse Louis XII. Leur fille, Claude, épousera François Ier.

1514 : Mort d'Anne de Bretagne, le 9 janvier. Son corps est inhumé à Saint-Denis, son cœur rapatrié à Nantes.

1558 : François de Coligny, frère de Gaspard, futur chef suprême des huguenots français, revient sur ses terres bretonnes et implante les premières communautés calvinistes.

1582 : Peu après la fin de la septième guerre de Religion, Philippe-Emmanuel de Lorraine-Vaudémont, duc de Mercœur, est nommé gouverneur de Bretagne.

1585 : Dès le début de la dernière guerre de Religion, le duc de Mercœur adhère à la Ligue.

1589 : Destitué par le roi, le duc de Mercœur crée de facto un État breton indépendant en constituant un « Conseil d'État et de Finances », en sollicitant l'alliance de l'Espagne et en créant à Nantes un nouveau parlement. La guerre va durer huit ans et ravager le duché.

1598 : Signature à Nantes, le 30 avril, de l'édit de Pacification.

1649 : Pendant la Fronde, la Bretagne se range d'emblée dans le camp royal.

1667 : Colbert institue un tarif douanier qui ferme les marchés étrangers aux toiles bretonnes et anéantit des siècle de prospérité.

1672 : Avec la guerre de Hollande commence avec l'Angleterre la seconde guerre de Cent Ans qui s'achèvera à Waterloo et transforme la Bretagne en terre misérable bordée de casernes pieds dans l'eau.

1675 : Révolte des « Bonnets rouges » ou du « Papier timbré » suivie d'une répression féroce.

1689 : Nomination en Bretagne d'un « intendant » qui fait du duché une province royale parmi les autres.

1691 : Nantes se lance dans la traite des esclaves.

1718 : Création de l'« Association patriotique bretonne » par les nobles qui s'opposent aux taxes sur le vin, décrétées par le régent.

1719 : Conspiration du marquis de Pontcallec.

1749 : Brest accueille ses premiers bagnards.

1765 : Arrestation de Louis-François de la Chalotais, procureur général au parlement de Rennes, animateur de l'« affaire de Bretagne » qui oppose le duché à la politique fiscale royale. Il est assigné à résidence pour dix ans à Saintes.

1784 : Parution des *Affiches de Rennes*, premier hebdomadaire breton.

1789 : Affrontement meurtrier entre les nobles et les patriotes, les 26 et 27 janvier, à Rennes, lors des « journées des bricoles ». Rédaction des cahiers de doléances très revendicatifs. Décision de la noblesse et du clergé breton de ne pas assister aux États généraux. À Versailles, Le Chapelier et Lanjuinais créent le Club breton qui deviendra celui des jacobins.

1791 : Refus massif des prêtres bretons de prêter serment à la Constitution civile du clergé. On appelle les bataillons de la garde nationale créés dans les villes et les villages, les « bleus ». La Bretagne reste en majorité dans le camp révolutionnaire.

1792 : Le marquis Armand de La Rouërie prépare l'insurrection générale de la « conjuration de Bretagne ».

1793 : Soulèvement rural contre la levée en masse décrétée par la Convention. Apparition des « chouans ».

1795 : Débarquement à Quiberon de l'armée royale catholique exterminée par Hoche.

1797 : Victoire royaliste aux élections de germinal an V. Les résultats sont annulés dans les départements de l'Ouest. Déportation des prêtres réfractaires.
1799 : Cadoudal nommé général en chef des troupes royalistes. Nantes tombe le 21 octobre, Saint-Brieuc le 27. Les deux villes sont évacuées dès le lendemain.
1800 : Cadoudal signe la paix, le 14 février.
1803 : Cadoudal prépare le « coup essentiel » : l'enlèvement du Premier consul.
1804 : Exécution de Cadoudal, le 25 juin, en place de Grève.

Table

Prologue 9
Chapitre 1 : La Bretagne néolithique,
  berceau de l'avant-garde 25
Chapitre 2 : Des Gaulois comme les autres...
  jusqu'au coup de sang des Vénètes 31
Chapitre 3 : Au-delà de la Manche,
  la Bretagne antique meurt...
  et ressuscite en Armorique 47
Chapitre 4 : Enfin apparaît Nominoé 63
Chapitre 5 : Le temps des rois et des Vikings .. 83
Chapitre 6 : Le rêve d'Hastings
  et le cauchemar Plantagenêt 97
Chapitre 7 : 1237-1341 : les riches heures
  des trois premiers ducs Jean 109
Chapitre 8 : La guerre des deux Jeanne 121
Chapitre 9 : Le XVe siècle, âge d'or
  de la Bretagne libre 135
Chapitre 10 : François II, le dernier duc 151
Chapitre 11 : Les larmes amères
  de la duchesse Anne 171
Chapitre 12 : Pavane pour une reine défunte ... 193

Chapitre 13 : Dans le chaos des guerres
   de Religion, le duc de Mercœur tente
   de ressusciter la Bretagne 199
Chapitre 14 : Triste Ancien Régime 209
Chapitre 15 : Isaac Le Chapelier,
   maître de cérémonie de la Révolution 225
Chapitre 16 : La Rouërie et Cadoudal,
   le premier et le dernier des chouans 239
Épilogue... provisoire 259
Chronologie 273

COMPOSITION : NORD COMPO MULTIMÉDIA
7 RUE DE FIVES - 59650 VILLENEUVE-D'ASCQ

Cet ouvrage a été imprimé en France par
CPI Bussière
à Saint-Amand-Montrond (Cher)
en juillet 2010.
N° d'édition : 103109. - N° d'impression : 100986.
Dépôt légal : août 2010.